KB239508

김대산 新무협 판타지 소설
FANTASTIC ORIENTAL HEROES

잡조행 雜組行

잡조행 4

김대산 新무협 판타지 소설

초판 1쇄 찍은 날 § 2009년 5월 7일
초판 1쇄 펴낸 날 § 2009년 5월 14일

지은이 § 김대산
펴낸이 § 서경석

편집장 § 문혜영
편집책임 § 문정흠
편집 § 서지현

펴낸곳 § 도서출판 청어람
등록번호 § 제1081-1-89호
등록일자 § 1999. 5. 31
어람번호 § 제2-1735호

주소 § 경기도 부천시 원미구 심곡2동 163-2 서경B/D 3F (우) 420-822
전화 § 032-656-4452 팩스 § 032-656-4453
http://www.chungeoram.com
E-mail § eoram99@chollian.net

ISBN 978-89-251-1797-3 04810
ISBN 978-89-251-1681-5 (세트)

잡초행

雜組行

4

선변(宣邊)

FANTASTIC ORIENTAL HEROES

김대산 新무협 판타지 소설

目次

四十五
마벽(魔壁)

1

염운백은 더 이상 지켜보고 있을 수가 없었다.

염소천의 짓거리가 점점 더 가관으로 되어가고 있기도 했지만, 이쯤에서는 그가 전야제의 여흥을 핑계 삼아 시작한 비무를 마무리 짓는 것이 모양새든 뭐든 여러모로 좋았다.

염운백이 가볍게 웃는 얼굴로

"대회전야의 흥은 이미 충분한 것 같으니 이쯤에서 그만……."

하고 말하는데, 무광 진인이 소리 내어 웃으며 말의 허리를 간단히 잘랐다.

"허허허! 흥이야 클수록 좋은 것이 아니겠습니까? 자세한 사정은 모르겠으나, 지금 자제분과 대치하고 있는 저 청년은 이름이 이강이라고 하는데, 과거 한때 본 파의 제자였다가 파문된 자이지요.”

무광 진인의 목소리에는 굳이 필요가 없을 약간의 내력이 스며 있었다. 염운백의 표정이 묘하게 변했다.

무광 진인은 더 이상 말하지 않았다. 그러나 빙그레 웃고 있는 그의 얼굴은, 자신이 무언가 의도하는 바가 있다는 은근한 여지를 남기고 있었다.

단상에서 가까운 쪽의 군웅들로부터 점차 술렁거림이 번져 나가고 있었다.

“무당에서 다시 나섰다!”

“무당에서 원지룡의 석연치 않은 패배에 대해 복수하려고 한다!”

와중에 잘못 전달된 것인지 혹은 의도적인지는 알 수 없으되, 군웅들 중의 누군가는 이강을 아예 무당의 제자로 변신시켜 놓고 있었다. 그리고 그 와전은 이내 사실이 되어 군웅들 전체에게로 퍼졌다.

군웅들 중에는 그것이 와전이라는 것을 아는 사람이 적지 않았음에도 아무도 사실을 바로잡지 않았다. 무당의 제자들조차도.

염운백은 잠시 판단을 유보하였다.

그가 아는 한 무광 진인은 결코 경솔한 인사가 아니었다.

그런데 무광 진인은 지금 즉흥적이다시피 어떤 상황을 유도하고 있는 것이다.

그러나 염운백은 숙고할 여유를 충분히 가질 수가 없었다. 누군가 그의 여유를 가로채 가버렸기 때문이다.

염소천이었다. 그가 내력 실린 목소리로 군웅들에게 말하고 있었다.

"여러 강호 영웅들께서 흥미로워하신다면 소생은 여기 또한 사람의 무당 제자에게 다시 기회를 줄 용의가 있습니다."

염소천 또한 이강을 무당 제자로 간주하고 있었다. 그리고 군웅들 중에서는 여전히 아무도 그것에 대해 이의를 제기하지 않았다. 단상의 무광 진인조차도. 염운백은 힐끗 무광 진인 쪽을 보았다.

그때였다. 군웅들 사이에서,

"와아아!"

하고 커다란 함성이 일었다. 무벌 측 군웅들이었다. 그들은 웃고 환호하였다.

반면에 무림맹 측의 군웅들에게선 잠잠한 가운데 응축된 분노가 느껴졌다. 다만 그런 중에도 묘하게도 미약하게나마 어떤 기대 같은 느낌이 번져 가고 있었는데, 그것은 이내 묘한 열기가 되어 스멀스멀 번졌다.

그때 염소천이 한 손을 번쩍 치켜들어 무벌 측 군웅들의 환호를 추스르며 외쳤다.

"소생은 여러분들의 열화와 같은 요청을 기꺼이 받들겠습니다. 그러나 밤이 이미 제법이나 깊었는데 시간을 많이 끌어서 좋을 일은 아닐 것입니다. 하여 십 초! 십 초로 한정하여한 번 더 여러분들의 홍을 돋워보도록 하겠습니다."

"와아!"

하고 군웅들 사이에서 환호와, 또 한편으로,

"우우!"

하는 야유가 어지러이 뒤섞였다.

염운백은 흘깃 무광 진인의 표정을 살폈다. 그러나 염소천의 도를 넘어선 장난짓거리에 대해서도 무광 진인은 표정을 조금 굳히고 있을 뿐, 의외로 담담해 보였다.

2

이강은 비무대를 향해 걸어갔다. 천천히 내딛는 그의 한 걸음 한 걸음에 따라 군웅들의 홍분도 점점 더 고조되고 있었다.

그러나 정작 이강은 이상하게도 차분히 가라앉고 있었다. 긴장도 가라앉고 홍분도 가라앉았다.

그처럼 치열했던, 염소천에 대한 적개심과 분노도 가라앉았다.

심지어는 무광 진인과, 나아가 무당파에 대해 가졌던 원망도, 슬픔도, 아픔도 깊숙이 가라앉았다.

무광 진인의 눈길이 내내 자신에게로 향하고 있음과 그 눈
길에 어떤 바람과 기대가 담겨 있다는 느낌을 받았지만, 이강
은 별로 신경이 쓰이지 않았다. 그다지 불편한 마음도 아니었
다.

그런 중에 이강이 문득 이상하다 생각한 것은 지난 십여 년
간 한시도 빠짐없이 되새겨 오던,

'나는 무당의 제자가 아니다!'

는 그 처절하고도 참혹한 다짐조차도 지금 이 순간에는 마
치 까마득히 먼 옛날의 기억인 듯, 혹은 마치 그 자신의 기억
이 아닌 남의 기억인 듯 무덤덤하게만 여겨진다는 점이었다.

이 순간 그에게 이런 차분함이, 담담함이, 무덤덤함이 왜,
어떻게 찾아온 것인지에 대해서는 이강 스스로도 알 수 없는
일이었다.

그러나 그런 중에 더욱 또렷해지는 것은 한가닥의 굳은 결
의였다. 상대를 분명하게 정하고 가지는 결의였다.

염소천이라는 상대. 그것은 결연한 의지였다. 투지였다.
그러나 결코 뜨겁지 않은, 차갑고 맑은 의지와 투지.

어쩌면 이강은 염소천이 선변에게 희롱의 눈빛을 보낸 것
때문에, 그럼으로써 폭발해 버린 분노 때문에 지금 비무대를
향하고 있는 것이 아닐지 몰랐다.

그 이전, 염소천이 원지룡을 기초(奇招)로 꺾고 조롱할 때

부터 이강의 가슴속에는 분노가, 아니, 분노 이전에 도저히 주체할 수 없도록 맹렬한 한가닥의 투지가 끓어오르기 시작했는지도 몰랐다.

그때였다. 그의 귓전에 가늘게 와 닿는 소리가 있었다.

[그의 내공에 기이한 점이 있다. 직접 맞닿음에 신중을 기하도록 해라!]

사방의 소란 중에도 또렷이 와 닿는 한가닥의 전음이었다.

이강은 전음을 보낸 사람을 찾지 않았다. 원지룡의 전음이라는 것을 곧바로 알 수 있었으므로.

이강이 잠깐 멈추어 고개를 숙이는 것을 보고 군웅들 속에 섞여서 원지룡은 씁쓸하게 미소 지었다.

그가 있는 쪽을 향해 하는 것이 아니었고, 또한 굳이 인사라고 할 것까지도 아니었다. 그러나 그것은 그를 향한 이강의 인사였다.

그냥 그런 느낌이었다. 잠시간 이강과 그의 마음이 이어지는 듯한 공감의 느낌.

이강은 천천히 비무대 위로 올라섰다.

순간 군웅들의 환호와 야유가 잦아들었다.

군웅들에게 이강은 이제 약관의 무명 청년에 불과했지만, 신법을 전개하지 않고 천천히 걸어서 비무대 위로 오르는 이강의 모습에서 그들은 좀 전 초라하기 짝이 없는 패자의 모습으로 비무대를 내려가던 원지룡을 떠올리고 있는 것일까?

나아가 이강이 원지룡의 복수를 하는 기적을 고대하고 있는 것일까?

이강은 곧장 비무대의 가운데로 걸어갔다.

염소천은 자신을 향해 뚜벅뚜벅 걸어오는 이강을 흥미롭다는 표정으로 지켜보고 있었다.

공격권 내에 들어섰는데도 이강에게서는 공격의 의지가 보이지 않았다. 또한 무방비였다.

염소천 문득 빙긋이 미소를 떠올렸다. 이강의 시선이 향하고 있는 곳을 확인하고나서였다.

이강의 시선은 그의 발 앞에 놓인 한 자루의 검에 고정되어 있었다. 바로 원지룡의 검이다.

염소천은 천천히 왼발을 뻗었다. 그리고 지그시 검을 밟았다.

그러나 이강은 개의치 않고 그대로 다가가서 한쪽 무릎을 꿇었다. 그리고 검의 손잡이를 잡고 말하였다.

"발 좀 치워주겠소?"

염소천은 그대로 밟고 있었다, 웃는 얼굴로.

이강은 굳이 힘으로 검을 취하려 하지 않았다. 그대로 기다렸다. 한쪽 무릎을 꿇은 채로.

염소천은 몹시 흥미로워졌다. 이제 상대가 어떻게 나올지에 대해 몹시도 궁금해지는 것이었다. 느긋하게 상대의 반응을 기다려 볼 작정이었다.

반응은 군웅들에게서 먼저 나왔다.

"우우!"

"우우우!"

야유였다. 무림맹 측에서 나온 그 함성은 노골적인 비난이었다.

염소천은 언뜻 당혹스러움을 느꼈다. 무림맹 측 군웅들의 야유야 또 그렇다 치더라도, 무벌 측의 군웅들이 침묵하고 있다는 것에 대해서.

그들의 침묵은, 차마 야유는 하지는 못하지만 심정적으로는 그들 또한 염소천을 비난하는 데 공감한다는 의미로 해석할 수도 있는 일이었다.

순간 염소천은 갑작스럽게 흥미를 잃어버렸다, 군웅들이 공감해 주지 않는 놀이에 대해.

염소천은 가볍게 눈살을 찌푸린 채 검을 밟고 있던 발을 거두었다.

검을 집어 들고 일어서서 이강은 비무대 아래를 쭉 한번 살폈다. 그러나 원지룡의 모습을 찾지는 못했다.

이강이 씁쓸해할 때, 그의 귓전에 한가닥의 전음이 와 닿았다.

[네가 베풀지 않아도 좋았을 성의를 베풀었구나. 치욕으로 남겨두고 훗날 당당하게 내 손으로 다시 찾으려 했거늘, 그러

나 기왕에 이리되었으니 당분간 네게 청홍검을 빌려주는 것으로 하겠다!)

이강이 흘깃 전음이 날아오는 쪽을 살폈으나, 역시 원지룡을 찾을 수는 없었다. 아마도 군웅들 사이에 몸을 숨기고 있는 것이리라.

이강은 잠시 마음이 흔들렸다. 청홍검이 가지는 의미에 대해 너무도 잘 아는 때문이었다.

청홍은 태청, 청명과 함께 무당삼대보검에 드는 보검이자, 또한 무당의 장문 제자를 상징하는 신물이었다.

그러나 이강은 이내 마음을 추슬렀다. 청홍의 의미가 무엇이든 지금 그에게 가장 의미 깊은 것은 그것을 자신에게 주는 원지룡의 마음이었다.

이강은 나직이 중얼거렸다. 혼잣말이었다.

"예! 대사형!"

이강은 자신의 검을 풀어 비무대의 한쪽 가장자리로 밀어놓았다. 그리고 청홍검을 뽑았다, 조심스럽고도 경건하게.

스르룽!

경쾌하면서도 맑은 소리. 그리고 서늘한 검의 기운이 온몸으로 느껴졌다.

이강의 청홍검이 천천히 염소천을 향해 겨누어졌을 때, 군웅들의 흥분은 마침내 최고조로 치달았다.

"와아아아!"

저마다 목청껏 내지르는 군웅들의 외침이 모여 함성이 되었다. 그 거대한 함성은 사해상단 사천 지단의 높다란 담장을 넘어 나가 멀리 사방을 아우르고 있는 막막한 어둠을 우르르 떨어 울렸다.

3

염소천은 느긋하게 검을 움직였다.

이강이라는 상대. 이 무명의 어린 청년이 펼치는 검식에는 전혀 특이한 게 없었다.

이강의 손에서 펼쳐지는 무당의 기초적인 검초, 정확하게는 본래의 무당검초라고 단정하기 어려울 만큼 적당히 변형시키고, 끊어서 이어 붙이고, 다시 조합시켰다는 느낌이 드는 검초들이었다.

그러기에 염소천 자신이 펼친다면 오히려 이강보다 더 효과적으로 초식 본래의 이치와 묘를, 무당검다운 운치까지 살려서 펼쳐 낼 수 있을 것 같은 초식들이었다.

게다가 처음 나설 때의 그 가상한 기백은 다 어디로 갔단 말인가. 역시나 철부지의 일시적인 만용에 불과했던가? 이강은 시작부터 내내 방어 일색으로 소극적이기만 했다.

염소천은 차라리 실망스러웠다. 이런 상대를 두고 단번에 몰아붙여 승부를 낸다고 해서 그 자신이나 지켜보는 군웅들이나 무슨 흥이 있겠는가. 무슨 돋보임이 있겠는가. 오히려 자존심만 상하는 일이 될 것이었다.

어차피 그 스스로 십 초라는 초수(招數) 제한을 말한바 있는 승부였다. 염소천은 초수를 조절해 가며 적당히 데리고 놀 심산이었다. 군웅들에게 흥미진진함을 주지 못하더라도 대신 웃음거리라도 만들어줄 수 있도록.

그러나 꽃구경도 오래하면 재미없고 지겨워지는 법.

염소천은 이윽고 슬슬 끝을 내볼 작정을 했다. 설렁설렁 보를 밟으며 어린 제자를 지도하는 노사부처럼 느긋한 운검(運劍)으로 오 초(五招)를 허비하고 난 다음이었다.

염소천의 보법이 조금 빨라졌고, 운검은 문득 현란해지기 시작했다.

묘한 것은, 그에 맞춰 이강의 움직임이 또한 빨라지기 시작했다는 것이다.

염소천의 검이 활기를 띠자, 그것에 맞추어서 이강의 검 또한 돌연히 지금까지와는 완연히 다른 위력을 발휘해 내는 것이었다. 그 검초가 여전히 무당의 기초 검법을 적당히 변형시킨, 지금까지와 그다지 다르지 않은 것이었음에도.

염소천은 문득 생각해 보지 않을 수 없었다. 이강이 그동안 그다지 특이하지 않았던 것은, 그리고 소극적이었던 것은, 바로 염소천 자신이 특별한 것을 보여주지 않았기 때문이고, 또한 적극적이지 않았기 때문이 아니었나 하고.

"무당검이다!"

군웅들 중에서 몇몇이 잇달아서 외쳤다. 비록 검에 정통하지 못하더라도 눈에 익숙하게 들어오는 이강의 검초에 대해 지금껏 확신하지 못하다가, 이제 부드러운 중에도 현묘(玄妙)함이 층층이 펼쳐져 나오는 무당의 검풍(劍風), 아니, 왠지 무당의 것일 것만 같은 그 확연한 검풍을 보고서 자신들도 모르게 뱉어내는 외침일 것이었다. 그런 중에 다시 누군가,

"칠성둔형(七星遁形)이다!"

하고 외치는 소리에서 이강이 펼쳐 내는 모든 수법들은 이윽고 의심할 바 없는 무당의 절기가 되어버렸다, 대다수의 군웅들에게.

사실에 있어서는 역시나 칠성둔형이라고는 할 수 없는 보법이었다. 다만 어딘지 모르게 닮아 있어 비슷한 측면이 있긴 했으나, 단정하기는 어려웠다.

그러나 그러한 정확한 꿰뚫음이야 소수의 고수 급들에게나 가능할 일이었으나, 소위 고수 급들로 분류되는 인물들 중 누구도, 더욱이 무당 제자들과, 심지어는 단상 위의 무광 진인까지도 이강이 무당의 절기들을 펼치는 것으로 되는(?) 데 대해 별로 개의치 않는 모습들이었다.

그럼으로써 처음부터 억지로라도 이강을 무당의 제자로 만들고 싶어했던 군웅들은 이제 그것을 욕심(?)에 그치지 않고 기정사실로 받아들이고 있었다.

육 초(六招).

칠 초(七招).

염소천은 기꺼이 이강과 어울려 주었다.

비록 아직까지는 정제되지 않아 거칠기는 하였으나, 상당한 잠재력이 비치는 이강의 검은 식었던 그의 흥미를 새삼 돋우기에 충분했다. 물론 군웅들이 뚜렷이 흥분해 가고 있다는 점은 그의 흥미를 더욱 고주시켰다.

팔 초(八招)가 펼쳐질 즈음, 염소천은 본격적으로 검을 떨쳐 내기 시작했다. 이제는 박차를 가해야 할 때였다. 절정을 향해.

파파파파팟!

염소천의 검이 뿌려낸 무수한 검화(劍花)들이 이강의 육합 공간을 조밀하게 조여들었다. 그러나 그 검화들은 막상 이강이 펼쳐 낸, 다소간은 허술해 보이는 한 겹 검막을 뚫지는 못했다.

그때야 비로소 염소천은 이강의 검막에 서린 무형의 어떤 힘을 느낄 수 있었다. 검기도 아니고 검강도 아니었으나, 이제는 팔성 이상의 내공을 실어 펼치는 그의 검공으로도 쉽게 뚫어낼 수 없는 기이한 힘이었다.

염소천은 다급한 심정을 가지지 않을 수 없었다. 그의 입매가 일자(一字)로 물렸고, 눈빛에는 날카로운 정광이 번뜩였다.

구 초(九招).

파르르르릉!

타라라라랑!

내력이 잔뜩 가미된 검초들이 무수히 격돌하며 비무대 위는 번뜩이는 검광과 기음(奇音)으로 가득 찼다.

가히 용호상박(龍虎相搏)의 형세였다.

먼저의 원지룡과의 대결에서 염소천이 군웅들을 놀라게 하는 기초(奇招)로써 단번에 승리를 잡았다면, 그는 이제야말로 자신이 가진 바의 재주를 맘껏 발휘해 내고 있었다. 과연 무벌의 절학이었다. 과연 운중신룡 염소천이었다.

염소천의 위용이 그럴진대, 지금 그와 대등하게 재주를 펼치고 있는 이강의 놀라운 위용이야 더 말할 것이 있겠는가. 군웅들 사이에서는,

"아!"

"허어!"

하는 감탄과 탄식이 연신 새어 나오는가 하면, 두 사람의 격돌이 이루어질 때마다,

"와!"

"와아!"

하고 잇달아서 환호성이 터져 나왔다.

강호무림에 한 사람의 신성(新星)이 새로이 탄생하는 순간이었다, 이강(李强)이라는 이름의.

염소천이 문득 멈추었다. 그에 따라 이강도 멈추었다.

염소천의 검이 천천히 이강을 겨누었다. 그의 눈빛이 불타올랐다. 이글거리는 분노였다.

당연히 그의 것이어야 할 환호와 감탄을 감히 가로채 간 자에 대해, 더욱이 처음부터 그가 의도하고 만들어온 무대에서 그 절정의 순간을 엉망으로 망쳐 버린 자에 대해서 타오르는 차가운 분노.

염소천의 검극에서 한 무리의 진득한 살기가 맺혀 번지는 것을 보고, 염운백은 언뜻 미간을 좁혔다. 그의 시선이 힐끗 무광 진인 쪽으로 향하였다.

무광 진인은 별 동요가 없었다. 적어도 비무를 멈추게 하려는 의지는 없어 보였다. 약간의 의혹을 띤 채 염운백의 시선이 다시금 비무대로 향하였다.

염소천의 살기는 더욱 짙어지고 있었다, 누구라도 느낄 수 있을 만큼 뚜렷하고도 맹렬하게.

이강은 호흡을 고르며 천천히 청홍검의 검극을 세웠다. 그의 전신으로 조용하나 강렬한 투지가 넘실거렸다. 순간 청홍검의 검신이 환한 빛에 휘감겼다.

그때 염운백의 뇌리에 퍼뜩 떠오르는 것이 있었다.

'광검(光劍)?'

그러나 그는 이내 고개를 가로저었다. 검의 궁극 경지라는 광검이었다. 이강의 검이 빛에 휘감기는 것을 보고 순간적으

로 그 경지의 초입을 상상했으나, 그것은 너무 지나친 상상인
것이다.

그러나 염운백은 미처 상상하지 못했다. 같은 순간 무광 진
인의 뇌리 속에,

'태혜(太慧)!'

라는 일념이 스쳐 갔다는 것을. 경악과 동시에 표현 못할
착잡함으로.

콰콰쾅!

벼락치는 듯한 폭음에 사방의 군웅들은 감히 숨도 크게 쉬
지 못하고 두 눈만 부릅떴다.

쿵!

쿵!

쿵!

비무대 바닥을 무겁게 울리며 염소천이 잇달아 세 걸음을
뒤로 물러섰다.

동시에 이강은 거의 십여 걸음을 주르륵 미끄러지다시피
뒤로 물러나고 있었다. 그러고도 충격을 다 완충시키지 못한
듯 이강은 크게 허리를 휘청하고 나서야 겨우 중심을 잡고 섰
다.

눈에 띌 정도로 크게 오르내리는 어깨에서 이강의 호흡이
몹시 거칠어졌다는 것을 알아볼 수 있었다.

이번의 격돌에서 이강은 가볍지 않은 내상을 입었다. 태혜

의 경지를 의지대로 시전하기에 그의 내력은 아직 부족했다.

사실 이강의 내부에는 활화산 같은 내공이 잠재되어 있었다. 순동의 내력이다. 그러나 그 막대한 내력의 대부분은 아직까지 그의 것이 되지 못하고서 다만 단전에 딱딱하게 뭉쳐만 있었다.

단숨에 해결될 일은 아니었다. 시간이 필요했다. 시간이 지나면서 저절로 조금씩 조금씩 그의 본신 내력으로 융해가 될 것이었다.

격돌의 반력으로 세 걸음을 밀려나 몸을 멈춰 세우자마자 염소천은 곧바로 신형을 되쏘아 나갔다. 그런 그의 전신으로 주체할 수 없는 분노와 증오가 폭사되고 있었다.

자신을 향해 덮쳐 오는 폭발적인 살기에 반응하여 이강은 다시 청홍검의 검극을 세웠다. 힘겹게.

바로 그때였다.

"그만 멈추시게!"

나직하였으나 삼엄한 위엄이 담긴 목소리였다.

염소천은 멈춰 설 수 밖에 없었다. 순간적으로 그의 앞에 형성된 무형 경력의 벽은 그가 무시하여 그대로 부수고 나가기엔 너무도 강력하였기 때문이다.

청련 신니였다. 신주십삼존의 한 사람이자, 계파를 초월하여 무림의 폭넓은 존경을 받고 있는 여승.

무형 경력의 벽에 가로막혀 어쩔 수 없이 멈춰 서기는 했으나, 염소천의 두 눈은 여전히 주체할 수 없는 살기로 번뜩거렸다.

그때 그의 귓전으로 마치 거대한 범종이 울리는 듯한 소리가 쩌렁하게 전해졌다.

"아미타불! 이미 십 초가 지났네! 시주 스스로 정한 초수인데 잠시 잊었는가?"

불문사자후였다.

염소천은 고개를 숙였다. 그의 본능이 지금 어떻게 하든 스스로의 분노와 살기를 통제해야만 한다고 다급하게 일깨우고 있었다.

이토록 많은 군웅들이 지켜보는 가운데서는, 스스로를 억제하지 못하는 모습을, 그가 가진 고질적인 한계를 보여서는 결코 안 되는 것이었다.

그때 염운백이 벌떡 자리를 박차고 일어섰다. 그러나 차마 비무대로 쏘아 나가지는 못하고 다급히 옆을 돌아보는데, 신극전주가 급하게 일어섰다. 그런데 그가 막 몸을 날리려는 바로 그때였다.

"이강!"

비무대 위에는 어느 틈엔지 새로운 인물 하나가 올라와 있었다.

바로 강산이었다. 그가 언제 비무대 위로 올라왔는지에 대해서는 아무도 알지 못했다. 아니, 지금 그런 것은 누구의 관

심거리도 되지 못했다. 그것보다는 그의 부르는 소리에,

"예! 조장님!"

하고 반사적이다시피 대답하는 이강의 모습이 차라리 군웅들의 관심을 일시에 모았다.

그리고 이어 강산의 가벼운 손짓에 주저없이 걸음을 옮겨 다가가는 이강의 모습에서 군웅들의 의아함과 궁금증은 더할 수 없이 증폭되었다. 바로 그들이 굳이 무당의 제자로 인정하고 있는 이강이었기에.

그때 염소천이 순간적으로 폭발하며 이강의 뒤를 덮쳐 갔다.

"멈춰!"

동시에,

"아미타불!"

나직한 불호와 함께 청련 신니의 신형 또한 움직였다.

그러나 신니는 곧바로 멈추었고, 그녀의 두 눈은 이채를 머금은 채 강산에게로 향해 있었다.

이강은 어느새 강산의 뒤에 있었다. 아니, 사실은 어느새 강산이 이강의 앞으로 와 있는 것이었다.

그러나 대부분의 시선들은 미처 그런 점에 주목하지 못했다.

강산의 그 움직임이 전설의 금강부동신법임을 알아본 사람이 있을 리는 더욱이 없었다. 단상의 소림 장문인조차도.

사실은 강산 자신조차도.

"그만합시다. 신니께서도 이미 십 초가 지났다고 그만 멈추라고 하시지 않았소?"

그때 염소천의 검은 이미 강산의 가슴을 그대로 찌를 수 있는 위치에 있었으나, 염소천은 격렬한 분노에 휩싸여 있는 중에도 결코 비범해 보이지 않은 빈손의 상대에 대해 검을 쓰지는 않았다. 대신 그의 좌수가 불을 뿜듯이 그대로 강산의 뺨을 쳐갔다.

그러나 염소천의 그 한 수 장공(掌攻)은 뜻밖에도 허공을 치고 말았다.

강산이 선뜻 뒤로 한 걸음을 물러섰기 때문이다.

무슨 보법이라고 할 것도 없는 단순한 뒷걸음질이었고, 그다지 빨라 보이지도 않았다.

그런데도 결과적으로 염소천의 그 한 수 공격을 피해내기에는 충분했다.

"이자가?"

염소천이 나직한 노갈을 터뜨리며 검을 거두어 허리의 검집으로 되돌리는 동시에, 이번에는 양손 모두를 번개처럼 쳐냈다.

순간적으로 셀 수 없는 손바닥 그림자가 일어나며 일대의 공간을 빽빽하게 채웠다.

강산은 이번에는 피하는 대신에 다른 방법을 택했다.

비록 번개처럼 빠르고 눈이 어지럽도록 현란한 수법이었지만, 이번에도 피하려고 하면 못 피할 것은 아니겠다 싶었다. 그러나 그가 피하는 방식이 염소천의 그 현란한 손속을 하나하나 다 피하고 젖히고 하는 멋진 공방의 방어는 역시 아닐 것이었다.

그런 것은 그로서는 가능한 일이 아니었다.

그저 빠른 몸놀림으로 어지러이 도망 다니는 구차스러운 모습이 될 뿐일 것이었다.

강산은 차라리 맞부딪치자고 작정했다. 사실은 그냥 몇 대쯤은 맞고 말자는 작정이었지만.

볼썽사나울 얼굴 부위만 두 손으로 가리고, 나머지 부위는 무형 방호막을 믿어보자 하는 요량이었다.

짜자자작!

염소천의 쌍장이, 그 한 수에 도대체 몇 번이나 때리는 것인지 세지도 못할 만큼 빠르게 양팔과 어깨와 가슴과 옆구리까지 치고 지나가는 순간, 강산은 일시 벼락이라도 맞은 듯이 부르르 전율하고 말았다.

그야말로 짜릿하고 화끈한 충격이었다. 그러나 과연 그의 무형 방호막으로는 그런 대로 견딜 만한 정도였다.

더욱이 그 매번의 충격의 여파가 순간 순간 그의 내부 각 관문들로 소량씩 흡수되는 느낌이 이제는 제법 또렷하게 왔다.

미미하지만 뿌듯한 느낌이었다. 몸이 가벼워지고, 뭔가 충실해지는 느낌이었다. 그의 흡능이 이제 상당히 안정화되었다는 반증이었다.

막상 벼락이 관통한 듯 순간적으로 강산의 전신을 전율하게 만든 것은 타격의 충격 때문이 아니었다. 한순간 그의 기억 깊숙한 곳에서 확연히 되살아난 편린 때문이었다.

'일곱 가지 종류의 기운?'

동시에,

'그자다!'

하고 강산은 외쳤다. 그러나 그것은 그의 머릿속에서만 울리는 횅한 절규였다.

염소천은 가볍게 미간을 찌푸렸다.

상대가 슬금슬금 뒤로 물러나고 있었다, 도망치듯이.

그렇게 대여섯 걸음이나 물러서서는 두 손을 내저으며,

"이제 그만합시다!"

하고는 무슨 말이라도 나올까 봐 겁이 난다는 듯이, 홱 몸을 돌려서는 빠르게 걸어가 버리는 것이었다.

그리고는 한쪽에서 조금은 어이없다는 표정으로 서 있는 이강의 손목을 낚아채서는 서둘러 비무대를 내려가 버리는 것이었다.

군웅들 속에서 잠시간 어이없다는 반응들이 있더니 이윽고는 왁자한 웃음소리로 번졌다.

염소천 또한 차라리 어이없는 심정이었다. 참으로 어이없
는 자가 아닌가.

이내 염소천은 피식 웃고 말았다. 아무래도 석연치 않는 몇
가지의 의혹이 있긴 했지만, 군웅들이 조소하는 속에서 비겁
한 모습으로 도망치는 자를 굳이 잡아서 다시 족칠 필요까지
는 없는 일이었다.

초라하다고밖에 할 수 없는 강산의 뒷모습을 보면서 청련
신니는 잠시 알 수 없다는 표정이 되었다. 그러나 그녀는 이
내 가볍게 고개를 젓고는 단상으로 돌아갔다.

강산과 이강을 맞는 선변과 윤파 등도 또한 저마다 석연치
않은 표정들이었다.

4

"왜 그랬어? 왜 함부로 나서?"

선변의 앞뒤 없는 원망이었다, 이강에게 해대는.

이강이 가볍게 얼굴을 붉혔으나, 그의 안색은 오히려 밝아
졌다.

참으로 오랜만이었다. 원래 선변은 그런 말투를 써야만 진
정 그다운 것이다.

이강이 얼굴을 붉힌 채 아주 작은 소리로 대꾸했다.

"그자가 널 모욕했잖아."

선변은 잠시 말문이 막히는 모습이었으나, 이내 활짝 웃는 얼굴로 말했다.

"훗! 그러니까 제법 남자다워 보이는데?"

강산이 보기에 그것은 참으로 어색하고도 이상한 광경이었다.

'교태?'

그 한 단어를 떠올리는 순간 강산은 문득 옷 안에서 뭔가가 스멀거리는 듯했다.

"쟤들 좀 이상해 보이지 않나?"

강산이 나지막이 속삭이자 서활은 그저 빙그레 웃기만 했다.

<h1 style="text-align:center">四十六
진정(眞情)</h1>

1

쌍둥이가 있었다. 평범한 가정이었다면 축복받았을 수도 있었겠지만, 그들의 운명은 가혹했다.

그들이 태어난 가문은 너무도 대단한 명예와 권력을 가진 곳이었다.

차라리 터울을 가진 형제였다면 동생보다 못하다 하더라도 형이 가문의 후계자가 되었을 것이다. 가장(家長)의 자리라는 것이 꼭 자질이 뛰어난 자가 앉아야 하는 것은 아니니까. 자질보다 오히려 품성이 더욱 중요할 수도 있는 법이니까.

그러나 쌍둥이에게는 한날한시에 태어났다는 것이 결코

용납받을 수 없는 원죄가 되었다.

가문에서는 두 아이의 운명을 감히 예단하였다. 필시 혈육 상쟁(血肉相爭)의 길을 걷게 될 것이라고.

그리하여 미리 두 아이의 운명을 정해 버렸다. 만 세 살이 차기도 전에. 가문의 미래를 위해.

선택은 그리 어렵지 않았다.

한 아이는 너무도 뛰어났다, 마치 두 아이의 재능과 자질이 한 아이에게로 집중된 것처럼.

다른 한 아이는 평범하지조차 못했다. 그는 자신만의 세계에 갇힌 아이였다.

그것이 차라리 다행이었다. 그 아이에게도, 그 아이의 아비에게도. 선택받지 못하고도 아이는 살아남을 수 있었고, 그 아비는 자신의 손으로 자식을 죽이지 않아도 되었으니까.

그렇게 한 아이가 세상에서 잊혀졌다, 원래부터 태어난 적이 없었던 것처럼.

그러나 이제 스물일곱이 된 그 아이는 다시 세상으로 불려 나왔다. 쓰일 가치를 찾았기 때문이다. 자신을 버리고 잊어버린 혈족을 위해. 자신이 가져야 할 것까지 모든 것을 독차지해 버린 분신을 위해.

2

늦은 밤. 유정은 따로 강산을 불러냈다.

그녀는 강산에게 주의를 줄 참이었다. 너무 무모하고 위험하다고. 무벌은 누구도 함부로 건드릴 수 없는, 천하에서 가장 강한 세력 집단이라고. 심지어는 조정과 황실에서도 어느 정도까지는 그들을 인정하고 있는 형편이라고. 그러니 강산도 잡조도 오늘과 같은 무모한 행위는 다시 할 생각을 하지 말라고.

그러나 강산이 얼굴을 보자마자 대뜸,

"유 소저! 흉수가 누구인지 알아냈소."

하고 말하는 바람에 유정은 자신이 하려고 벼르던 말 대신에,

"예?"

하고 반문하고 나서 재차 다급하게,

"누군가요?"

하고 물었다.

"염소천!"

강산의 그 한마디에 유정은 부르르 몸을 떨고는 믿지 못하겠다는 듯이,

"맙소사!"

하고 경악을 뱉었다. 그리고 잠시 후에야 진정하며 다시 물었다.

"확실한가요?"

"확실하오! 그때 내게 지옥의 고통을 가했던 바로 그놈이오."

유정이 한결 차분해진 기색으로 다시 물었다.

"그가 바로 그때의 그자란 걸 어떻게 알 수가 있었죠?"

"오늘 그자와 몸을 부딪쳤을 때 전해져 오는 느낌에서 확실하게 알 수 있었소."

"음! 다만 느낌이란 건가요?"

유정의 눈빛으로 가벼운 실망이 스쳤다. 그러나 강산은 단호하게 확언했다.

"전에도 얘기한 적이 있지만, 나의 그런 느낌은 정확하오!"

유정은 잠시 생각을 정리한 후에 차분하게 말문을 열었다.

"흉수가 무벌의 고위층 중 한 사람일 것이란 추측은 하고 있었지만, 바로 운중신룡 염소천일 것이라곤 상상조차 하지 못했던 사실이에요. 막상 저조차 그러니 다른 사람들에게 그 사실을 입증시키기란 더욱 어려운 일이 되겠지요. 우리가 제시할 수 있는 몇 가지 증거물과 정황들에, 이제 조장님의 증언이 추가된다고 하더라도 말이에요."

"난 증언한다고 하지 않았소. 내 말을 다른 사람들이 믿고 안 믿고 하는 것을 떠나서, 그때 내가 겪었던 일들을 다른 사람들에게 말하기를 나는 결코 바라지 않소."

강산의 어조가 다소간 강하게 변했다. 그러나 유정은 개의치 않고 정색으로 말을 받았다.

"저 때문에 그러시는 것이라면… 전 어떻게 되어도 좋아요. 흉수를 밝힐 수만 있다면, 그래서 그자의 만행을 단죄할 수 있다면 말예요. 하지만……."

그때 강산이,

"어떻게 되어도 좋다니? 도대체 그런 말이 어디 있소?"

하는 고함으로 유정의 말을 끊었는데, 그것은 차라리 호통이었다.

유정은 일시 얼떨떨해지고 말았다. 강산이 언제 그녀에게 이처럼 사나울 때가 있었던가? 언제 그녀를 이런 식으로 대한 적이 있었던가?

그러나 그 순간 강산은 다시금 격한 어조로,

"적어도 내가 듣는 앞에선 그런 말 함부로 하지 마시오! 소저는 괜찮을지 모르겠으나, 난 그렇지가 못하오! 난 소저가 수치를 당하도록 둘 수가 없소!"

하고 빠르게 뱉고는 획 돌아서서 걸어가 버리는 것이었다.

강산의 뒷모습을 보면서 유정은 멍하니 서 있었다. 마치 무엇에 강한 충격을 받은 사람처럼.

그러던 한순간 유정의 두 눈이 갑자기 경악으로 물들었다. 그리고 비명처럼 외쳤다.

"안 돼!"

동시에 그녀는 번개처럼 강산을 향해 신형을 쏘아 갔다.

격앙된 심정 중에 그만 가슴 깊숙한 곳에 묻어놓았던 진정을 얼떨결에 토해내고 나서, 강산은 도망치듯이 걷고 있었다. 가슴이 먹먹한데다 고개를 들 수 없도록 후회스러웠다.

발아래, 석등의 불빛에 비친 그림자 하나가 길게 흔들렸다. 누군가 마주 오고 있었다.

그러나 강산은 굳이 고개를 들어 확인하지 않고 그저 옆으로 비켜 지나가려 했다. 그저 지단의 사람이려니 여겼다.

막 엇갈려 지나갈 즈음 강산은 문득 한가닥의 섬뜩한 기운을 느꼈다. 몇 번의 생사 고비를 겪으면서 느꼈던 종류의 기운, 바로 살기였다.

그러나 바로 그때 들려온 유정의 비명 같은 외침은 순간적으로 강산의 주의력을 흩뜨려 버렸고, 그 찰나의 틈을 타고 한 자루의 비수가 그의 심장을 찔렀다.

순간 강산은 본능이 시키는 대로 짧게 어깨를 비틀어 이미 살을 파고든 비수의 날카로운 끝을 최대한의 사각(斜角)으로 받아냈다. 동시에 강하게 왼 가슴을 튕겨냈다.

"윽?"

신음과 경악이 뒤섞인 다급한 소리가 터져 나오며 마주 오던 자가 비스듬하게 옆으로 튕겨 나갔다.

흑의에 복면을 한 사내, 살수(殺手)였다.

그러나 강산이 왼 가슴을 움켜잡고 휘청하니 뒤로 물러서는 것을 보고서 살수는 곧장 되쫓아 들며 다시 한 번의 기회를 노렸다.

그때였다.

"갈!"

허공에서 날카로운 교성이 짜랑하게 터지며 한가닥의 검광이 번뜩였다.

"큭!"

짧은 비명과 함께 허공에 한 줄기의 피 보라가 일었다. 동시에 땅바닥에는 잘린 팔 하나가 비수를 움켜잡은 채로 떨어져 펄떡거렸다.

유정이 강산의 앞을 가로막아 서며 매섭게 검을 겨눌 때, 살수는 그대로 어둠 속으로 신형을 날렸다, 어느 틈엔지 바닥에서 펄떡이던 자신의 팔을 집어 든 채.

유정은 굳이 살수를 뒤쫓지 않았다. 지금 그녀에게 무엇보다 급한 일은 강산의 상세를 살피는 일이었다.

가슴의 화끈한 쓰라림에 잔뜩 인상 찡그리고 있던 강산은 문득 놀라며 주춤 뒷걸음질을 쳤다. 유정이 다짜고짜 그의 가슴팍 옷자락을 풀어 헤치려 했기 때문이다.

그러나 유정은 그대로 쫓아와 조금의 거리낌도 없이 그의 옷자락을 헤집고 말았다.

"어어?"

강산이 당혹을 감추지 못할 때, 유정의 손은 그의 상처 부위를 더듬고 있었다. 강산의 몸이 출렁이듯 움찔거렸다.

"소저! 난… 괜찮소! 난 괜찮으니……."

강산이 더듬거리거나 말거나, 얼굴이 대춧빛으로 붉어지거나 말거나 상관없이 유정은 강산의 상처 부위를 꼼꼼히 짚어가며 살폈다.

그런데 정말로 괜찮았다. 왼 가슴 부위가 여섯 치가량이나 길게 베이기는 했지만, 깊게 베이지는 않아 그저 좀 깊게 긁힌 정도였다.

그러나 유정은 품속에서 비상용으로 가지고 다니던 가루약을 꺼내 강산의 상처 부위에다 골고루 뿌렸다. 그러고 나서야 조금 쑥스러운 기색이 되어,

"이만하길 다행이에요."

하고 말하였다. 강산이 또한 어색하게 웃으며,

"아마 처음으로 일 나온 살수였던 모양이오."

하고 받았다. 듣고 보니 엉뚱한 말이라 유정이 가볍게 피식 웃고 말았다.

그에 강산이 덩달아서 빙그레 웃으며 짐짓 가슴을 펴 보였다.

4

유정의 손에 이끌려 청련 신니의 처소로 온 강산은 오늘 낮에 자신이 확인한 사실에 대해서 말하였다.

신니는 놀라는 기색없이 그저 담담하게 웃으며 강산의 말을 들었다.

무벌의 소벌주가 흉수라니? 게다가 몸이 맞닿은 느낌으로 그 사실을 확인하였다니? 신니로서는 우선 황당하다는 생각을 할 수밖에 없을 것이었다.

그러나 영민한 유정이 굳이 자신에게까지 데리고 와서 직접 말을 하게 하는 데는 분명 무슨 까닭이 있겠거니 하고 듣고 있는 중이었다.

강산은 이어서 그날 밤, 항주에서 자신이 겪은 사건의 전말을 이야기하지 않을 수 없었다.

그것은 결코 내키지 않는 일이었으나, 유정에게서 이미 몇 번이나 간곡하게 부탁을 받고 온 자리이니, 얘기하지 않을 도리가 없었다.

신니는 그제야 놀라는 기색이 되었고, 이윽고는 크게 노하고 말았다. 수제자 정혜(淨慧)의 불행으로만 알고 있었는데, 갑자기 유정까지라니.

유정은 신니가 혈육처럼 아끼는 제자였다. 그런 유정에게 평생을 안고 살아가야 할 고통의 생채기가 생기고 말았다는 데 대한 말할 수 없는 안타까움과 격한 분노였다.

그리고 그 분노가 당장에 눈앞의 강산에게로도 쏟아지는

것은 수양 깊은 신니로서도 어쩔 수가 없었다. 그 또한 피해
자이겠으나, 어쨌든 신니의 입장에서 보자면 아끼는 제자의
몸을 망쳐 놓은 직접적인 가해자인 것이다.

"참으로 고약한 인사로다."

신니의 무거운 호통에 깊은 분노가 응축되어 있었다.

그런데 호통만으로는 도저히 분노를 삭이기 어려웠던지
신니는 문득 한 손을 뻗어 강산의 어깨를 때렸다.

경력은 담기지 않았으며 그저 가벼운 손짓이었다. 제자에
게 씻을 수 없는 불행을 안긴 강산에 대해 상징적으로나마 벌
을 가함으로써, 신니 스스로가 위안을 받으려는 의도일 터였
다.

그러나 신니의 그 손짓은 강산의 어깨를 때리지 못했다. 강
산이 순간적으로 어깨를 비틀며 뒤로 빠져나갔기 때문이다.

한 걸음 물러서서 강산은 물끄러미 신니를 바라보고 서 있
었다.

그런 강산의 기색에서 한가닥의 반발을 발견하는 순간 유
정은 크게 당황하였다.

그때 신니가 차갑게 꾸짖었다.

"네 감히 내게 대항하려 하느냐?"

강산이 신니를 직시하며 말했다.

"저는 핍박당하는 것을 좋아하지 않습니다. 누구에게도."

그 한마디에 신니는 더욱 크게 노하여 그대로 일장을 쳐

냈다.

파앙!

팽팽한 경력이 깃든 일장이었다.

그러나 강산은 어느 사이에 옆으로 미끄러져 나가고 없었다.

순간 신니의 분노는 걷잡을 수 없을 정도가 되었다.

신니의 양손 열 손가락이 마치 매의 발톱 같은 형상으로 되더니, 일대의 허공을 움켜쥐고 할퀴기 시작했다. 절정의 응조수(鷹爪手)였다.

강산의 움직임은 무슨 신법도 아니었고, 그렇다고 보법도 아니었다. 그저 이리저리 다급하게 도망쳐 다니는 무질서하고 잡스러운 몸놀림에 불과했다.

그러나 신니는 쉽사리 강산을 잡지 못했다.

강산은 마치 한 가닥의 연기처럼 표홀(飄忽)했다.

움직이지 않고 가만히 서 있는 것 같은데도 어느새 옆으로 비켜서 있고, 잡았다 싶으면 순간적으로 기이하게 미끈거리며 슬쩍 빠져나가 버린다. 마치 맨손에다 들기름을 잔뜩 칠하고 미꾸라지를 잡는 느낌처럼.

어느 순간 신니는 손을 거두고 우뚝 멈추어 섰다.

"참으로 도깨비 같은 인사로군!"

신니의 그 말에는 강산에 대해 여전히 못마땅해하는 심정과, 한편으로 그의 기이한 능력에 대한 경이로움과, 또 한편으로 불자(佛子)가 되어 순간의 격정을 참지 못한 신니 스스로에 대한 자책과 허탈감 같은 것이 한꺼번에 녹아 있었다.

"제 사부님께 이게 무슨 무례예요?"

유정이 나직한 소리로 강산의 무례함을 나무랐다.

그것이 자기 들으라고 치레로 하는 짓인 줄을 알면서도 신니는 쓰게 웃을 수밖에 없었다.

그리고 가만히 보자니, 좀 전 자신에게는 제법 까칠하던 강산이 지금 유정이 나무라는 말에 대해서는 이렇다 저렇다 말없이 잠자코 듣고 있는 모양새였다.

신니는 문득 묘한 심정으로 되어 두 사람의 모습을 물끄러미 지켜보았다.

잠시 후, 신니가 정색으로 강산에게 말했다.

"다시 한 번 확인해 두고 싶은 게 있네!"

"말씀하십시오!"

"그때 부채로 얼굴을 가린 청년이 자네에게 베푼 고문 수법에 대해 스스로 말하기를, 분명 '이전에도 없었고, 앞으로도 없을 전무후무의 고금 최고의 신공'이라고 했나?"

"그렇습니다."

"또한 그 청년의 수법에서 여러 종류의 기운들이 뒤섞인 것을 느꼈고, 이번에 무벌의 염소천에게서 그때와 똑같은 종류의 기운들을 다시 느꼈다는 것이 확실한가?"

"확실합니다."

　명확한 강산의 대답에 신니는 문득 안색을 어둡게 만들었다.

　"과연 칠절마벽(七絶魔壁)이란 말인가?"

　"사부님! 칠절마벽이 무엇입니까?"

　유정의 질문에 신니는 잠시 제자를 바라보다가 찬찬한 어조로 말했다.

　"무벌을 세운 창천무종(蒼天武宗) 염천월(廉天月)이 창안한 무공이다. 무림인들 중에 그를 두고 고금제일인이라고까지 추앙하는 이들이 적지 않으니, 그가 창안한 무공이야말로 과연 '이전에도 없었고, 앞으로도 없을 전무후무의 고금 최고의 신공' 이란 말에 어울릴 법하지 않겠느냐?"

　"아!"

　유정이 짧은 탄성을 흘리는데, 신니는 문득 강산에게로 시선을 주며 말을 이었다.

　"그리고 이름 그대로 일곱 가지 서로 다른 종류의 내력이 절고(絶高)의 조화를 이룬다는 무공이니, 과연 자네가 말한 내용과도 일치하는 부분이 있네."

　강산은 눈도 깜빡이지 않고 신니의 말에 집중하고 있었다.

　그때 잠시 깊숙한 눈빛으로 강산을 직시하던 신니가 문득 무겁게 덧붙였다.

　"자네에게 특별히 부탁할 것이 하나 있네."

　"하명하십시오!"

"자네의 얘기가 틀림없는 사실이라고 해도 그것을 다른 사람들에게 믿게 만드는 것은 또 다른 별개의 문제라는데 대해서는 자네도 인정할 수밖에 없을 것일세."

"알고 있습니다."

"해서 하는 말인데, 이 문제를 전적으로 빈니에게 맡겨주지 않겠나? 그리고 이에 관한 얘기는 이 시간 이후로 누구에게도 다시 하지 말아주기를 부탁해도 되겠나?"

강산의 안색이 문득 무거워졌다. 그때 유정이 또한 무거운 표정으로 신니를 보고 말했다.

"저 때문에 그러시는 것이라면, 저는 이미 각오가 되어 있습니다."

신니의 얼굴이 엄하게 변했다.

"각오 정도로 감당할 수 있는 문제가 아니다."

유정이 하고 싶은 말은 있으되 감히 꺼내지는 못하는 기색이 되고 마는데, 강산이 대신 무거운 어조로 말했다.

"말씀에 따르겠습니다."

신니가 가만히 고개를 끄덕이고 난 다음에 차분한 어조로 말했다.

"그렇지 않아도 오늘 밤 중으로 무림맹주를 만나 이 문제에 대해 탄원하여 도움을 청하고, 내일쯤에는 정식으로 무벌주에게 따져 볼 작정을 하고 있던 참이었다."

"사부님?"

"너무 염려할 것 없다. 이 사부가 그동안 몇 가지의 명백한 정황들을 추가로 확보하였으니, 무벌에서도 쉽게 발뺌하지는 못할 것이다."

"그들이 끝내 부인을 하면 어떻게 되는 것입니까?"

"만약 합당한 해명없이 억지를 부린다면, 지금 당장은 아니더라도 조만간에 무벌은 무림천하로부터 외면받게 될 것이고, 그로 인해 생각보다 더욱 많은 것들을 잃게 될 것이다. 세상의 정의(正義)라는 것은 어떤 권력이나 무력보다도 무서운 법이니 말이다."

<h1 style="text-align:center">四十七
타협(妥協)</h1>

1

자시 말(子時 末:새벽 한 시 무렵).

깊은 밤에 갑작스러운 방문을 받고 무광 진인은 당황스럽기보다는 차라리 무언지 모를 긴장과 아울러 기대를 느꼈다.

개방 방주였다. 청련 신니를 대동하고 온 그의 얼굴은 유등(油燈) 불빛 아래서도 확연할 정도로 한껏 상기되어 있었다.

차분한 목소리로 이어진 신니의 얘기를 다 듣고 났을 때, 무광 진인은 가슴속에서 피어오르는 흥분을 추스르기가 어려웠다.

엄청난 얘기였다. 그리고 다루기에 따라서는 굉장한 파괴력을 지닐 수 있는 얘기였다.

[믿을 수 있는 얘기요?]

무광 진인의 전음에 개방주는 당혹스러운 기색으로 흘깃 신니의 눈치부터 살폈다.

신니를 옆에 두고서 그들 두 사람만 전음을 주고받는다는 것은 평상시였다면 커다란 실례가 될 일이었다. 그러나 지금은 그럴 수밖에 없는 상황이기도 했다.

[본 방의 수장로(首長老)께서 비공식적으로 움직이셨다는 것을 확인했습니다. 신니와는 속가 때부터의 깊은 인연이 있어 부탁을 거절할 수 없었다고 합니다.]

개방주의 전음에는 당혹스러움이 그대로 묻어 있었다. 그러나 다만 당혹스러움일 뿐, 감히 방주인 자신을 제치고 사사로이 방의 조직을 움직인 수장로의 독단에 대한 질책의 느낌은커녕 오히려 두둔하려는 느낌이 어려 있었다.

개방의 수장로. 바로 소요개(逍遙)라는 인물이다.

개방주의 사형제들인 칠대장로(七大長老)의 첫째로, 개방에서는 방주보다도 오히려 영향력이 큰 인물. 방주 직에 오른 지 일 년 만에 스스로의 적성에 맞지 않다 하여 막내 사제인 지금의 개방주에게 방주 직을 물려준 파격적인 인물. 그러나 그는 개방이 백 년 래 배출한 가장 걸출한 인물로 평가되며, 아래로는 무결(無結)의 백의제자들로부터 위로는 장로들에 이르기까지 폭넓은 존경을 받고 있는 인물.

“으음!”

무광 진인은 개방주의 심정에 쉽게 수긍할 수 있었다. 그리고 소요개가 직접 움직였다면, 청련 신니가 말한 내용들은 그대로 믿을 수 있는 사실이 되는 것이었다.

“신니께서 이미 부족하지 않을 만큼의 물증과 정황적 증거들을 확보하셨음에도 무벌에 직접 따지지 않고 이처럼 빈도를 찾으신 연유를 물어봐도 되겠습니까?”

무광 진인의 진중한 말에 신니가 우선 개방주를 보며,

“아무리 불제자의 처지라고는 하나, 제자의 억울한 죽음에 대해 따져 보지 않을 수는 없었습니다. 하여 흉수에 대해 조사하는 과정에서 사사로운 인연을 빌미로 개방에 물의를 끼친 점 먼저 사죄를 드립니다.”

하고 합장하기에 개방주가 얼른 답례하였다. 신니가 다시 무광 진인을 향하며 말했다.

“그러나 여기까지가 이 늙은 비구니가 할 수 있는 한계라는 생각입니다. 빈니에게 무벌에 대해 제대로 따질 힘이 있을 리 없으니, 이제부터의 일에 대해서는 무림맹의 도움을 바라는 것입니다. 아미타불!”

신니가 불호를 외우며 합장하자, 무광 진인이 또한,

“무량수불!”

하고 도호를 외우며 합장의 예로 받고 나서 말했다.

“각설하고 한 가지만 묻겠습니다. 이 일에 관해 이제부터

빈도가 어떤 방식을 취하더라도, 또 그 결과가 어찌 나오더라
도, 빈도가 하는 대로 믿고 지켜봐 주시겠습니까?"

신니가 망설이는 기색없이 곧바로 대답했다.

"다른 여지가 없기도 하거니와, 또한 기꺼이 그리하겠습니
다."

무광 진인이 잠시 신중히 생각한 끝에 정중히 말하였다.

"보타암은 무림정도의 상징과도 같은 성지인데, 그런 흉악
한 일을 당하였으니 무림정도의 그 누구라도 분노하지 않는
이가 없을 것입니다. 하니 그 흉수를 밝히고 응징하는 일에
본 무림맹이 나서야 하는 것은 실로 당연한 일이라고 할 것입
니다."

그 말을 듣고서 신니는 무광 진인에 대해 깊이 감사를 표한
다음에 방을 나섰다.

방 안에 남은 두 사람은 한동안 묵묵히 눈길을 교환하고 있
다가 개방주가 문득 신중히 물었다.

"맹주! 어떻게 할 요량이십니까?"

무광 진인이 담담한 얼굴로,

"한겨울 허기질 때 생각지 못하게도 부글부글 뜨겁게 끓는
국을 한 솥이나 얻은 격이지요."

하고는 다시,

"허허허!"

하고 나직이 소리 내어 웃었다.

2

첫째 날의 비무대회는 완연히 맥 빠진 분위기였다.

청방과 청성파를 포함해, 무벌에 직간접으로 소속된 문파들과 구파일방의 직전제자들 중에서는 아무도 출전을 하지 않았다. 그러니 자연히 대회의 흥미는 반감될 수밖에 없었다.

그런데다 단상의 중앙은 내내 비어 있었다. 유 총수와 염운백, 그리고 무광 진인 등의 세 거두가 종일 얼굴을 비치지 않았던 것이다.

비무의 진행은 무벌의 당주 급 인사들과 구파일방의 장로 급들이 공동으로 하였다.

그런데 조금만 격화된다 싶으면 곧바로 비무를 중지시켰고, 그때까지의 내용을 가지고 승패를 판정했다.

이를테면 이런 쪽은 청(靑)이 유리했지만, 또 이런 쪽에서는 홍(紅)이 유리했다 하는 식이었다. 당연히 군웅들의 관심과 열기는 시들할 수밖에 없었다.

대회 이틀째도 비슷한 양상의 진행이 이어졌다.

그런데 비무 참여자의 수가 예상보다 저조한데다 각각의 비무가 워낙 빠르게 진행되었기에, 원래는 셋째 날 오전까지 해서 가려질 예정이었던 결승 진출자가 하루를 앞당겨 그날 오전 중에 가려졌으므로, 둘째 날의 일정은 그것으로 종료되었다.

잡조 또한 대회 구경에는 건성이었다.

강산은 내내 말 한마디가 없었고, 유정은 초조한 모습이었다. 두 사람의 그런 기색 탓에 조원들 또한 괜히 신경 쓰여 하는 모습들이었다.

3

대회 삼 일째 아침 일찍.

청련 신니가 유정에게로 왔는데, 초췌한 얼굴이었다.

"흉수는 염소천이 아닌 것으로 밝혀졌다."

짧고 무겁게 뱉는 신니의 그 말에 대해 강산은 자신도 모르게 반발하지 않을 수 없었다.

"그럴 리가 없습니다."

그에 신니가 가만히 한숨을 쉬고 난 다음에, 완연히 피로한 기색으로 지난 며칠간의 상황들에 대해 말했다.

"물증과 정황적 증거들이 무림맹 차원에서 제시된 것은 이틀 전, 그러니까 대회 첫날 묘시 초입(卯時 初入:오전 다섯 시) 무렵이었네. 개방으로부터 무벌의 기밀당으로 우선 정보가 제공되었지. 그때부터 무벌과 무림맹의 수뇌는 각자의 처소에서 움직이지 않았고, 양측의 정보 계통만 보이지 않는 중에 치열하게 움직였지. 막상 무벌로부터 협의 요청이 온 것은 어젯밤 술시 말(戌時 末:밤 아홉 시) 무렵이 되어서였네. 밀실에 마주 앉은 사람은 모두 다섯. 염운백과 무벌의 기밀당주, 무광 진인과 개방주, 그리고 빈니였네. 그 자리에서 빈니는 다시금 그날 항주에서 발생한 사건 내용과, 자네를 직접 언급하지는 않았지만 자네가 말했던 그대로를 인용하여 염소천을 직접 흉수로 지목하고, 그와 그의 시위 하나의 항주에서의 그날 밤의 행적을 조목조목 제시하였네. 그리고 무벌 내총관(內總官) 명의로 발행된 만금전장의 일 천냥짜리 전표를 증거로 제시했지."

신니는 잠시 숨을 돌리고 나서 다시 말을 이었다.

"가장 결정적인 증거로 제시된 것은 그동안 빈니가 따로 개방의 인맥을 통해 은밀히 조사했던 바, 상단의 순행단이 소림을 떠나 무당으로 향하고 있을 무렵, 무벌의 기밀당이 은밀히 움직인 정황적 증거들일세. 그들이 항주의 흑사방을 조사하였고, 또한 그날 밤 항주에서 사건이 이루어진 경로를 그대로 되밟아 상세히 조사한 명백한 정황들이지."

강산으로서는 미처 알지 못했던 상황들이었다. 신니가 덧붙였다.

"정아가 원래 순행 예정에 없던 소림과 무당을 굳이 방문하겠다고 고집했던 것도 사실은 무벌의 주의를 끌고자 했던 것일세."

흘깃 유정에게로 향하는 강산의 시선에 대해 유정이 가만히 고개를 끄덕였다. 신니의 말이 다시 이어졌다.

"의외에도 무벌에서는 제기된 증거와 사건 정황들에 대해 순순히 수긍하였네. 또한 무벌 자체적으로도 그러한 정황을 포착한 바 있기에 이미 관련된 자들에 대한 자체 조사가 있었고, 보다 정확한 사실 확인을 위하여 기밀당으로 하여금 그때 흉수를 수행하였던 관척이라는 자를 항주로 끌고 가게 하여 당시의 행적에 대해 세세한 현장 검증을 하였다고 했지."

유정이 놀라워하면서도 이내 의혹에 차 다시 물었다.

"하지만 좀 전에 사부님께서는 흉수가 염소천이 아닌 것으로 밝혀졌다고……?"

신니는 문득 긴 한숨을 불어 내쉬었다.

무벌의 해명에 따르면, 흉수는 바로 염소천의 쌍둥이 형이었다. 중증의 정신장애를 가지고 태어났기에, 그래서 무벌로서도 굳이 바깥에 알리고 싶지 않은 치부였기에, 그는 처음부터 이름조차 존재하지 않는 음지의 존재로 지금까지 살아왔다.

그런데 그도 가끔씩은 정신이 맑아질 때가 있는데, 그럴 때마다 바깥세상을 구경해 보기를 소원하곤 했다.

물론 지난 이십칠 년간 그의 소원은 한 번도 이루어지지 않았다.

더욱이 날이 갈수록 병증은 더욱 심해져 가서 근래에 들어서는 일 년에 한두 차례, 그것도 겨우 며칠 정도씩만 정신이 맑아질 뿐이었다.

그런데 최근에 그가 다시 맑은 정신이 되었을 때, 처음이자 마지막으로 단 한 번만 강남을 여행해 보고 싶다고 너무도 간절하게 염원을 하였기에, 염운백 또한 처음이자 마지막으로 한 사람의 아비로서의 도리를 한다는 심정으로 결국 그 간청을 들어주게 되었다.

그리하여 어릴 때부터 유일하다시피 그와 소통이 되었던 수신호위 하나를 수행하게 하여 강남으로 여행을 보냈는데, 강남에 이르러 예상보다 빠르게 병증이 도지는 바람에 그만 항주에서 그런 끔찍한 일을 저지르고 말았다는 것이었다.

"허위로 꾸며낸 말이기 쉽지 않을까요? 염소천만 해도 지금까지 소문만으로 강호에 알려져 있었으니, 무벌에서 없던 인물 하나를 갑자기 만들어내는 것도 그다지 이상한 일은 아니지 않겠습니까?"

유정의 의혹 제기에 신니는 가볍게 고개를 끄덕이며 덧붙였다.

"물론 그렇다. 그런데 오늘 새벽에 나는 문제의 그 인물을 직접 만나볼 수 있었다."

"아!"

"그는 과연 염소천과는 쌍둥이임에 분명했다. 또한 그의 왼쪽 가슴에는 한 마리의 작은 금룡이 문신으로 새겨져 있었는데, 그것이 무벌의 직계 혈손을 상징하는 것이라며 염운백은 직접 자신의 가슴에 새겨진 같은 문신을 보여주었다. 하룻밤 만에 새긴 문신은 결코 아니었기에, 무벌주가 그런 상황들을 급조하지는 않았다는 것을 믿지 않을 수 없었다.”

“그자를 직접 심문해 볼 수는 없었습니까?”

“정신이 올바르지 않아 어떤 대화도 가능하지가 않았다.”

“으음!”

유정은 무거운 침음성을 흘리고 말았다. 그러다 문득 생각난 듯이 다시 물었다.

“무공은요? 정신이 올바르지 않다면 그자는 무공을 전혀 익히지 못했을 것이 아닙니까?”

신니가 유정이 묻는 의미를 알고 무겁게 고개를 가로저으며 대답했다.

“무벌주의 양해를 구해 그자의 기맥을 살펴보았는데, 대략 반 갑자에 약간 못 미치는 내력을 지니고 있었다. 무벌주의 말로는 그가 무벌의 장손이었으므로 태어나자마자 벌모세수가 베풀어졌고, 증세가 아주 심하지는 않았던 열 살 무렵까지는 기초적인 무공을 익혔다고 하더구나.”

“하지만 그때 그자가 여기 강 조장에게 시전했다는 분근착골만 하더라도 적어도 일 갑자의 내력은 있어야 시전이 가능한 수법인데……?”

　의문은 유정이 제기하였지만, 이번에 신니는 강산을 보며
대답했다.

　"자네가 잘못 알았을 공산이 클 게야. 당시에 자네는 무공
에 전혀 문외한이었다고 했으니, 그자가 기껏 반 갑자에도 못
미치는 내공으로 자네를 고문했다고 하더라도 자네에게는 분
근착골보다도 더욱 가혹하였을 테고, 또한 내공의 강약과 완
급의 조정만으로도 마치 칠절마벽처럼 일곱 가지 각기 다른
성질의 기운을 느꼈을 수도 있다는 것이지."

　"사부님, 그것은……?"

　"허허! 반대의 입장에서는 능히 그렇게도 말할 수 있다는
것이다."

　그때 강산은 얼굴이 벌겋게 달아올라 있었다.

　그런 강산을 보고 덩달아 격앙된 얼굴로 있다가 유정이 문
득 신니를 향해 다시 물었다.

　"그자는요? 그 관척이라는 자를 직접 심문해 본다면 다른
사실들을 밝힐 수도 있지 않겠습니까?"

　"지난번 무벌에서 자체 조사를 하는 과정에서 그자는 자신
의 책임을 통감하고 자결하였다고 하더구나."

　"아!"

　유정의 탄식에는 차라리 비분의 느낌이 녹아 있었다. 심정
적으로는 뭔가 미진하여 의심스러운 구석이 분명 있는데, 막
상 객관적인 사실로는 빈틈을 찾지 못하는 데서 오는 무력함

과 답답함이랄까?

　잠시 후 심정을 추스른 유정이 신니에게 다시 물었다.

　"무벌에서는 어떻게 하겠다고 합니까?"

　"무벌주는 그의 장남이 비록 정상이 아니라고는 하더라도, 결코 용서받을 수 없는 죄를 저질렀음을 인정하고, 내게 머리 숙여 사죄하였다. 그리고 그의 장남에 대한 처벌을 전적으로 내게 맡기겠다고 했으며, 설령 목숨을 취하더라도 결코 이의가 없다고 말했다."

　"그가 과연 진정으로 하는 말이겠습니까?"

　"그는 당금 강호의 천하제일세인 무벌의 주인이다. 자신의 입으로 말한 이상, 그보다 더한 일이라도 반드시 지킬 인물이다."

　"음!"

　"이 사부로서는 참으로 난감하지 않을 수 없었다. 네 사저 정혜(淨慧)의 참혹한 주검을 보고서 분노를 참지 못하고 여기까지 달려왔지만, 막상 그 흉수가 정상적이지 않은 정신의 소유자임이 밝혀진 마당에, 그리고 그 아비 되는 자가 모든 것을 인정하고 자식의 처분을 일임하는 마당에, 그자를 죽여 정혜의 복수를 한다고 한들 그것이 과연 무슨 의미가 있겠으며, 정혜의 혼이 진정으로 바라는 일이겠느냐? 사부의 심정을 읽었던지 무광 진인이 중재에 나서더구나. 그가 말하기를, 작은 복수를 하기보다는 차라리 용서하고 아울러 많은 이들에게 평화가 돌아가도록 함으로써 정혜를 위해 복업(福業)을 쌓아주는 것이 좋지 않겠느냐고 하였다. 그에 무벌주가 받아서 말하기를, 아들의 죄를 용서받을 수만 있다면 무벌은 즉각적으로 사천 지역에서 물러날 것임은 물론, 무벌에서 실질적인 관할권을 행사하고 있는 귀주(貴州)와 광서(廣西) 두 개 성에 대해서도 그 관할권을 무림맹에게 양도하여 양측의 분쟁의 소지를 완전히 없앰으로써 무림의 평화에 기여하겠다고 했다."

유정이 자신도 모르게 반발하여,

"그것이 사저의 원한을 푸는 일과 대체 무슨 관련이 있다는 것입니까? 무벌로서는 흉악한 죄의 굴레를 벗고, 무림맹으로서는 기대하지 못했던 뜻밖의 이득을 얻는, 두 세력 간의 이해타산에 불과하지 않습니까?"

하고 소리를 높였다. 그에 신니가,

"정아!"

하고 무거운 소리로 불렀다. 그에 유정이 퍼뜩 자신의 무례를 깨닫고 흠칫 머리를 조아렸다.

그런데 그때 강산 또한 솟구치는 격한 심정을 참지 못하고 그대로 입 밖으로 내뱉고 말았다.

"과연 무림 거두, 거물들의 흉중은 참으로 넓고, 그 배포 또한 대단하기 짝이 없군요. 그런데 그것으로 정혜 소저의 원한은 또 가름한다고 쳐도, 저의 원한을 푸는 일과는 아무 상관이 없을 것입니다."

“으음!”

신니가 깊은 침음성을 흘리고는 강렬한 안광으로 강산을 쏘아보며 차갑게 물었다.

“자네의 그 말은 여전히 염소천이 그때의 부채청년이라고 확신하기 때문인 것 같은데, 과연 그러한가?”

“그렇습니다.”

“음! 노신(老身)이 다시 한 번 분명히 말해두지만, 그것은 어디까지나 자네의 느낌에 근거할 뿐일세!”

“무슨 뜻으로 하시는 말씀입니까?”

“세상의 수많은 일들 중에 진정으로 확신할 수 있는 일들이 얼마나 된다고 생각하는가?”

“…….”

“자네의 확신은 다만 주관적 확신일 뿐, 객관적인 타당성이 크게 결여되어 있다는 말일세.”

강산이 지지 않고 신니의 눈빛에 마주 눈길을 대하고 있다가, 잠시 후,

“그렇군요!”

하고 슬쩍 시선을 비키고 말았다. 그런 강산에게 잠시 더 시선을 주고 있다가 신니는 가만히 유정의 어깨를 한 번 잡아주고는 천천히 돌아섰다. 그리고 몇 걸음 걸어가면서 무거운 목소리로 말했다.

“빈니 또한 석연치 않은 점들이 없는 것은 아닐세. 그러나

더는 어찌해 볼 방법이 없었네. 그리고 모두는 아니더라도 이 일과 관련된 대다수의 사람들이 수긍하고 만족해할 수 있는 결과인 이상, 빈니가 홀로 불복하여 다시 문제를 제기했을 때 더 많은 사람들이 불행해지고 고통받게 될 것을 알기에, 이쯤에서 빈니 또한 받아들이는 것이 순리라고 생각했네.”

천천히 걸어가는 신니의 양어깨가 무척이나 무거워 보였다.

4

사시 말(巳時 末:오전 열한 시 경).

비무대회 최종 우승자인 섬서 거검방(巨劍幫) 출신의 청년에 대한 시상이 있었다.

그러나 수상자인 청년과 관련된 일부 사람들에게는 감격과 환호가 있었지만, 군웅들로부터는 그다지 열띤 반응을 얻지 못하였다.

바로 이어 폐회식이 거행되었는데, 그 자리에서 무벌주 염운백은 사천 지역의 분쟁 종식을 천명하였고, 청방을 비롯한 무벌에 직간접적으로 소속된 세력 일체를 사천에서 철수할 것과, 아울러 귀주와 광서 지역의 관할권이 무림맹에 있음을 인정한다고 전격 선언했다.

그에 대해 무광 진인은 무림 평화를 위한 무벌주의 헌신적인 단안에 감사를 표하며, 무림맹 또한 향후 무림의 평화를 위해 지속적으로 노력하겠다고 화답했다.

무벌과 무림맹 양측의 군웅들 모두가 일제히 환호했다. 무림대회는 대성공이었고, 앞으로의 무림은 다시는 어떤 분쟁도 일어나지 않는 진정한 평화의 시대가 도래한 듯했다.

마지막으로 유 총수의 폐회 선언과 함께 군웅들은 삼삼오오로 흩어졌다. 그럼으로써 지난 며칠간 수천의 군웅들이 북적댔던 연무장은 한순간에 썰렁하게 비어버렸다.

무벌과 무림맹의 수뇌부에 대해서는 그날 저녁 유 총수 주최의 연회가 예정되었다. 대회의 대성공을 자축하고, 극적인 양보와 대화합을 이루어낸 무림 양도의 주역들에 대한 위로연의 성격이었다.

유 총수는 유정에게도 연회에 참석하라고 하였는데, 유정은 처음에는 마다하다가 나중에 참석하는 쪽으로 뜻을 바꾸었다.

5

"사부님께서 일을 마무리 짓겠다고 결정하신 이상, 저 또한 따를 수밖에 없어요."

그렇게 말하는 유정은 조심스러워 보였다.

강산은 짐짓 아무렇지 않게 고개를 끄덕였다.

"그렇게 하시오. 이런 일 따위 오래 기억에 담고 있어서 좋을 일은 조금도 없으니, 이제 깨끗하게 잊어버리시오."

"조장님도 그렇게 하실 건가요?"

강산은 대답하지 않았다. 그에 유정이 화제를 돌려 저녁의 연회에 대해 말하며,

"오늘 밤 연회에는 염소천도 참석한다고 해요. 조장님도 함께 참석하셨으면 해서요."

하고 말했다. 강산 시선을 들어 가만히 그녀를 직시하며 물었다.

"무슨 뜻이오?"

"원한은 원한의 대상도, 또 원한을 가진 사람도 함께 괴롭힌다고 하죠?"

강산의 안색이 무거워지는 것을 보며 유정은 안타까운 기색이 되며 다시 말했다.

"조장님이 확신하고 있는 바에 대해서 저는 그것을 지지해요."

"지지라고 했소?"

"예! 그것이 사실이든 아니든 말이에요."

강산이 잠시 침묵하다 문득 물었다.

"소저는 내가 어떻게 하기를 바라는 것이오?"

"저는 조장님도 이제는 가슴속의 원한을 잊어버리기를 바

라요. 좀 전 제게 말씀하신 것처럼 말이에요."

"음!"

"저는 조장님이 오늘 밤 마지막으로 그와 당당하게 대면함으로써, 또한 당당하게 원한을 비워 버리기를 바라는 것이죠. 그럼으로써 마음의 평화를 찾을 수 있기를 바라요."

"나더러 그를 용서하라는 것이오?"

"아니에요. 저도 아직 흉수를 용서하지는 못하고 있는걸요? 다만 잊어버리자는 것이죠. 우리 스스로를 위해서."

"그럼 그자가 저지른 죗값은 어떻게 되는 것이오?"

"그건 그자의 몫으로 남겨두기로 해요. 인과응보라고 했으니, 하늘의 큰 섭리로 언젠가 그자는 반드시 자신이 지은 죄만큼의 대가를 돌려받게 되리라는 걸 믿기로 해요."

강산은 대답하지 않았다.

6

강산이 유정과 함께 저녁 연회에 참석한다는 소리를 듣고서 다른 조원들은 그런가 보다 하고 있는데, 선변이 문득,

"우리는 안 가고 조장님과 유 소저만 참석하신다는 겁니까?"

하고 물었다. 강산이,

"일이 그렇게 되었다."

하고 대강 대답하고 말았는데, 선변은 슬쩍 곁으로 다가와
서는 작은 소리로 다시 물었다.

"그 자식도 참석한답니까?"

"그 자식? 누구?"

"그 변태자식 말입니다."

강산은 힐끗 선변을 보았다. 선변이 누구를 지칭하는지는
분명했다.

"아마도."

하고 강산이 슬쩍 얼버무리고 마는데, 선변이 다소간 강한
투로 말했다.

"저도 데리고 가주십시오."

그런 선변의 기색에서 언뜻 한가닥 독기 같은 것이 느껴지
기에 강산이,

"네가 그자에 대해 감정을 가질 만하다는 것은 충분히 이
해한다. 그러나 괜히 섣부른 짓을 벌일 생각 같은 건 아예 하
지 마라! 그리고 그 자리가 내 맘대로 누굴 데리고 가고 말고
할 자리가 아니란 건 너도 잘 알지 않느냐?"

하고 지레 주의를 주고 잘라 버렸다. 선변이 싱긋 웃으며
말했다.

"섣부른 짓이라뇨? 제가 그럴 리야 있겠습니까? 만약 섣부
른 짓을 벌인다면 그자가 벌이겠죠."

"그건 또 무슨 소리야?"

"그냥 제가 그렇게 철이 없지는 않다는 말씀입니다. 하여
간 저는 하고 싶은 일을 못하면 병이 나고 마는 성격이니, 조
장님께서 저를 데리고 가지 않으면 저 혼자라도 갈 겁니다."
"뭐?"
"하하하! 연회 중간에 시중드는 사람인 체 슬쩍 들어갈 겁
니다. 들킨다고 해도 설마 한창 좋은 분위기에서 볼썽사납게
사람을 끌어내기야 하겠습니까?"
강산이 그만 어이없어 허허 웃고 말았다.

四十八
수원(收怨)

1

넓은 연회장.

앞쪽의 상석엔 유 총수와 무벌주 염운백, 무림맹주 무광 진인, 그리고 특별히 청련 신니의 자리가 마련되었다.

상석을 중심으로 두 줄로 배치된 탁자에는 무벌과 무림맹측 핵심 인사들 삼십여 명이 서로 마주 보고 앉았다.

탁자 위에는 천하제일의 부를 지닌 유 총수 주최의 연회답게 온갖 진기한 요리들과 명주들이 올라 있었는데, 무림대회의 성공과 이번에 양측이 이룬 대타협을 기념하고 축하하는 자리인만큼 좌중의 분위기는 벌써부터 사뭇 고조되어 있었다.

유정과 강산, 그리고 선변은 무림맹 측 열(列)의 끝부분 탁자에 나란히 앉아 있었다.

강산이 유정에게 '선변이 연회에 참석하고 싶어하더라!' 하고 지나가는 투로 한마디 하였더니, 유정이 그동안의 선변과의 각별했던 관계를 생각하여 특별히 애를 쓴 덕분이었다.

유정의 자리는 본래 상석 가까운 곳에 배정이 되었으나, 강산과 선변 때문에 일부러 뒤쪽 말석으로 옮겨 앉은 것이었는데, 그녀의 앞쪽으로 모걸과 고이강, 그리고 도순학이 앉아 있었다.

그들 세 사람이 구파일방의 장문인들보다 뒤쪽 자리에 앉은 것은 그렇다 하더라도, 비록 본래의 정체를 숨기고 있다고는 하나 그래도 유 총수의 특별 호법 자격인 모걸이 도순학과 고이강보다도 오히려 말석의 위치에 앉은 것은 오로지 유정 때문일 것이었다.

손녀를 보면서 유 총수는 영 마음이 불편하였다.

손녀의 부탁에다 청련 신니까지 동조하는 바람에 할 수 없이 허락하기는 했으나, 상단의 일꾼 신분인 사내들과 함께 앉은 손녀의 모습이 영 마뜩하지를 않았다.

더욱이 연회에 참석한 사람들이 자꾸만 손녀 쪽을 힐끗거리는 것만 같아 절로 얼굴이 찡그려지곤 하는 것이었다.

염소천은 시선은 수시로 움직이고 있었다.

유정을 보고 있다가 다시 선변을 보곤 하는데, 시선이 바뀔 때마다 그의 눈빛은 은근한 광채로 번뜩였다.

그러나 다만 눈빛이 그럴 뿐, 그의 얼굴은 내내 담담하고 차분하기만 하였다. 무벌의 소벌주이자 천하제일기재의 면모에 참으로 잘 어울리게도.

강산은 염소천의 눈빛에서 희미하게 배어나는 미묘한 집착과 욕구를 볼 수 있었다. 쾌락에 대한 집착과 욕구.

그 집착과 욕구는 지극히 은밀하여 다른 사람들은 볼 수 없으되, 그만큼은 놓치지 않고 볼 수 있었다. 그에게 지옥 같은 고통으로 각인되어 있는 바로 그것이었으니까.

강산의 시선이 내내 한곳으로 향해 있다는 것을 유정은 뒤늦게 알게 되었다. 그리고 그 눈빛을 따라 염소천을 보았을 때, 그녀는 흠칫 몸을 떨고 말았다. 마침 염소천도 그녀를 보고 있었다.

며칠 전에도 한 번 느껴본 적이 있던 시선이었으나 새삼 노골적인 느낌이 확 와 닿는 느낌이었다. 특이한 이질감. 왠지 모르게 뭔가 끈적거리는 것만 같은 불쾌한 느낌. 이번에 그런 느낌은 보다 강해졌다. 집요함, 끈적거리는 욕구 같은 것으로.

　그때 강산이 짐짓 앉은 자세를 고치는 체 몸을 앞으로 조금 기울이면서 슬쩍 유정의 어깨를 건드렸다.

　그 덕분으로 유정은 염소천의 시선과 미소로부터 문득 자유로워질 수 있었고, 아예 눈길을 다른 데로 돌려 버렸다.

　염소천의 눈빛에 찰나간의 맹렬한 분노가 스쳐 갔다. 잔학, 그리고 무언지 모르게 보는 사람으로 하여금 일시 소름이 쫙 끼치도록 만드는 눈빛이었다.

　그때 선변도 염소천을 보고 있었다, 유심히.

　그리고 그는 자신이 짐작하던 한 가지를 확신했다.

　탁자 위에 올려진 선변의 두 손이 아주 작은 움직임을 보이기 시작했다. 점차로 빠르게, 현란하게.

　강산은 슬쩍 선변의 손놀림을 보았다. 괴이한 손짓이었다.

　두 손의 손가락들이 연신 미묘한 형상을 만들었다가 풀고, 다시 만들고 있었다.

　기묘한 형상들이었다. 잠시 지켜보면서 강산은 언뜻 왠지 모를 가슴 두근거림을 느꼈고, 또 괜히 얼굴로 열기가 몰리는 것도 같았다.

　그러나 그렇다고 해서 선변더러 손 좀 가만히 놓아두어라 하고 제지할 일까지는 아니었다. 그것이야 그가 몰랐던 선변의 버릇일 수도 있었고, 그저 작은 손가락 놀림에 불과한 그 버릇이 딱히 다른 사람들의 주의를 끌 것도 아니었다.

실제로도 강산 외에는 누구도 선변의 그 작은 손버릇에 관심을 두고 있지 않았다, 단 한 사람을 제외하고는.

염소천이었다. 어느 순간부터 염소천은 선변의 손짓에서 눈을 떼지 못하더니 나중에는 거의 몰입하다시피 하고 있는 모습이었다.

그것은 색환수(色幻手)라는 수법이었다. 천 년, 그 이전의 인물이며, 배교의 제삼대 교주였으며, 색공 분야에 관한 한 아직까지도 전설로 남아 있는 환희색존(歡喜色尊)의 색공(色功)에서 파생된.

사실 선변의 색환수는 능숙한 것이 아니었다. 그의 머릿속에 있기는 하였으되, 그가 그것을 실제로 손에 익히기 시작한 것은 고작 어제저녁부터였다.

당연히 커다란 결과를 기대한 것도 아니었다. 다만 염소천에게 그가 변태적 취향을 가지고 있다는 사실에 대해 조롱하고 수치감을 주는 정도를 기대하였을 뿐이다.

그런데 그것이 지금 의외의 효과를 거두고 있었다. 그의 서투른 손짓에 대해 염소천은 점차로 평범치 않는 조짐을 보이고 있었다.

선변은 신이 났다. 그 스스로도 유치하다 여겨 젖혀두었던 수법이 이토록이나 커다란 효과를 거둘 줄이야.

'좋아! 그렇게 하는 거야!'

선변은 내심으로 쾌재를 불렀다.

염소천이 욕구에 눈멀어 이성을 잃고 날뛰기를, 그리하여 만천하에 자신의 변태성을 알리기를, 그리하여 자멸하기를 바라며 그의 손가락들에 신명이 붙었다.

사실 선변의 색환수는 다만 도화선일 뿐이었다.

염소천은 그의 부친으로부터 삼엄한 훈계와 질책을 들었으며, 그 스스로 또한 조심하고 경계하리라 굳게 마음을 정한 바 있었다.

그러기에 예전 그가 짧은 순간이나마 그토록 집착하였던 바로 그 여인과, 그 여인을 대신 차지한 죄로 그때 그가 직접 죽음을 내렸음에도 그것을 거부하고 지금 그의 눈앞에 멀쩡히 살아 있는 모습으로 있는 강산, 그들 두 남녀가 나란히 앉아 있는 모습을 보면서도 애써 마음의 평정을 유지할 수가 있었던 것이다.

그러나 선변의 색환수는 대번에 그의 평정을 흐뜨려 버리고 말았다.

눌러두었던 감정들이 한순간 걷잡을 수 없이 터져 올랐다. 분노와 질투, 집착과 욕구.

염소천의 흥분은 마침내 절정을 향해 치달았다.

참지 못하고 벌떡 자리에서 일어난 그의 두 눈이 광포하게 타오르며, 선변의 손가락에서 강산에게로, 유정에게로, 그리고 다시 선변의 손가락으로 불안정하게 옮겨 다녔다.

3

"갈!"

쩌렁한 노갈과 함께 한가닥 무형의 진력이 선변을 향해 밀려갔다.

위이이잉!

공간을 아예 통째로 밀며 오는 가공할 경력(勁力)이었다.

그 경로에 있는 사람들 중 누구도 감히 가로막을 엄두를 내기는커녕 분분히 의자를 뒤로 밀치며 몸을 피하기에 바빴다.

그것은 바로 무벌주 무황 염운백이 노하여 쳐낸 일장이었다.

선변은 하얗게 질린 얼굴로 얼어붙어 버렸다.

그런 선변의 앞을 순간적으로 막아선 것은 바로 강산이었다.

그러나 막상 막아서긴 했지만, 강산에게 달리 방법이 있을 리 없었다. 다만 그대로 부닥치는 수밖에는. 그래도 와중에 강산은 양 손목을 교차시켜 가슴 앞을 막았다.

참으로 무모하기 짝이 없는 짓이었다. 명실공히 천하제일인이, 그것도 격노하여 쳐낸 일장을 맨몸으로 맞받다니.

과과과광!

차라리 안으로 응축해 드는 굉음이었다. 격돌의 순간 강산
은 튕겨나듯이 그대로 쭉 밀려 나갔다. 등 뒤에 선변을 둔 채.

그 모습은 그가 마치 선변을 업은 채로 뒤로 쭉 미끄러져
나가는 것 같았다.

삼 장여를 밀려 나간 뒤에야 강산은 겨우 멈춰 섰다.

그의 뒤에서 주춤거리며 선변이 걸어나왔다. 황급히 다가
온 유정이 얼른 선변부터 부축했다. 다시 그녀의 좌우로 모건
과 고이강이 와서 섰다.

그러나 선변은 놀라고 어리둥절한 기색일망정 멀쩡한 모
습이었다.

그때 강산이 비틀거리며 한 걸음을 앞으로 걸어나갔다. 와
중에도 유정과 선변의 앞을 막아서려는 것이었다.

그런데 강산의 모습은 멀쩡하지가 못했다. 입가로 가느다
란 핏줄기가 비치고 있었다. 다음 순간 그는,

"와악!"

하고 한 모금의 피를 토해냈다.

그게 피만 아니라면 참 시원하게도 토해낸다 할 정도로 기
세 좋은 토(吐)였다.

잔뜩 찡그렸지만, 고통스러운 듯 웃는 듯한 다소 묘한 표정
이기도 했다.

강산이 다시 한 걸음을 앞으로 내디뎠을 때에야 화들짝
놀란 유정이 선변을 버려두고 얼른 쫓아가 강산의 팔을 붙

잡았다.

그리고 마치 팔짱을 끼듯이 하며 소리 죽여 속삭였다.

"안 돼요!"

사람들이 보기에 참으로 묘한 장면이었다.

무슨 속삭임인지 알 수는 없었으나, 중인환시리에 유정과 강산의 그런 행각이 자못 묘하게 비쳐질 것은 당연했다.

그러나 유정과 선변 외에는 아무도 몰랐다.

지금 강산이 감히 염운백을 향해 다가가려 하고 있고, 그것을 유정이 말리고 있다는 사실을.

하긴 이 자리에서 그들 두 사람을 제외하고는 그 어느 누구도 이해되지 않을 상황이었다.

그리고 다만 몇 사람만이 알았다. 강산이 한 걸음을 더 걸어나가는 순간 염운백의 전신에서 찰나적으로 섬뜩한 살기가 발산되었음을. 그 살기가 유정이 강산을 끌어안듯이 붙잡은 순간에 다시 사라졌다는 것을.

염운백의 방금의 일장에는 칠절마벽이 담겨 있었다.

그러나 염소천의 그것과는 질적으로 다른 칠절마벽이었다.

사실 염소천의 칠벌마벽은 이제 초성(初成)을 넘어 중성(中成)을 이룬 단계였다.

그러니 칠절마벽의 완성 이후에야 본격적인 성취를 이룰

수 있는, 무벌의 진정한 절학 칠절천마기(七絶天魔氣)의 경지
로 보자면 겨우 사성(四成) 수준에 달해 있을 뿐이었다.

하긴 그의 나이에 그 정도의 성취는, 같은 나이였을 때의
부친 염운백에 비교해 보자면 오히려 높은 성취였다.

염운백의 칠절천마기는 구성(九成) 경지에 도달해 있었고,
그것으로 그는 당금 무림의 천하제일인으로 공인받고 있었
다.

사실 칠절천마기의 구성 경지는 인간으로서의 성취 한계
에 가까웠다.

칠절마벽과 칠절천마기를 창안한 창천무종(蒼天武宗) 염천
월(廉天月)의 경우에도 칠절천마기의 십성 경지에 도달한 후
더 이상의 진경을 보지는 못하였다.

염천월이 언급하기를, 칠절천마기야말로 고금의 무공 중
가장 완벽하며, 인간의 능력으로는 결코 가능하지 않겠지만,
만약 그것의 십이성(十二成) 완성 경지에 도달한다면, 곧 무공
에 있어서 신의 경지를 의미한다고 자부한바 있는 것이다.

염운백은 방금 전 일시적으로 무언지 모를 경계와 모호한
불안감 같은 느낌을 받았었다.

도무지 이해가 되지 않는 상황이었다.

칠절천마기가 담긴 그의 일장에 고스란히 격중당한 강산
이 격렬하게 피를 토해낸 뒤, 금방 또 언제 그랬느냐는 듯이

멀쩡한 모습을 하고 있는 데 대해서였다.

  찰나의 갈등을 느꼈지만, 염운백은 이내 평정을 되찾았다.
이미 한번 살기를 품었다가 거둔바 있는데, 다시 살의(殺意)
를 가진다는 것은 그의 자존심이 허락하지 않는 일이었다.

  그러나 그의 미간은 여전히 좁혀진 채였다. 아무래도 뭔가
개운치 않은 느낌 때문이었다.

  염운백의 일장을 정면으로 맞받는 순간, 무형 방호막이 충
실히 작용했음에도 불구하고 강산은 거의 벼락을 맞는 정도
의 충격을 받았다. 일시 전신이 마비가 되었다.

  그러나 동시적으로 그의 내부에서는 활발한 일련의 작용
이 일어났다. 그중에서도 확연한 것은 흡능(吸能)이었다.

  그런데 뭔가 약간 달랐다.

  그의 내부 각 관문들은 충격의 여파를 흡수해 들였을 뿐만
아니라, 염운백의 그 일장의 경력에 담긴 기 자체, 즉 염운백
이 발경해 낸 칠절천마기를 아주 작게나마 직접 흡수해 들인
것이었다. 칠절천마기의 그 독특한 일곱 가지 종류의 기운들
자체를 말이다.

  지금까지의 흡능과는 또 다른, 또 한 단계의 진화가 이루어
진 흡능이었다.

  그럼으로써 강산의 내부 관문들은 순간적으로 기이한 자
극을 받게 되었고, 그 덕분으로 예기치 않게도 여섯 개의 관

문이 일시에 돌파가 되었다.

삼백육십관(三百六十關)은 그 단계가 올라갈수록 점점 더 돌파하기가 어려워지고 있었으므로, 육관통을 이룬 이후 강산은 칠관통에 대한 기대를 사실상 하지 못하고 있던 참이었는데, 참으로 어이없게도(?) 칠관통의 초입에 접어든 것이다.

시작이 어렵지, 일단 시작하였으면 비록 느릴지라도 반드시 진전이 있게 마련인 법. 이제 단단한 껍질을 깨고 일단 칠관통의 초입에 들어선 이상, 강산은 다시금 칠관통의 완성을 실제적인 목표로 잡을 수 있게 된 것이다.

4

"역시 사해상단이 괜히 천하제일상단인 것은 아닌 모양이오. 이미 오래전에 강호에서 사라진 배교의 후예까지 휘하에 망라하고 있는 것을 보면 말이오."

염운백이 유 총수를 보고 짐짓 감탄한다는 기색으로 하는 말이었다.

유 총수로서는 전혀 알아듣지 못할 얘기라 얼떨떨해하는 기색이 되고 마는데, 그 옆의 청련 신니가 대신해서 물었다.

"무슨 말씀이신지?"

"모르셨소? 조금 전 저자가 선보인 수법이 바로 배교의 삼대 교주였던 환희색존의 색공이라는 것을?"

그랬다. 염운백은 아들 염소천의 이상 반응이 바로 선변의
수작에 의한 것임을 조금 뒤늦게 눈치채고서 격노하여 앞뒤
가릴 틈 없이 그대로 칠절천마기를 담은 일장을 쳐낸 것이었
다.

대번에 좌중의 시선이 자신에게로 집중되자 선변은 당황
한 채 강산의 등 뒤로 숨어 푹 고개를 숙였다.

그때였다. 염소천이 흐트러진 탁자 사이로 천천히 걸어나
왔다. 그의 시선이 똑바로 선변 쪽을 향하고 있었기에 장내에
는 당장에 긴장감이 돌았다. 염운백이,

"천아, 함부로 굴지 마라!"

하고 은은한 노기를 담아 나직이 호통쳤다. 그에 염소천이
문득 멈추어 서며 염운백을 향해 공손히 읍하며,

"소자가 아무리 모자란다고 해도 무림 양도의 어른들이 계
신 자리에서 감히 함부로 무례를 범하기야 하겠습니까? 다만
비록 소자의 역량이 부족하여 부끄러운 모습을 보였으나, 그
래도 그처럼 사이(邪異)한 수법을 베풀어 소자를 농락한 이유
에 대해서는 몇 마디 물어보고자 하는 것입니다."

하고 말했다. 그런 다음에 그는 다시 좌중의 인사들을 향해
두루 포권을 취해 보이고 나서 다시 성큼성큼 선변을 향해 걸
음을 옮겨갔다.

염운백이 설핏 미간을 찌푸리면서도 이번에는 말리지 않
았다.

그가 좀 전에 노하여 일장을 쳐내기는 하였으나, 강산의 돌연한 개입으로 막상 염소천을 농락한 장본인을 응징하지는 못하였던 것이니, 이제 염소천이 그 장본인에게 이유를 물어보고자 한다는 데 대해서는 굳이 말리지 않겠다는 것이리라.

염소천과 염운백의 생각이 공히 그러하니 다른 사람들 중에서도 말려볼 명분을 가지거나, 혹은 감히 말려볼 엄두를 내보기는 어려운 일이었다.

염소천이 이윽고 가까이 다가섰을 때 선변은 확연히 움츠러드는 기색이 되어 더욱 강산의 등 뒤를 파고들었다.

유정이 선뜻 앞으로 나서려 하였으나, 강산은 가벼운 손짓으로 그녀를 제지하였다. 그리고 다가오는 염소천을 향해 담담한 투로 말했다.

"내 휘하의 조원이 잘못을 저지르긴 했으나 그가 지금 몹시 당황해하니, 당신은 나에게 대신 따지도록 하시오."

염소천은 오히려 싱긋 웃는 얼굴로 농담이라도 하듯이 물었다.

"또 당신이오? 그런데 이쯤 되면 당신의 오지랖은 너무 지나치게 넓은 것이 아니오?"

그러나 염소천은 다만 강산에게 면박을 주고자 할 뿐, 막상 그를 상대할 의사는 없다는 듯 이내 웃음기를 거두며 차갑게 덧붙였다.

"본 공자는 지금 당신과 농담을 주고받을 마음이 아니오.

또한 억지로 화를 참고 있는 중이니, 당신은 이제 그만 내 앞에서 비켜주겠소?"

그때였다. 강산이 돌연 무표정하게 반문했다, 아주 나직한 목소리로.

"아직도 나를 기억하지 못하는 모양이군?"

갑자기 바뀐 말투에 염소천은 일순 얼떨떨한 기색이 되고 말았다. 강산이 고저없이 빠르게 말을 이었다.

"항주 뒷골목 골방! 그때 참 끈덕지게도 물었지? 했느냐고? 마지못해서 말을 꾸며대야만 했지. 아주 실감나게 말이야. 몹시도 좋아하더군. 보기에 참으로 민망했었지."

그리고 강산은 덧붙였다. 입모양으로만.

'변… 태… X… X!'

그제야 염소천은 퍼뜩하고 강산이 누구인지 기억해 낸 모양이었다. 얼굴이 딱딱하게 굳어지며 그의 두 눈으로 극도의 당황이 스쳤다.

그러나 그것뿐, 그는 이내 원래의 표정으로 돌아갔다.

이어 그는 차분하게 말했다. 강산의 그 몇 마디 말을 온전히 무시하고서.

"굳이 내 앞을 가로막겠다면 나도 더 이상은 참지 않겠소."

강산 또한 염소천의 그 말에 대해서만 대답했다. 다만 지금까지보다 조금 더 단호하게.

"나는 비키지 않겠소!"

염소천의 입가로 한가닥의 차가운 미소가 피어올랐다.

능히 사람들의 공감을 얻을 법한 그 미소의 밑바닥에는, 그러나 농밀한 잔인함과, 또 그 언저리로 미묘한 쾌락의 조각들이 슬금슬금 기웃거리고 있었다.

좌중들이 객관적으로 보기에 염소천은 충분히 화를 낼 만한 상황이었다.

사해상단의 일개 일꾼에 불과한 강산의 행동은 어느 모로 보나 도가 지나친 것이었다.

진노하여 호통을 내지르려는 자신을 만류하는 청련 신니에 대해 유 총수는 불만스러운 기색을 감추지 못하였다. 그러나 빠르게 주변을 일별해 보고 나서는 그 또한 언뜻 화를 가라앉힐 수밖에 없었다.

무광 진인은 차라리 흥미롭다는 기색이었다.

다소간 굳은 표정이긴 해도, 염운백 또한 상황을 지켜보겠다는 의사인 것으로 보였다.

이윽고 좌중은 두 사람의 격돌을 당연시하게 된 듯이 탁자들을 양쪽 벽 쪽으로 멀찍이 빼고 있었다. 그럼으로써 연회장의 가운데는 금세 공간이 형성되었다.

염소천은 손짓하여 무벌 측의 사람 하나를 부른 다음에 허리의 검을 풀어 맡겼다.

굳이 피를 보는 상황으로 가지는 않겠다는, 혹은 그럴 것까지도 없다는 무언의 선언이요, 시위일 것이었다.

염소천이 하는 모양을 가만히 지켜보고 있다가 강산은 한 쪽으로 물러서 있는 선변에게로 천천히 걸어갔다.

"조장님! 굳이 그럴 필요까진……?"

강산이 양 손목에서 무명을 풀어내려는 기색을 읽고 선변이 다급한 목소리로 속삭였다.

그러나 강산은 묵묵히 무명을 풀어 선변에게 맡기고는 중앙으로 되돌아갔다.

강산의 깊은 눈빛과 절제된 움직임들에서 선변은, 그가 지금 그 어느 때보다도 차분히 가라앉아 있다는 느낌을 받았다.

5

"훗!"

"흐흐!"

좌중에 소리 죽인 웃음들이 간간이 흘렀다.

염소천이 느긋하게 내치는 권각(拳脚)에 강산이 놀란 기러기처럼 화들짝 화들짝 뛰어다니고 있었다.

웃음소리는 무벌 측 인사들에게서도, 무림맹 측 인사들에게서도 나왔다.

염소천의 가벼운 손짓 한 번, 발길질 한 번에도 펄쩍거리며 호들갑스럽게 뛰어다니는 강산의 모습이 그들에게는 마치 한마당의 가벼운 광대놀음을 보는 듯한 모양이었다.

하긴 그들에게 강산이라는 인물은 그들 중의 어느 쪽도 아닌, 사해상단의, 그것도 기껏해야 하급 보직의 인물일 뿐이었다.

좌중이 보기에 염소천은 지금 강산을 맘껏 조롱하고 있었다. 상대가 꼬랑지에 불붙은 쥐새끼처럼 죽어라 도망쳐 다니는 모습을 여유있게 연출하며 한동안 데리고 놀 작정이리라.

그러나 얼마 지나지 않아 좌중의 웃음소리는 나직한 탄식 내지는 탄성들로 바뀌어갔다.

"허!"

"허어!"

무슨 신법이나 보법이라고 하기에는 너무도 허술하고, 조잡하고, 무질서한 몸놀림이었다. 강산의 그 펄쩍거림 말이다.

그러나 그 빠르기 하나는 정말로 번개 같았다, 눈으로 보면서도 선뜻 이해하기 힘들 정도로.

'화들짝 화들짝' 이거나 말거나, '펄쩍펄쩍' 이거나 말거나, 강산은 참으로 잘도 도망 다니고 있었다.

요리조리 몸을 틀며 휘돌아다니는 것이 마치 미꾸라지 같기도 하였고, 번뜩번뜩하며 공간을 이동해 다니는 것이 허깨비 같기도 하였다.

어느 순간부터, 아니, 처음부터 염소천은 강산을 데리고 노는 것이 아니라, 전력을 다해 쫓아다녔지만 막상 따라잡지는 못하고 있었다.

빠름. 그것은 강산의 유일한 강점이었다. 강산은 지금 자신의 강점을 최대한 활용하고 있었다.

두 사람 사이의 공방이 특이한 양상으로 바뀐 것은 한순간의 일이었다.

강산의 몸이 번뜩하는 순간, 그는 어느새 염소천의 양어깨를 틀어잡고 있었다.

틈을 놓치지 않고 염소천의 양수(兩手), 양각(兩脚)이 맹렬하게 강산의 아래위를 타격했다.

파파파파팟!

그러나 강산은 견디며 어깨를 잡은 손을 놓지 않았다. 무수한 타격을 허용하면서도 꿋꿋하게 붙잡고 늘어졌다.

그때부터는 그야말로 싸움이었다, 질퍽한 시전 바닥 파락호들의 방식과 진배없는.

좌중의 반응이 비로소 갈렸다.

무림맹 측 인사들은 차마 소리 내지는 못했지만 웃음을 참는 기색들이 역력해졌다. 그들로서는 지금 눈앞에서 벌어지고 있는 모습이 참으로 흥미롭지 않을 수 없을 것이었다.

반대로 무벌 측 인사들로서는 곤혹스럽지 않을 수 없는 광경일 것이었다.

가진 것이 없는 자는 잃을 것도 없다. 그런 점에서 지금 강산은 잃을 것이 없는 입장이었다. 또한 그럼으로써 지금 싸움을 주도하는 것은 어디까지나 강산이었다.

두 사람은 잔뜩 얽힌 상태에서 출렁거렸다.

좀 더 정확히는 강산의 어깨와 팔꿈치, 가슴, 복부, 허리, 엉덩이, 허벅지, 무릎 등이 일시에 동시다발로 출렁거렸다.

그리고 그에 영향받아 소벌주의 몸이 피동적으로 출렁거렸다.

승부는 의외로 한순간에, 벼락같이, 그리고 너무도 어이없게 갈리고 말았다. 다만 결코 명쾌하지 않고 모호하게.

좌중이 승부가 갈렸음을 실감한 것은 강산의 마지막 일격 덕분이었다. 엎치락뒤치락하는 중에 뒤로 젖혀진 강산의 머리가 번뜩하며 방아를 찧으며 벌어진 상황이었다.

빠각!

선명한 뼛소리였다, 너무도 선명한.

염소천의 몸이 그대로 넘어갔다.

그의 두 눈은 이미 퀭하니 풀려 있었다. 그리고 넘어가는 도중 그의 코에서는 두 줄기 피가 터졌다.

쿵!

바닥으로 무너진 뒤에도 염소천은 움직이지 않았다. 완전한 혼절이었다.

잠시 동안 아무 소리도 나지 않았다. 그리고 아무도 움직이지 않았다.

경악스럽다 못해, 도무지 믿기지 않는 희한한 광경이었다.

　피투성이의 얼굴로 바닥에 누운 자가 바로 무벌의 소벌주이며, 천하삼대기재에서 이번 무림대회를 계기로 천하제일기재로 거듭난 운중신룡 염소천이었기에.

　좌중이 비로소 움직인 것은 제법 시간이 흐른 것 같은, 그러나 사실은 찰나의 시간이 지난 다음이었다.

　무벌 측 인사들이 속속 신형을 날려 중앙으로 달려나왔다. 동시에 유정과 선변이 강산에게로 달려왔고, 유정의 뒤를 쫓아 고이강과 모걸이 또한 신형을 날렸다. 그리고 앞쪽 상석의 청련 신니가 번뜩 몸을 솟구쳐 단번에 유정의 곁으로 내려섰다.

　다만 무림맹 측의 인사들은 가볍게 움직이지 않고 신중히 사태를 관망하는 형세를 취했다.

　어쨌든 그럼으로써 연회장 내에는 일시 촉발의 긴장감이 감돌았다.

　장내의 터질 듯한 긴장을 깬 것은 여전히 상석을 지키고 있는 염운백도 무광 진인도 아닌 바로 강산이었다. 발아래에 혼절해 누워 있는 염소천에게 혼잣말처럼 중얼거림으로써.

　“기억하나? 그때 내가 그랬지? 귀신이 되어서라도 반드시 복수하고야 말겠다고! 그때 내가 당한 고통에 비하면, 오늘 이 정도는 아직 복수의 시작도 안 한 거야!”

　그때였다.

　“무량수불!”

측량하기 어려운 심후한 공력을 담아 나직이 도호를 외우는 소리가 있었다. 바로 무광 진인이었다.

언뜻 시선을 돌린 좌중은 엄숙한 모습의 무광 진인과, 한 무더기의 서릿발 같은 살기를 막 거두어들이고 있는 염운백과, 또한 흠칫 진저리를 친 다음에 애써 평정을 되찾고 있는 유 총수의 모습을 동시에 볼 수 있었다.

그리고 염운백의 차가운 시선이 꽂혀 있는 방향을 보고서 방금 그의 살기가 강산에게로 향했음을 짐작해 볼 수 있었다.

강산을 바라보는 유정의 눈빛이 다급하고도 간절해졌다.

청련 신니 또한 무언가를 급히 말하려는 듯이 막 입술을 달싹거리고 있는 중이었다.

그러나 신니는 이내 안도하는 표정이 되었다. 강산이 가늘게 한숨을 불어 내쉬고 나서 다시 바닥의 염소천을 향해 혼잣말을 이어 내고 있었다.

"그러나… 그러나 말이다. 이 정도에서 끝내도록 한번 애써보자! 끝까지 그럴 수 있을지는 사실 잘 모르겠다. 그러나 모두가 그렇게 하라고 하니까, 용서하지는 못해도 잊어버리기는 하라고 하니까, 그렇게 하지 않으면 많은 사람들이 더 불행해지고 고통받게 된다고 하니까, 할 수 있는 데까지는 애를 써보기로 하자. 대신 앞으로 다시는 내 눈앞에 얼쩡거리지만 마라! 아예 안 보면 몰라도 눈앞에 보고는 도저히 참지 못할 것 같으니까 말이다."

　염소천이 듣지 못하니, 좌중에서 강산의 중얼거림이 무슨 소리인지 짐작이라도 하는 사람은 몇 되지 않았다.

　유정은 두 눈에 엷은 습기를 비치고 있었고, 청련 신니는 입가에 온화한 미소를 떠올리고서 강산을 향해 가볍게 고개를 끄덕여 보였다.

　염운백의 표정은 몇 차례나 빠르게 변했다. 당황하였고, 언뜻언뜻 희미한 살기를 비쳤고, 가볍게 안도하였고, 이윽고는 살기를 거두고 평정한 안색으로 되었다.

　강산은 천천히 뒤로 물러났다.

　그러자 무벌의 한 인물이 신속히 다가와 염소천을 안아 들고 상태를 살폈다.

　이어 그는 염소천이 충격으로 혼절한 이외에는 별다른 이상이 없음을 눈빛으로 염운백에게 보고하였고, 염운백이 가볍게 고개를 끄덕이자 염소천을 안은 채 곧바로 연회장을 떠났다.

　강산은 유정과 신니의 곁에 서서 무심한 듯이 바닥만 보고 있었다. 염운백이 상석에 앉은 채로 문득 물었다.

　"자네는 누구인가?"

　거리가 떨어져 있었으나 바로 앞에서 묻는 듯이 들리는 목소리였다. 그 목소리에 기이하게도 무겁고 날카로운 위엄이 담겨 있었다.

　강산은 염운백을 보지 않았다. 눈빛 마주치기가 두려운 듯이 여전히 바닥만 보고 있었다. 그러나 그의 대답에서는 조금도 굴하는 기색이 없었다.

"사해상단 휘하 잡조의 조장입니다."

염운백은 잠시 정광이 번뜩이는 눈으로 쏘아보듯이 강산에게 시선을 주었다. 그러나 끝내 강산이 시선을 들지 않자, 무겁게 고개를 끄덕이며 말했다.

"좋다. 이쯤하도록 하지!"

그 말은 강산에게 하는 말이기도 했고, 동시에 좌중의 모두에게 하는 말이기도 했다. 그가 이어 말했다.

"기왕에 이 자리는 이번 대회를 통해 서로 간에 좋은 결과를 얻었음을 축하하고 기념하기 위한 자리였으니만큼, 비록 중간에 예기치 못한 약간의 돌발 상황이 있기는 하였으나, 어쨌거나 좋게 마무리 지어져야만 하는 자리라는 데 이 자리의 누구도 이의가 없을 것이라 믿소. 하니 이유 여하를 막론하고 오늘의 모든 일은 이쯤에서 정리하는 걸로 합시다. 만약 각자의 입장에서 굳이 미진한 부분이 있다면, 오늘 이후에 나중의 다른 자리에서 다시 해결을 보도록 하면 될 것이오!"

그렇게 일단의 상황들은 대승적으로 정리가 되었다.

적어도 표면적으로는.

강산이 염소천을 들이받아 버린 일을 두고 서활은,

"조장님은 이제 천하에서 가장 위험한 처지에 놓인 인물이 되었습니다. 아마도 평생 무벌로부터 위협을 당하는 처지가 될지도 모릅니다."

하고 짐짓 겁주듯이 말하였다. 그에 선변이,

"무황 염운백이 자신의 입으로 직접 말한 바가 있으니 공개적으로 어떻게 하지는 못하겠지만, 어쩌면 뒤통수를 치는 방법을 써서라도 보복을 하려고 할지 모르죠. 그러니 조장님은 이번에 항주로 돌아가는 대로 상단에 사표 내고 아무도 모르는 곳으로 깊숙이 숨어 사는 게 좋을걸요?"

하고 반농담 반진담식으로 서활의 겁주는 말에다 꼬리를 달았다.

四十九
숙원(宿怨)

1

무광 진인과 염운백을 비롯해 무벌과 무림맹의 인물들이 모두 떠난 뒤, 청련 신니 또한 제자 유정을 불러 작별의 정을 나눴다.

그 자리에서 신니는 남해로 돌아가 참회정진(懺悔精進)을 할 각오를 다졌다.

아무리 제자의 죽음이 안타깝고 분노스러웠다고 해도 불문의 제자로서 그동안 증오의 바다에 빠져 허우적거리고 있었다는 자책이었다.

유정이 사부를 따라 남해로 돌아가고 싶은 마음 간절하였으나, 이제는 그럴 수 없는 처지였다.

조부와 약속한 바가 있어서이거니와, 그러한 이유가 아니라고 하더라도 그녀 혼자 세속의 풍진을 피해 훌쩍 떠나 버리기에는, 이제는 너무도 안타깝고 측은한 마음이 남을 것 같기 때문이었다. 어쨌든 그녀로 인해 세상의 험한 풍파 속으로 던져졌고, 아닌 체하지만 아직도 그 속에서 힘겨워하고 있는 한 사람에 대해,

"번뇌로다!"

안타까이 한마디 탄식을 남기고 신니는 떠났다.

순행단은 이틀 뒤 항주로 돌아가는 여정을 시작하기로 했다.
인력과 물자를 제대로 준비하는 데 그만큼이 걸리기 때문이었다.

2

새벽을 막 지난 이른 아침.
경장 차림의 여인 하나가 사해상단 사천 지단의 대문을 나섰다.
대문을 지키고 있던 두 명의 위사(衛士)는 잠시간 여인에게

서 눈을 떼지 못했다.

여인치곤 제법 큰 키인데, 시원스럽다 싶게 날씬한 몸매였다.

비단결처럼 곱고 긴 머리는 어깨에서 찰랑거리고, 엷게 화장한 얼굴은 눈에 확 뜨일 만큼의 미색이었다.

아는 얼굴은 아니었으나, 위사들은 여인을 불러 세우지는 않았다. 그들이 지단 내외 모든 여인네들을 다 아는 것도 아니고, 안에서 바깥으로 나가는데 딱히 불러 세워서 검문을 할 일도 아니었다.

대문 앞 대로로 나선 여인은 잠시 주변을 살폈다. 이른 아침인데도 대로에는 의외로 지나다니거나 혹은 서성거리고 있는 사람들이 제법 있었다.

여인의 훤칠한 몸매와 미색 때문인지 몇몇의 눈들이 그녀에게로 향했다. 그러나 그녀는 별 개의치 않는 듯 맵시있고도 느긋한 걸음걸이로 걸어갔다.

여인이 두 개의 갈림길을 지나 사해상단 사천 지단이 보이지 않는 곳까지 걷고, 다시 두 개의 갈림길을 더 지났을 무렵이었다. 좀 전부터 그녀의 뒤를 따라 걷고 있던 노인 하나가 문득 걸음을 빨리하여 그녀에게 따라붙으며 말을 건넸다.

"그렇게 차려입으니 참으로 예쁘구나! 선변!"

여인이 멈칫하였다. 그러나 그녀는 아무 말 없이 다시 원래의 속도대로 계속 걸었다. 노인 또한 그녀의 일행이기라도 한 것처럼 태연히 그녀의 옆에서 걸었다.

그녀는 선변이었다.

그녀는 잡조를 떠나오는 길이었다. 인사조차 치르지 않은 그녀의 일방적인 작별이었다.

잡조의 조원들은 이제쯤이나 그녀가, 아니, 조원들에게는 아직까지 '그'일 테지만, 어쨌든 그녀가 보이지 않는다는 것을 알았을 테고, 아마도 저녁까지 그녀가 돌아가지 않으면 그제야 그녀가 떠난 것인 줄로 짐작을 할 것이다.

떠난 이유에 대해서는 또 각자 나름대로의 짐작을 하겠지만, 어차피 상단의 하위직 일꾼들의 들고 남이란 것이 그런 식이 아니겠는가.

하긴 잡조만큼은 그렇지 않을 수도 있다는 것을 저마다 애써 강조해 오기는 했었지만, 그러나 결국은 다 떠나게 되지 않겠는가. 머물러야 이유가 더 이상 없어졌을 때는.

"저는 이제 선변이 아니에요."

외딴길로 접어들었을 때 선변은 문득 그렇게 말했다.

"조원들에게 떠난다는 말은 하고 나오는 길이냐?"

"……"

"얼마 전 노부도 더 이상 노달이 아니란 생각을 했었다. 당연히 다시 돌아올 생각도 없었다. 허허허! 그런데 우습게도 사나흘 내로 돌아오라던 조장의 말이 문득 마음에 걸리더구

나. 그래서 정식으로 떠나겠다는 말은 하고 가야겠다는 생각
으로 돌아오는 길이다."
　"한때 마교의 교주이셨던 분의 감상치고는 유치하군요."
　선변이 노골적으로 빈정거렸다. 그러나 노달은 개의치 않
고 자신의 말을 계속했다.
　"본래는 어젯밤에 조원들을 만날 작정이었다. 그러나 우연
히 시천 지단 주변의 심상치 않은 움직임을 감지하게 되었고,
여태 주변 상황을 살피고 정황들을 탐문하던 중에 네가 지단
에서 나오는 것을 보게 된 것이다."
　선변은 언뜻 관심이 동하는 모양이었다.
　"심상치 않은 움직이라니요?"
　"백여 명에 이르는 정체불명의 무리들이 지단 주변을 감시
하고 있는 중이다. 그런데 더욱 놀라운 것은 그들 모두가 상
당한 고수 급들로 보인다는 점이다."
　선변이 이윽고 흠칫 놀라는 기색이 되고 말았다.
　"혹시 무벌인가요?"
　"아마도!"
　그러나 선변은 이내 길게 한숨을 내쉬었다.
　"그러나 저와는 이제 무관한 일일뿐이에요."
　노달이 무겁게 물었다.
　"역시 이 늙은이 때문이냐?"
　선변은 대답하지 않았다. 노달이 어두운 얼굴로 다시 말

했다.

"이 늙은이 때문이라는 것을 안다. 그러나 다른 조원들과는 무관하지 않느냐? 특히 이강과는. 이강은 아무것도 알지 못한다. 그리고 그가 너에 대해 어떻게 생각하는지는 너도 잘 알지 않느냐?"

선변이 문득 걸음을 멈추었다. 그리고 노달을 직시하며 차분하고도 차갑게 입을 열었다.

"제가 사해상단에 몸을 담게 된 것은 당신 때문이었어요. 마교에서 퇴출된 당신의 동향을 가까이에서 살펴보려는 의도였지요. 그러다가 잡조가 생기고, 뜻하지 않게 여러 가지 일들을 겪으면서 여기까지 오게 되었지만, 이제는 정리해야 할 때예요. 비록 지금은 마교와 대치하는 입장이라지만, 결국 당신은 마교인이에요. 오히려 누구보다도 충직한 골수 마교인이죠. 이강 또한 당신을 사부로 인정하는 만큼 어떤 형태로든 계속 당신과 관련이 되겠죠. 그렇게 결국은 마교와 무관하지 못하게 되겠죠. 그것이 무엇을 의미하는지는 분명하지 않나요? 바로 나와 원수가 되는 것이죠."

"아아! 그러나……!"

"천 년의 세월을 끈질기게 이어 내려온 은원이에요. 누구도 어쩔 수가 없죠."

선변이 다시 걷기 시작했다. 노달이 그녀를 쫓아 걸어가며 사뭇 격해진 어조로 말했다.

"노부가 사죄한다면? 지금은 비록 자격이 없지만, 노부는 반드시 마교를 되찾을 것이다. 연후에 마교의 교주로서, 마교를 대표하여, 지난날 마교가 배교를 멸망시킨 행위에 대해 사죄한다면? 그래도 마교와 노부를 용서하기 어렵겠지만, 이강만은 다시 예전처럼 대해줄 수 있지 않겠느냐?"

선변이 부르르 어깨를 떨며 다시 걸음을 멈추었다.

그러나 그녀는 곧 말없이 다시금 걸음을 옮겼다. 노달은 더 이상 그녀를 쫓지 않았다. 다만 힘없는 목소리로 나직한 중얼거림을 뱉었다.

"그들이 노리는 것이 만약 잡조라면? 늙은이의 기우(杞憂)라면 다행이겠으나, 만약 사실이라면… 이강과 조원들이 위험하다. 그리고 지금 그들을 도울 수 있는 사람은 노부와 너뿐이다."

선변은 계속 걸어갔다.

그런데 저만치쯤에서 선변은 문득 멈추며 힐끗 뒤를 돌아보았다. 그리고 차분한 목소리로,

"사천 지단에서 동북방으로 십 리 거리에 철금산장(鐵琴山莊)이란 작은 장원이 한 채 있어요."

하고는 다시 확 돌아서서 빠른 걸음으로 가버렸다.

묵묵히 선 노달의 뇌리 속으로 짧은 회상과 생각들이 스쳤다.

천 년 전 배교와 마교 간에는 서로의 교리와 이념의 갈등으로 처절한 전쟁이 있었고, 그 결과 배교는 처참히 멸망했다.

선변은 바로 그 배교의 명맥을 이은 것이었다.

방금 전 선변 스스로도 말하였지만, 그녀는 노달의 행적을 쫓아 사해상단에 들어왔고, 아마도 이강에게 호감을 느끼게 된 모양이었다. 이후 잡조로 함께하면서 둘 사이의 호감은 연정으로까지 발전하게 되었을 것이다.

그때까지만 해도 선변은 이강과 노달의 관계에 대해서는 심각하게 생각을 하지는 않은 것 같다. 어쩌면 그녀의 자기합리화였을지도 모르지만.

이를테면 '노달은 배신당하여 마교에서 퇴출되었으니 더 이상 마교인이 아니며, 더욱이 이강은 노달과는 다만 인간적인 관계일 뿐이다' 하는 식으로 말이다.

그러나 무당산에서의 일은 노달 자신과, 또 선변으로 하여금 몇 가지의 사실들은 새로 알게 하거나, 또는 새삼 명확히 자각하게 하는 계기가 되었다.

우선 노달 자신은 이전부터 의문을 가져왔던 선변의 정체와 내력에 대해 그 대강을 눈치챌 수 있었다.

선변에게는 노달 자신이 어쩔 수 없는 마교인임이 새삼 분명하게 보여졌을 테고, 노달 자신의 전인임을 공식적으로 선언한 이강에 대해서는 커다란 충격을 받았으리라.

또한 배교의 전인으로서의 입장을 새삼 명확히 자각하게

되었을 것이다.

그리고 사문의 은원과 이강과의 연정 사이에서 갈등하다 결국은 이강과 잡조를 떠나기로 결심을 하게 된 것이리라.

3

선변이 아침부터 사라진 때뮤에 잡조의 조원들은 종일 침울하게 가라앉아 있었다.

그러던 중 오후 무렵에 유정이 외부의 저녁 식사 초대에 응해 갈 일이 생겼다고 했다. 내일의 출발을 앞두고 사천성주가 특별히 유 총수와 그녀를 초대했다는 것이었다.

저녁을 먹은 후 이강과 윤파, 강산 세 사람은 숙소에 틀어박혀 무료하게 시간을 죽이고 있었다.

"이 인간은 또 어디를 갔기에 오후 내내 코빼기도 안 보인데?"

윤파가 고개를 갸웃거리며 불만스레 투덜거렸다. 서활을 두고 하는 말이다.

아닌 게 아니라 서활이 점심 무렵부터 온다 간다 말없이 사라져 내내 안 보이고 있는 중이었다.

창밖이 어느새 어두워졌기에 모두는 일찍 자리를 펴고 누웠다. 딱히 잠자리에 든다기보다는, 마주 앉아 있어도 이래저래 각자의 생각만 많아 맨숭맨숭하였기 때문이다.

뒤척거리던 윤파가 문득 조용해졌다. 이강 또한 마찬가지였다. 잠이 든 것이 아니라, 의식적으로 호흡을 고르게 가다듬고 있는 것이었다.

강산 또한 뭔가 불편한 느낌이 있었다. 그러나 그것이 어떤 이상 상황에 임박하여 그의 감각이 자연스럽게 반응하는 것인 줄은 모르고, 그저 그러려니 무시하고 억지로 잠을 청했다.

조용히 창문이 열리고 검은 그림자 하나가 방 안으로 미끄러져 들어왔다. 그러나 그가 미처 몸을 바로 세우기 전에 그의 목에는 두 자루의 검이 겨누어졌다.

"웬 놈이냐?"

윤파의 나직하나 살기 돋친 심문에 그자가 조용히 대답했다.

"날세!"

그는 바로 노달이었다.

"아니, 왜? 멀쩡한 문 놔두고 도둑고양이처럼 창문으로 들어오십니까?"

윤파가 대뜸 빈정거리기부터 했다. 그다운 반가움의 표시였다.

노달은 사천 지단 주변이 지금 정체불명의 무리들에게 이중 삼중으로 암중 포위되었으며, 몇 가지 정황상 그들이 무벌과 관련있을 가능성이 커 보인다는 사실을 빠르고도 간결하게 설명했다.

어떻게 할 것인지에 대해 길게 망설일 필요는 없었다.

노달이 그 정도로 말했으면 거의 틀림없는 사실일 터이고, 그리고 그가 이처럼 몰래 잠입해 든 것만으로도 상황은 충분히 다급한 지경일 터였다.

그리고 지금 지단 내에 유 총수와 유정이 없다는 사실은, 강산으로 하여금 일단 몸을 피하고 보자는 결정을 쉽사리 내릴 수 있게 했다.

사실은 그들이 망설이고 있을 틈도 없었다.

와자작!

나무로 된 창문이 종잇짝처럼 찢겨 나가며 야행복의 복면인 둘이 잇달아서 방 안으로 뛰어들었다. 그 격렬함에 어울리지 않게도 조용히.

윤파의 쌍검이 번쩍하고 검광을 토했다.

"큭!"

"윽!"

단말마의 비명과 함께 복면인들은 그대로 바닥으로 누웠다.

가로로 길게 베어진 그들의 가슴과 복부가 뜨거운 피를 쏟아내고 있었다.

노달이 창문 밖을 빠르게 한번 살피고 나서,

“가세!”
　하고 짧게 외치고는 곧바로 반대쪽의 방문으로 내달아갔
다.

五十

파국(破局)

1

캉!

채쟁!

파팡!

어둠 속에서 번뜩이는 검광, 날카로운 쇳소리, 장력을 쳐내
는 소리와,

"크악!"

"악!"

처절한 비명들이 치열하고도 촉박하게 뒤섞이고 있었다.

윤파의 쌍검이 가차없이 적을 베어 넘겼고, 노달의 장력은
사정없이 적들의 머리를 바수었다.

강산과 이강은 후미를 지키며 부지런히 앞선 두 사람을 따라 달렸다.

벌써 반 시진이나 이어지고 있는 한밤중의 추격전이었다.

치열하게 쫓고 쫓기는 추격전 속에서 윤파 등이 쓰러뜨린 적의 숫자가 벌써 근 이십여에 달하고 있었다.

복면의 적들은 조직적이었다.

삑!

삐익!

낮고 날카로운 호각 소리가 끊임없이 따라다녔다.

노달은 처음에 일단 적의 추격을 따돌린 다음에 곧장 미리 정해진 목표지로 갈 작정을 하고 있었다.

사천 지단에서 동북방으로 십 리 거리에 있는 철금산장. 노달은 그곳을 직접 확인까지 해놓은바 있었다.

그곳으로 간다고 해서 무슨 수가 생긴다는 보장이 있는 것은 아니었지만, 그래도 당장에 달리 기대어볼 데가 없는 처지에서 우선의 위급을 피할 곳은 그곳밖에 없었다.

그러나 적들은 그가 상상하고 각오하였던 것보다도 훨씬 강력하였고, 게다가 집요하였다.

그와 조원들은 적들의 추격을 따돌리기는커녕 사냥꾼에게 쫓기는 사냥감처럼 내내 몰리고만 있는 중이었다.

쫓기는 중에 철금산장 부근을 한번 지나친 적이 있기는 하였으나, 아마도 선변이 있든지 혹은 그녀와 깊은 관련이 있을 그곳으로 꼬리에 적들을 매단 채로 무턱대고 들어갈 수는 없는 일이었다.

다만 만약의 경우를 대비하여 조원들에게는 그곳이 바로 선변이 말해준 장소임을 전음으로 알려는 주었다.

삐익!

삐이익!

사방에서 몇 가닥의 호각 소리가 길게 울렸다. 그들이 인기에서 좀 벗어나 나지막하게 솟은 동산의 숲 속을 치달려갈 때였다.

앞을 가로막는 적이 없었지만, 윤파와 노달은 동시이다시피 달리던 걸음을 우뚝 멈추고 말았다. 숲 속의 작은 공터였다.

두 사람의 얼굴로 짙은 낭패의 기색이 스쳤다.

적들에게 완전히 포위당하고 만 것이다, 몰이꾼들에게 쫓겨 기어코 함정 속으로 빠지고 만 맹수들처럼.

공터 사방으로 짙은 살기들이 느껴지는 가운데, 네 명의 복면인이 느긋해 보이는 걸음걸이로 공터로 들어서고 있었다.

지금까지 맞닥뜨렸던 흑의복면인들과는 달리 은의복면인들이었다.

그런 차별성이 아니더라도 그들에게서 은연중 뿜어지는 기세만으로도 그들이 바로 오늘 밤 추격의 주동자들임을 어렵지 않게 짐작해 볼 수 있었다.

스릉!

스르릉!

삼 장여로 거리를 좁혀온 네 명의 은의복면인은 아무 말 없이 제각기 도검을 뽑아 들었다. 여지없는 살의(殺意)였다.

노달의 시선이 빠르게 강산과 윤파, 그리고 이강을 훑었다. 그 시선에 담긴 뜻은 분명했다. 속전속결!

다음 순간 노달이 그대로 정면 가운데의 복면인을 향해 일장을 치고 들어갔다.

상대의 복면인 또한 주저없이 마주 검을 쳐나왔다. 동시에,

칭!

차창!

윤파와 이강이 각기 발검하며 좌우의 복면인에게로 쏘아 갔고, 찰나의 시차를 두고,

취리리릿!

하는 소리와 함께 무명을 풀어내며 강산의 몸이 번뜩하고 움직이는가 싶더니, 어느새 좌측 끝의 복면인을 향해 쇄도해 들었다. 곧바로,

취리리릿!

추리리릿!

하고 두 무리의 예기(銳氣)가 폭발적으로 터져 나오며 주변의 공간을 무차별적으로 유린했다.

차라라라랑!

무명과 상대의 검이 무수히 부딪치며 맑은 쇳소리를 냈다.

노달과 복면인은 그제야 격돌을 일으키고 있었다.

콰쾅!

콰콰쾅!

검과 육장(肉掌)이 잇달아서 몇 초를 격렬히 마주쳤는데, 벼락치는 소리가 났다.

연이어 윤피외 이강이 쏘아 간 곳에서도,

채챙!

차차차창!

하고 한바탕의 격렬한 검 울림이 터져 나왔다.

일장의 격돌 후 그 반탄력에 노달과 상대의 복면인은 각기 튕기듯이 뒤로 밀려났다.

노달이 두 걸음, 복면인이 세 걸음이었다.

두 사람 모두가 경악한 눈빛으로 상대를 바라보았다. 그리고 미처 경악을 추스르기도 전에 노달의 염두가 번개처럼 돌았다.

'설마 오대전주 급이란 말인가?'

적들이 무벌 소속이라는 것은 진작에 단정하고 있는 중이었다.

그런 중에 그 자신과 거의 동급의 무의를 지닌 자라면, 그들 각각이 신주십삼존에 이름을 올리고 있는 오대전주들밖에 없을 것이었다.

그때였다. 노달은 문득 두 눈을 부릅뜨고 말았다.

그가 있는 곳으로부터 삼사 장 떨어진 두 곳에서 몇 무더기의 검광이 서로 맹렬히 뒤섞이는 중에,

카카카캉!

채채채챙!

하고 격렬하게 검들이 맞부딪치더니, 두 사람이 여지없이 튕겨나고 있었는데, 바로 윤파와 이강이었다.

순간 노달은 생각을 굴릴 겨를도 없이 급하게 신형을 쏘아나갔다. 이강과 윤파를 스쳐 보내고, 그 뒤를 쫓아 들어오는 자들을 향해 노달의 쌍장이 벼락처럼 빠르게 무수히 경력을 토해냈다.

과아아아아앙!

장력의 절대경지, 장강(掌罡)이었다.

윤파와 이강의 뒤를 쫓아 들어오던 두 명의 은색복면인들이 대경하며 전력으로 노달의 장강에 부딪쳐 갔다.

콰콰광!

쿠우웅!

거대한 격돌음과 함께 자욱하게 일어난 흙먼지가 어둠 속을 더욱 희뿌옇게 만들었다.

격돌의 반력을 이용해 이 장이나 뒤로 물러선 노달은 깊이 삼켰던 호흡을 천천히 뱉어냈다.

그러나 그는 지금 등줄기에서 한 줄기의 식은땀이 흐를 정

도로 경악하고 있었다.

이강과 윤파의 무공이 어떤 수준에 있는지 노달이 대강 짐작하지 못할 리 없었다. 가히 절정고수의 대열에 두어 조금도 부족하지 않을 수준들이었다.

그런데 두 은의복면인은 뚜렷한 우위의 힘과 기세로 단 몇 합의 어울림 만에 그들을 간단히 패퇴시켜 버린 것이었다.

좀 전 자신과 일 합을 겨룬 자를 포함해 세 복면인 모두의 무공 경지가, 실로 놀랍게도 노달 자신과 거의 동급으로 판단해도 좋을 절대고수들인 것이다.

'아아! 진정 무벌의 사대전주들이란 말인가?'

빠르게 이강과 윤파를 살피면서 노달의 눈빛은 더욱 암울해지고 말았다.

이강의 어깨 옷자락이 베어져 나풀거린다는 것과, 또한 윤파의 옆구리가 축축이 젖어 있다는 것을 뒤늦게 알게 된 것이다. 좀 전의 격돌에서 두 사람은 가볍지 않은 검상을 입고 만 것이었다.

노달은 다시 강산 쪽을 일별하였다. 그리고는 당황하고 긴장한 중에도 한가닥의 안도를 눈빛에 비쳤다.

강산은 예의 좌충우돌하는 특유의 싸움법으로, 또한 무벌의 사대전주 중 한 명일 은의복면인을 상대하고 있는 중이었다.

그의 두 자루 무명에서 폭사되는 섬뜩한 예기(銳氣)는 사납고도 광포(狂暴)했다. 또한 도저히 눈으로 쫓아갈 수 없도록 빠르고, 또한 너무도 복잡하게 뒤엉켜 예측불허로, 무질서했다.

그럼으로써 강산은, 비록 얼마나 버텨내는가 하는 것은 별개로 치더라도, 우선은 거의 막상막하로 버텨내고 있는 중이었다. 놀랍게도 말이다.

그러기에 노달은 그 은의복면인이 당장에는 강산을 어떻게 하지 못할 것이라는 작은 안도를 가져 볼 수 있었다.

"허!"

놀라움을 담은 그 짧은 탄식을 듣는 순간, 강산은 상대가 누구인지 퍼뜩 기억해 낼 수 있었다.

바로 그자였다. 무당산으로 가는 도중 순행단이 정체불명의 무리들에게 습격을 받았을 때 부딪쳤던 바로 그 흑의복면인. 처절한 악전고투 끝에 그의 몸에 무수히 많은 상처를 만들었던 자.

그러나 해볼 만하다는 생각이었다. 불과 얼마 전의 일이었지만, 지금의 그는 이미 그때의 그가 아니었으니까.

이전에 그가 복면인을 상대하면서 가장 크게 부닥친 한계는 바로 상대의 경력 운용의 묘였다. 즉, 그의 무형 방호막에 끊임없이 부딪쳐 드는 상대의 예측불허의 가변적 경력으로 인해 무명을 제대로 통제할 수 없었던 것이다.

그러나 이제는 달랐다. 무명의 숙련도가 달라졌고, 무엇보다도 칠관통의 초입으로 접어들고 난 뒤이니, 그의 무형 방호막의 탄능과 흡능, 그리고 발능의 조화가 만들어내는 공능은 충분히 상대와 접전이 가능하도록 만들고 있었다.

비록 상대의 검초가 현란하고도 심오하였지만, 두 자루 무명을 그저 그때그때의 감각으로만, 또한 무명 자체가 가지는 탄력과 특성대로 자연스럽게 움직이도록 놓아두는 것만으로도, 최소한 그가 상처를 입지는 않고 있었다.

명백한 상황 착오(狀況錯誤)였다. 노달은 좀 더 치밀하게 상황을 파악하고 판단하지 못했던 자신에 대해 자책하지 않을 수 없었다.

그러나 착오는 이미 지나간 상황이었다. 지금 시점에서 다시 살길을 찾아야만 했다.

윤파와 이강의 부상은 가벼워 보이지 않았다. 이강의 어깨 부위와 윤파의 옆구리 부근은 희미한 달빛 아래서도 확연히 알아볼 만큼 벌겋게 젖어가고 있었다. 출혈이 계속되고 있는 것이다.

오래 망설일 겨를은 없었다. 이대로라면 두 사람은 자칫 출혈과다로 탈진에까지 이를 수도 있을 것이었다. 지혈과 긴급 치료가 필요하나 절대고수들을 눈앞에 둔 상황에서 그럴 여유란 없었다.

시간이 지날수록 상황은 최악으로 몰리게 될 것은 뻔하였다. 결정을 내려야 했다. 즉시.

방법은 단 하나, 전력 돌파. 사력을 다해 도주하는 것뿐이었다.

물론 이미 충분히 경험해 보았거니와, 지금 당장의 포위를 뚫고 나간다 해도 적의 추격에서 완전히 벗어나기란 불가능해 보였다.

마지막으로 믿어볼 것은 선변밖에 없었다. 포위를 뚫고 나가 철금산장까지만 갈 수 있기를 바라는 수밖에 없는 것이다.

그녀가 굳이 그곳을 말하였으니만큼 그곳에 적들을 막을 어떤 안배가 되어 있기를 바랄 뿐이었다.

선변이라면, 선변의 심계라면, 선변의 철저함이라면, 어떤 안배가 되어 있는 곳이기에 그때 노달 자신에게 그런 언급을 흘린 것이리라 믿어보는 수밖에 없었다.

이강, 윤파와 등을 맞대다시피 하여 노달은 천천히 이동해 갔다, 강산과 가까운 쪽으로. 그런 그들을 따라 세 명의 복면인이 느긋하게 거리를 좁혀왔다.

언뜻 보기에 노달 등은 강산과 합류하여 방어를 위한 사방진(四方陣)을 형성하려는 것 같았고, 그에 대해 세 복면인은 서두르지 않았다. 느긋한 태도로 일시 방관하려는 보였다.

이윽고 강산이 접전을 펼치는 곳에서 이 장여 가까이까지 도달했을 때 노달의 입술이 미미하게 달싹였다.

[전력으로 포위를 뚫는다. 목표는 철금산장. 적들을 따돌리지 못하더라도, 그리고 중간에 흩어진다고 하더라도, 각자, 무조건 장원 안으로 진입한다. 노부가 선두에 선다. 이강과 윤파는 노부를 바짝 뒤따르라!]

잠시 틈을 두었다가 노달의 전음은 다시 이어졌다. 이번에는 강산에게만 전해지는 전음이었다.

[고장!]

무겁게 불러놓고 다시 잠깐의 틈을 두었다가 노달의 전음은 빠르게 이어졌다.

[뒤를 부탁하네! 견딜 수 있는 만큼만!]

그리고 노달은 곧장 앞으로 신형을 쏘아 나갔다. 그 바로 뒤를 윤파와 이강이 지체없이 따라붙었다.

철금산장이 있는 북동쪽이었고, 세 복면인이 지켜서 있는 곳과는 반대되는 방향이었다.

그러나 노달 등이 미처 숲으로 접어들기도 전에,

삑!

삐익!

하는 호각 소리들이 어지럽게 들리며, 사방의 숲 속으로부터 맹렬한 공격들이 있었다.

윤파와 이강이 또한 전력을 다해 검을 떨쳐 냈고, 사방으로는 대번에,

차차차차창!

채채채채챙!

하고 급박하고도 날카로운 검명이 무수히 일었다.

와르르릉!

노한 뇌음과 함께 노달의 쌍장으로부터 태산과도 같은 장력이 뿌려졌다.

와중에도 노달 등은 촌각도 멈추지 않고 앞을 향해 질주해 나갔다. 사력을 다한 필사의 도주였다.

그러나 노달 등은 미처 알지 못했다, 그들의 도주에도 불구하고 그들을 막는 자들은 다만 흑의복면들일 뿐이며, 막상 세 명의 은의복면인 중에서는 누구도 그들을 뒤쫓지 않고 있다는 사실을.

세 명의 은의복면인이 강산과 접전하고 있던 나머지 한 명의 은의복면인과 합공의 형세를 취하는 데는 별 망설임이나 갈등 같은 것이 없어 보였다.

그럼으로써 노달의 단정이 틀리지 않았다면, 강산은 지금 무벌의 사대전주, 즉 신주십삼존 중 네 사람의 합공을 받고 있는 셈이 되는 것이었다.

노달로서도 그런 데까지는 차마 상상하지 못했던 상황이고, 천하의 누구라도 쉽게 믿을 수 있는 상황이 아니었다.

점점이 묻어날 듯 농밀(濃密)한 살기에서 네 복면인의 의중은 분명해 보였다. 기필코 죽이겠다는 의지였다, 강산을.

복면인들이 그 하나를 두고 포위의 형세를 구축해 들 때까지만 하더라도 사실 강산은 믿는 바가 있었다. 여차하면 언제라도 몸을 빼내 달아날 수 있다는 자신이었다.

그런 데(?)에는 이제 자신이 있었다, 누구보다 빨리, 지치지 않고 달릴 자신이.

그러한 자신하에 강산은 기능한한 보다 많은 강력한 적들을, 최대한 자신에게 묶어놓을 작정이었다.

그러나 그것은 단지 그 혼자만의 자신이었을 뿐이었다. 착각에 불과했다, 그것도 아주 치명적인.

강산에 대해 이미 어떤 대비가 있었던 것일까? 복면인들의 포위는 단순한 것이 아니었다.

그들은 하나의 진형(陣形)을 형성하고 있었다. 강산으로서는 그런 것의 존재에 대해 상상조차 해보지 못했던 기이한 진세(陣勢)가 발동되고 있었다.

망(網). 엄청난 경력의 그물이었다. 그것은 강산의 발을 붙잡고, 온몸을 가두었다. 마치 온몸이 진흙 속에 빠진 듯한 끈적거리는 구속이었다.

걸음을 떼기 어려웠고, 몸을 움직이기 어려웠다. 그럼으로써 강산은 그토록 자신했던 빠르기의 이점을 조금도 발휘할 수 없게 되었다.

그나마 무명을 쓰는 것은 상대적으로 자유로웠다. 주로 손목의 움직임으로 조종하고, 또한 발능만으로도 충분히 폭발적이며, 상상 이상으로 예리한 무명의 공능 덕분이었다.

네 자루의 도와 검, 그리고 두 자루 은빛 투명한 사검(絲劍) 무명이 치열하게 어울리는 중에,

파바바바밧!

섬광들이 무수히 명멸하였고,

카라라라랑!

기이한 금속성들이 끊임없이 일어났다.

강산은 점점 더 다급해지고 있었다. 역부족이었다. 공간을 장악한 무형의 그물은 시간이 갈수록 더욱 강력해지고, 더욱 촘촘해졌다.

강산이 이윽고는 손목을 움직이는 것조차도 자유롭지 못하게 되어 무명의 움직임도 확연히 둔해지고 있었다.

이대로라면 그는 곧, 그야말로 꼼짝도 하지 못하는 처지가 되고 말 것이 분명했다. 바로 그때,

쾅!

그의 등에 강력한 충격이 가해졌다.

검에 의한 것인지, 아니면 권이나 장에 의한 타격인지는 알 수 없었으나, 마치 거대한 쇠망치로 내려친 듯한 엄청난 충격이었다.

무형 방호막이 작동하고 있었지만, 움직이지 못하는 상태에서 고스란히 받은 그 거대한 충격은 강산으로서도 감당할

만한 것이 아니었다. 당장에 내부로부터 목을 통해 입안으로
올라오는 비릿한 느낌이 있었다. 그때,

쾅!

하고 다시 한 번의 타격이 그의 등에 작렬하였다.

"우욱!"

강산은 결국 신음을 내뱉지 않을 수 없었다. 목구멍을 타고
뜨거운 무엇이 확 치밀어 올라 입안에 가득 찼다. 비릿한 맛,
피였다. 강산은 그것을 억지로 되삼키고 이를 악물었다.

이제는 무엇이라도 해야 할 때였다. 그가 할 수 있는 마지
막의 무엇이라도. 이대로 그 혼자서 죽을 수는 없었다.

강산은 웃었다. 아니, 웃으려고 했다. 그러나 사방을 점유
한 경력의 그물이 그의 온몸을 분쇄할 듯이 옥죄며 파고들고
있었기에, 기껏 그의 입매가 슬쩍 일그러지는 데 그치고 말았
다. 그러나 독한 웃음이었다. 처절하고도 섬뜩한 웃음이었
다.

강산은 한순간 전신의 모든 힘을 다 짜내었다. 이백이십
팔. 그의 내부에 관통된 관문들의 마지막 밑바닥까지 모든 힘
들을. 다음 순간,

파우우웅!

경력의 그물이 찰나간 찢어졌고, 강산은 그대로 정면의 복
면인을 향해 덮쳐들었다, 두 팔을 활짝 벌린 채로.

"어림없는 짓!"

　정면의 복면인이 가볍게 조롱하며 검을 뻗어 가차없이 강
산의 복부를 찔러 버렸다.

"큭!"

　검극이 몸을 파고드는 지독한 고통으로 강산은 의지와는
상관없이 절로 비명을 뱉고 말았다. 그러나 그런 중에도 그는
악착같이 복면인의 양어깨를 틀어잡았다.

"이놈이?"

　당황한 복면인이 노갈하며 강산의 복부에 틀어박힌 검을
거칠게 비틀었다.

　그때 복면인의 목으로 가느다란 은빛 가닥 하나가 마치 살
아 있는 뱀처럼 휘감겼다. 무명이었다.

　그러나 또한 바로 그때,

　쾅!

　콰쾅!

　강산의 등과 좌우 옆구리로 엄청난 충격이 작렬하였다.

　푸학!

　강산의 입에서 한 가닥의 거센 핏줄기가 화살처럼 뿜어졌
다. 그리고 강산은,

"으와악!"

　하고 비명 같은 소리를 내질렀다. 그것은 강산의 마지막 기
합이기도 했다. 동시에 강산은 마지막 사력을 다해 손목을 낚
아챘다.

"끄윽!"

짧은 비명과 함께 복면인의 두 눈이 경악으로 부릅떠졌다.

그러나 그 부릅떠진 두 눈은 이미 살아 있는 사람의 것이 아니었다. 다만 동체와 분리된 수급에 붙어 있는 죽은 눈일 뿐이었다.

촤아악!

뒤늦게 굵은 피 기둥이 솟구쳤다. 실로 치참한 광경이었다.

"이런 지독한 놈!"

남은 세 복면인이 저마다 치를 떨며 강산을 향해 무차별로 검을 떨쳐 냈다.

바로 그 순간,

파앙!

잔뜩 압축되었던 공기가 돌연 팽창하는 듯한 소리가 나며 강산의 몸이 한순간 쏜살처럼 뒤로 튕겨 나갔다. 그리고 번뜩하는 순간에 강산은 이미 세 복면인으로부터 삼사 장여를 벗어나고 있었다.

"놈!"

"서라!"

세 복면인이 경악하여 다급하게 외치며 신형을 날릴 때쯤에, 강산은 더욱 속도를 배가하며 그야말로 번개처럼 신형을 쏘아 나갔다. 북동쪽이었다.

쒸아아아앙!

강산은 사력을 다하고 있었다. 귓전을 스쳐 가는 세찬 바람 소리는 들리지도 않았다. 그의 의식은 이미 혼미한 상태였다. 방향만 정하고서 무작정 달리고 있는 것이었다.

바람처럼 달리는 그의 뒤로 어둠보다도 더욱 검붉은 가느다란 줄기들이 마치 꼬리처럼 따라붙다가, 이윽고는 점점이 흩어지고 있었다. 피였다.

그의 복부와 양 옆구리에는 축축이 젖은 옷자락이 몸에 찰싹 달라붙은 채 끊임없이 피가 분출되고 있는 중이었다.

어깨는 금방이라도 무너질 듯 한쪽으로 기우뚱 기울었는데, 그런 중에도 강산의 금강부동신법은 최고조로 발휘되고 있었다.

2

노달은 숱한 격전을 겪은 끝에 겨우 철금산장을 목전에 두고 있었다.

"헉!"

"허억!"

그의 좌우로 기대다시피 하고 있는 이강과 윤파는 이미 거칠어질 대로 거칠어진 호흡을 힘겹게 토해내고 있었다. 역시 그치지 않는 출혈이 문제였다.

노달은 뒤를 돌아보았다, 시야가 닿는 멀리까지.

혹시 강산의 모습이 보일까 해서였다.

비록 그럴 수밖에 없는 다급한 상황이긴 했지만, 그래도 강산에게 너무 버거운 짐을 남기고 온 그였다.

와중에도 한 가지 믿었던 것은, 믿을 수밖에 없었던 것은, 강산의 빠름이었다. 그저 바라건대, 강산이 버틸 수 있는 데까지만 버티다가 그 놀라운 빠름으로 무사히 노방쳤기를 바랄 뿐이었다.

그러나 강산의 모습은 여전히 보이지 않고 있었다.

노달의 안색이 무겁고도 침울하게 가라앉았다. 그러나 그는 아직도 잠시간의 여유조차 가질 형편이 못 되었다.

삑!

삑!

가까운 곳에서 몇 가닥의 짧고 날카로운 호각 소리들이 서로 호응하여 울리고 있었다. 이제 곧 사방에서 적들이 몰려들 것이었다.

양손에 이강과 윤파를 각기 부축한 채로 노달은 장원의 높다란 담장을 뛰어넘었다.

촌각의 시간 뒤,

백여 명에 이르는 흑의복면인들이 산장 주위로 몰려들었다. 그리고 그중 이십여 명의 복면인들이 지체없이 산장의 담장을 날아 넘었다.

아니, 그들은 미처 담장을 넘어서지 못하고, 허공에서 다급하게 담장을 찍고서 되돌아 나와야만 했다.

슈슈슈슈슉!

그야말로 소낙비 같은 암기 세례였다.

재빠르게 대처하지 못한 서너 명은 온몸에 화살과 각종의 암기들을 맞은 채 담장 아래로 추락하는 신세를 면치 못했다.

화살과 암기들의 수량과 강력함으로 볼 때 강력한 기관에 의해 발사된 것이 분명했다.

더구나 사방은 희미한 달빛만이 비치는 한밤중이었다. 복면인들은 감히 무턱대고 다시 담장을 넘을 엄두를 내지 못하였다.

바로 그때였다. 신형 하나가 빛살 같은 속도로 허공을 가로질러 담장을 넘어 들어갔다. 순간,

슈슈슈슈슉!

담장 안쪽에서 예외없이 화살과 암기 세례가 퍼부어졌다.

그러나 그 신형은 아예 피하려는 의지가 없는 듯이 고스란히 화살과 암기를 맞았고, 그럼에도 조금도 속도를 줄이지 않고 담장 안쪽으로 사라져 갔다.

담장 안쪽으로부터 놀라고 다급한 소리 두어 마디가 터져나왔다.

"조장님!"

"조장!"

철금산장.

이름도 알려지지 않은 그 조그만 장원은 지금 백여 명의 복면인들에 의해 완전히 포위되었다.

조금 뒤늦게 도착한 세 명의 은의복면인은 다섯 명씩 흑의복면인의 대오를 나누었다.

그리고 곧바로 첫 번째 오(伍)의 복면인 다섯이 담장을 넘었다.

그러나 웬일인지 이번에는 각오했던 암기 세례가 없었다.

뒤이어 나머지의 오들이 신속하고도 순조롭게 담장을 넘었고, 마지막으로 세 명의 은의복면인이 도약하여 담장 위로 내려섰다.

장원 안은 조용했다. 아무런 인기척도 없었다. 마치 조금 전 두 차례에 걸쳐 쏟아졌던 암기 세례가 사실이 아니기라도 한 듯이.

아담한 정원 둘레로 세 채의 전각이 서 있었다.

그중 한 채의 전각에서만 불빛이 흘러나오고 있었는데, 지금 흑의복면인들 중 반수가 넘는 숫자가 그 전각을 조심스럽게 포위해 들고 있는 중이었다.

그때 담장 위의 세 은의복면인 중 가운데에 선 자가 가볍게 고개를 갸웃하였다. 언뜻 바람결에 실려오는 무슨 냄새 같은 것을 맡은 듯했기 때문이다.

희미하게 코끝을 스치는 매캐함. 무슨 냄새인지 당장에 떠오르지는 않았지만, 그 평범하지는 않은 냄새에 그는 문득 경각심을 가졌다. 그가 곧바로 외쳤다.

"잠깐! 모두 멈추고 일단 뒤로 물러나라!"

바로 그때였다.

콰앙!

불빛이 흘러나오던 전각 내부에서 커다란 폭발음이 일었다. 바로 이어,

쿠콰콰콰콰쾅!

엄청난 폭음과 함께 연쇄적으로 거대한 폭발이 일어났다.

사방으로 무수한 파편들이 비산하였고, 전각들이 와르르 무너졌다.

실로 거대하고도 엄청난 폭발이었다.

거센 불길은 금세 사방으로 번져 장원 내는 삽시간에 엄청난 화염과 연기로 휩싸여 한 치 앞을 분간할 수 없게 되었다.

그런 중에 곳곳에서 처절하게 울부짖는 비명들이 터져 나왔다. 그야말로 아비규환의 참경이 만들어지고 있었다.

3

날이 밝고 나서야 인근의 사람들과, 또 간밤의 대폭발에 대해 신고를 받은 관원들이 나와 폭발 현장을 살폈다.

얼마나 대단한 폭발이었는지, 장원 내에는 전각의 형체는 간 곳이 없고, 전각이 서 있었던 자리는 웬만한 저수지 크기로 움푹 파인 커다란 구덩이로 화해 있었다.

관원들은 잘게 부서져 사방에 널린 건물의 잔해와 파편들 사이에서 점점이 조각나 불에 타다 남은 살점 조각들을 수거해서 한자리에 모았다.

비록 사람의 형체를 온전히 맞출 수는 없었지만, 족히 수십 명에 달하는 유해였기에 사람들은 간밤의 대참사가 어떠했는지를 미루어 짐작해 볼 수가 있었다.

五十一
재회(再會)

1

해가 떨어지고 있었다. 바다가 온통 붉은빛으로 물들었다. 낙조였다.

"아아!"

유정은 나직한 탄성을 뱉어냈다.

매일 이 시간이면 습관처럼 바닷가로 나와서 보는 낙조였지만, 자연이 주는 일대 장관에는 언제나 감탄하지 않을 수 없는 황홀함이 있었다.

유정이 남해 보타암으로 돌아온 지도 벌써 일 년여가 지나고 있었다.

일 년 전 그때.

사천성주가 초대한 저녁 식사 자리는 유 총수와 성주의 담소가 길어지는 바람에 예정보다 한 시진가량이나 늦게 끝이 났다.

사천 지단으로 돌아왔을 때는 꽤 늦은 시간이라 그녀는 잡조의 숙소를 들러보지 않았다.

잡조의 실종.

그 석연치 않은 실종을 그녀가 안 것은 다음날 아침이었다. 그러니까 순행단이 항주로 복귀하는 여정에 오르기로 되어 있는 당일 아침이었다.

아침 일찍 그녀를 찾아온 서활의 안색이 심상치 않았다.

서활을 따라간 잡조의 숙소에서 그녀는 산산이 부서진 창문과 점점이 바닥에 뿌려진 핏자국들을 볼 수 있었다. 침입자의 흔적이었고, 또한 살상의 흔적이었다.

서활은 그녀에게 어젯밤 잡조가 숙소에서 암습을 받았고, 그 이후 지단 밖으로 피해 나가 누군가에게 쫓겼을 것이라는 짐작을 말했다.

그런 짐작의 근거가 뭐냐고, 그녀는 차마 물어보지도 못했다. 서활의 안색이 창백한 채로 무겁게 가라앉아 있었기 때문이다.

잡조가 왜, 누구에게 쫓겼는지, 쫓긴 이후 어떻게 되었는지에 대해서는 서활 역시도 말을 하지 못했다.

그녀는 난감하고 답답했다. 불안과 염려가 주체할 수 없도록 밀려들었다.

그녀가 일단 출발을 늦추고 잡조를 찾아봐 줄 것을 건의했으나, 유 총수는 단호하였다.

잡조의 실종에 어떤 내막이 있는지는 모르겠으나, 조사하여 간단히 밝혀질 것이었다면 지금쯤에는 어느 정도의 윤곽이라도 알 수 있었을 터인데, 아직까지 어떤 정황도 밝혀지지 않았다는 것은 그 내막이 결코 간단하지 않다는 반증이라고 했다.

또한 그렇지 않아도 뜻하지 않은 일정의 지체로 상단의 중요 대사들이 산더미처럼 밀려 있으니, 이제 더는 지체할 수 없는 형편이라고 했다.

다만 잡조에게 무슨 사정이 있었던지 간에 항주로 돌아가는 여정 중이든, 혹은 나중에 항주 본단으로든, 일단 복귀만 한다면 굳이 잘못을 따지지는 않겠다고 했다.

순행단은 예정대로 출발했고, 잡조의 자리는 다른 인원들로 간단히 대체되었다.

애초부터 잡조에게 특별히 주어진 임무는 없었으니 대체할 인원을 채우는 것도 어려울 것은 없었다.

출발 직전에 서활은 좀 더 조사할 것이 있어 나중에 순행단으로 합류하겠다고 그녀에게 말하고는 사라져 버렸다.

서활이 다시 유정의 앞에 나타난 것은 만 하루가 지난 뒤의

밤이었다. 그는 몹시도 지친 모습이었다. 한동안이나 말문을 열지 못하더니,

"아아! 소생이 참으로 어리석었소! 참으로 어리석었소!"

하고 망연히 한탄하였다.

그는 아마도 무언가를 알아낸 모양이었다, 그녀는 알지 못하는 어떤 사실에 대해서.

그러나 그녀가 물었음에도 서활은 대답없이 한숨만 내쉬다가는 고개를 숙여 보였다. 그것이 서활과의 작별이었다, 일방적인.

항주로 돌아오는 여정 내내, 그리고 항주에 돌아와서도 유정은 잡조에 대한 염려를 털어내지 못하였다. 그리고 알지 못할 슬픔과 우울을 겪었다.

그러다가 이윽고 그녀는 깊은 회의에 빠지고 말았다. 어쩔 수 없는 회의였다. 사람에 대한 회의, 정에 대한 회의, 그리고 세상에 대한 회의.

조부와의 약속대로 상단의 후계 수업에 그녀 스스로를 채찍해 보기도 했었다. 그러나 그것이 다만 각오와 노력만으로 되는 일은 아니었다.

마음의 병은 결국 육신의 병을 가져왔다. 그녀는 모든 대외 활동을 중단하고 항주 본단의 별채에 칩거하다시피 하였다.

그러나 유정은 차마 조부에게 먼저 간청하지 못하였다. 남해로 돌아가겠다고, 자애로운 사부의 그늘에 들어 심신의 평

화를 찾고 싶다고.

보타암에 가서 휴양하고 돌아오라는 말을 꺼낸 것은 오히려 유 총수였다.

한창 나이에 시든 꽃과도 같이 변해 버린 손녀를 더 이상 지켜볼 수 없었기에, 자세한 원인을 알 수 없었으나 그녀의 병이 마음으로부터 오는 병임을 짐작할 수 있었기에, 유직은 그럴 수밖에 없었다. 유정에게 남해야말로 늘 사무치는 그리움을 주는 고향이며, 청련 신니야말로 유정에게 누구보다도 마음 붙일 수 있는 혈육 이상의 존재임을 알기에.

보타암에 돌아온 이후 유정은 오로지 불도에만 전념했다.

그녀가 돌아왔을 때 청련 신니는 이미 폐관참선에 들어 있는 중이었다. 기약도 없는 폐관이었다. 불문 제자로서 사사로운 원한에 집착한 데 대한 참회이리라.

2

돈독한 불심으로 보타암과 오랜 관계를 유지하고 있던 남해칠십이군도 중 몇몇 작은 섬들에서 잇달아 탄원(歎願)이 들어오고 있었다.

그 사연인즉, 십여 년 전부터 가끔씩 출몰하던 해적들이 근래 들어서는 빈번히 출몰하고 있는데, 그 횡포가 극렬하기 이를 데 없어서 남해칠십이군도 백성들의 피해가 극심하다는 것이었다.

그런데 해적들의 규모가 크고 무공 또한 범상치 않아서 자체적으로 대응할 방도가 없으니, 보타암에서 어떤 조치를 취해주십사 하는 탄원이었다.

예로부터 남해에는 늘 해적들이 들끓어왔었다. 남해를 운행하는 관선과 상선들이 수도 없이 많으니, 자연히 그 배들을 노리는 해적들이 없을 수는 없는 일이었다.

더욱이 남해에는 잘 알려지지 않은 무인도와 무수한 암초들로 이루어진 절해(絶海)가 즐비하니 해적들이 근거지로 삼기에는 더없이 좋았다.

그러나 남해칠십이군도에서 자체적으로 대응할 방도가 없다는 하소연에서 청련 신니는 한가닥 아쉬움을 가져 보지 않을 수 없었다.

십 년 전까지만 해도 나오지 않았을 하소연이었다. 그때 해남파의 돌연한 패망이 있기 전까지만 해도.

남해칠십이군도 중에는 크든 작든 자체적으로 무력을 보유하고 있는 섬들이 많았는데, 그중에서도 해남도에는 해남파라는 걸출한 검파(劍派)가 있었다. 해남파를 구심점으로 하여 섬들끼리 상호 연합체를 형성하고 있을 때만 해도 인근 해역으로는 감히 해적들이 출몰하지를 못하였던 것이다.

신니가 가지는 또 하나의 아쉬움은 벽안대도(碧安大島)에 대해서였다.

벽안대도는 남해칠십이군도 중 가장 큰 섬을 관장하고 있었으니, 그 거주 인원이나 보유 무력의 규모 등에서 최대를 자랑하고 있었다. 그 객관적인 성세만으로 따지자면 과거에도 오히려 해남파를 능가하는 측면이 다분하였다.

해남파의 패망 이후로 벽안대도는 자연스럽게 남해칠십이군도의 새로운 중심이 되었으나, 실질적으로는 새로운 구심점의 역할을 해주지 못하고 있었다.

지난 십여 년간 벽안대도는 남해의 패권에 대해 지나치게 소극적이거나, 혹은 칠십이군도의 구심점이 되어 공동의 안녕을 추구하는 대신, 자도(自島)의 우월적 위치와 권익을 누리고 영위하는 데만 관심있어 하는 듯한 이기적인 면모를 보여왔었다.

그러니 작금에 이르러 해적들에게 침탈을 당하고 있으면서도 칠십이군도에 속하는 섬들이 벽안대도가 아니라 보타암에다 구원을 요청하고 있지 않겠는가.

그러나 이런저런 사정을 듣고, 또 미루어 짐작하고 있으면서도 신니는 폐관을 깨려 하지 않았다.

참회의 기간 중에 다시 세속의 칼부림에 나설 수 없다고, 어민들의 간절한 탄원에 대해 매번 어렵게 고사하였다.

지켜보던 유정이 안타까운 마음에,

"제가 보타암에 돌아와 그저 놀고먹고 있기에 이제는 염치가 없으니, 혹시 저들의 사정을 도울 수 있는 방도가 있는지 한번 살펴나 보고 오겠습니다."

하고 나섰다.

신니가 생각하니, 유정이 결국은 중원으로 돌아가야 할 처지인데, 어쩌면 이 일이 그 시기를 앞당기는 계기가 될 수도 있겠다 싶고, 더욱이 유정의 무공이 이미 어느 경지에 올랐다 할 수 있으니, 과연 저들의 어려운 하소연을 어느 정도까지는 들어줄 수 있겠다 싶기도 해서,

"네 생각이 그렇다면 그리해 보려무나!"

하고 허락하였다.

3

탐문 끝에 유정은 해남파의 패망 이후 폐허로 남아 있던 해남도에 근래 낯선 사람들이 포착되고 있다는 소문을 들었다.

그들에게도 일단 혐의를 두어볼 만하다고 여겨, 유정은 어선 한 척을 얻어 타고 해남도로 향했다.

뻘흙을 바른 듯 뿌연 얼굴을 한 그자는, 어디 먼 곳에서 흘러든 야만인처럼 보였다.

그런데 멀찍이 서서 그녀가 해안에 내리는 것을 보고 있던 그자는 그녀가 가까이 다가서자 대뜸 달려드는 것이었다.

그자의 보법에 법도가 없는 것을 보고 가볍게 방심하던 유

정은 돌연,

"엇?"

하고 경호성을 내뱉고 말았다.

빨랐다. 빠른 정도가 아니라, 번뜩하는 순간에 눈앞까지 다가왔다가 어느새 옆으로 옮겨가 있는 그자의 움직임은 마치 허깨비를 보는 것 같았다.

유정은 감히 경시하지 못하고 연검을 뽑아 들었다.

그자는 그녀의 주위를 맴돌기만 했다. 그녀가 가볍게 검을 펼치는 시늉만 해도 어느새 저만치 도망가 있었다.

무인이 아니었다. 비록 기이한 몸놀림을 지녔지만, 애당초 무공이나, 더욱이 무인으로서의 예법과 도는 알지 못하는 자임에 분명하였다.

그런데 한순간 무언가 희번득거리며 공간을 점하더니,

차차차차창!

하고 무수히 그녀의 검에 부딪쳐 오는 바람에 그녀는 일시 정신을 차릴 수 없을 정도로 당황하고 말았다. 그러나 그녀는 청련 신니가 인정할 정도의 무공을 지니고 있었으니, 곧바로 대응하여 허공에다 수백 개의 검화를 피워 올렸다.

차라라라라랑!

검끼리의 부딪침 소리가 참으로 영롱하여 마치 아름다운 선율이 연주되는 듯했다.

그리고 한순간 유정은 검을 거두어들였다. 일방적인 수검(收

劍)이었고, 자신의 목숨을 고스란히 상대에게 맡기겠다는 무모
한 행위였다.

그러나 그때 유정의 가슴속은 온통 격정으로 넘쳐 나고 있
었다.

'바보같이, 그라는 것을 이제야 알아채다니!'

아니, 진작부터 어딘가 익숙하다, 익숙하다 하면서도 막상
그라는 생각은 차마 하지 못했다. 그토록 그리워했던 사람임
에도 불구하고 말이다. 어쩌면 허망한 기대 뒤에 올 참담한
슬픔을 겪지 않으려 했음인지도 모르겠다.

그러나 그 두 줄기 예리무비의 궤적이 바로 무명이라는 것
을 알아본 순간, 더 이상의 주저는 필요없었다.

"당신……!"

하고 떨리는 목소리를 내놓고는 그녀는 더 이상 말을 잇지
못했다. 그저 뚫어져라 그의 뿌연 얼굴을 바라만 보고 있었
다.

보였다, 뿌연 색칠 밑으로 구릿빛 건강하고 씩씩한 얼굴이,
그 윤곽이. 바로 그였다, 강산.

유정은 갑자기 복받쳐 오르는 감정 때문에 그만 눈물부터
글썽거리고 말았다.

그 눈물 탓에 강산이 당황한 끝에 유정의 손부터 덥석 잡고
보았다. 유정이 전율하듯 부르르 온몸을 떨고 나서는, 이내
부끄러워 슬그머니 손을 빼고 말았다. 그녀의 고운 얼굴이 타

는 듯 붉어져 있었다.

4

　노달과 이강, 그리고 윤파는 모두 구릿빛으로 그을린 얼굴과 시커멓게 탄 팔뚝으로 변해 있었다.
　좀 전의 강산처럼 한낮의 태양빛에 얼굴이 시커멓게 타는 것을 막기 위해 뻘흙을 바르지 않고 있었어도, 언뜻 보아서는 금방 알아보지 못할 만큼 변한 모습들이었다.
　지난 일 년간 남해의 뜨거운 태양과 거친 바닷바람이 그들의 모습을 그렇게 만든 것이었다.

　사천 지단에서 복면인들에게 쫓긴 일.
　상처를 입고 철금산장으로 피신한 뒤 선변의 도움을 받아 지하 통로로 빠져나온 뒤, 미리 매설해 놓은 엄청난 양의 폭약을 폭발시킨 일.
　상처를 치료하고 또 몇 가지 납득하기 어려운 상황들에 대해 어느 정도 단서가 잡힐 때까지 세상의 이목에서 잠적해 있기를 제안한 선변의 말에 따라 은밀히 남해로 들어온 일 등등.
　지난 일 년간 그들이 겪은 사연에 대해 강산이 간단하고도 건조하게 대강의 사연들을 말하였고, 중간 중간에 윤파가 감

정을 섞어가며 거들었고, 또한 노달이 차분하게 보충 설명을
했다.

그들이 얼마나 다급하고도 처절한 도주를 해야만 했는지,
그 과정에서 이강과 윤파가 상처를 입었으며, 더욱이 강산이
당시에는 정말로 생사를 가늠하기 어려울 정도의 중상을 입
었다고 하는 대목들에서 유정은 새삼 가슴을 졸였다.

그 일과 관련된 상황들이 생각보다 복잡하게 얽혔을 가능
성과, 심지어는 피아의 정립을 새로이 해볼 필요가 있다는 말
에 대해서는, 비록 직접적인 언급을 피해가는 말이기는 했어
도 유정은 무언지 모르게 가슴이 서늘해짐과 답답한 안타까
움을 동시에 느껴야만 했다. 그러나 그녀 또한 공감하지 않을
수 없는 부분들이 분명히 있었다.

유정이 가만히 살펴보자니 강산이 참으로 많이 변했다는
생각이 새삼 드는 것이었다.

완연히 달라진 면모였다. 뭐랄까, 한결 완숙해진 모습이었
다.

그리고 그녀가 직접 견식해 본 바 있거니와, 드러내지 않는
강자로서의 느낌 같은 것이 은은히 풍긴다고 할까?

"그 검법은 어떻게 된 거죠? 예전과는 달리 제법 틀이 잡혀
보이던데?"

유정의 물음에 강산은 그냥 털털하게 대답해 넘겼다.

"하하하! 그렇소? 하지만 예전과 달라진 것은 없고 그냥 그 대로인데……."

강산의 그 말은 사실이기도 했고, 사실이 아니기도 했다.

그가 무명을 다루는 데는 예전과 마찬가지로 여전히 초식 도 법도도 없었다.

다만 그동안도 꾸준히 몸으로 부대낀 덕분으로 무명과는 더욱 익숙해졌고, 나아가 어떤 기이한 교감을 나누게 되었다 고 할까?

그리고 이제쯤에 강산은 발능에도 한층 능숙하여 무명에 대해 내력의 수발이 자유로웠다. 그런 까닭에 비록 초식에는 여전히 문외한인 처지임에도 유정의 절세검법과 격렬함없이 도 능히 어울릴 수 있을 만큼의 부드러움과 요령까지를 체득 하게 된 것이었다.

사실은 어디 무명을 다루는 데만 그러하랴? 전반적인 능력 에 있어서 강산은 일 년 전과는 한 차원 다른 경지에 도달해 있는 것이다.

그러나 예전 같았으면 감히 꿈도 꿔보지 못했을 엄청난 능 력들이 생기고, 그것들이 다시 또 다른 경지를 향해 발전해 가고 있는 데 대해 강산이 얼마간은 혼란스러워했던 것도 사 실이다.

새로운 능력이 생긴다고, 그 덕분으로 강해진다고 무작정

좋아할 만큼 그의 인생 역정이 단순치는 않았고, 또한 그의 나이가 이미 청춘은 아닌 것이다.

그러나 강산의 그런 혼란은 이미 정리가 되었다. 지금 현재의 그 자신을 있는 그대로 인정하기로 하면서.

어떤 능력이든 결국은 그 자신에게 속한 것이다. 좋아할 이유도, 극적일 이유도, 필요하지 않은 때에 굳이 일부러 드러낼 이유도, 혼란스러울 이유도 없는 그저 자연스러운 그 자신의 현재 모습인 것이다.

다만 강산은 한 가지 소망을 가지게 되었다. 이 모든 악연과 인연들이 정리되고 나면, 굴곡을 겪기 이전의 평범했던, 너무도 평범했기에 그 평범을 원망하기도 했던 그때로 다시 돌아가고자 하는 소망.

五十二
해적(海賊)

1

　윤파는 지난 일 년여 동안 해남파의 재건을 위한 노력을 기울여 왔다.

　우선 각 섬으로 뿔뿔이 흩어져 있던 십여 명의 젊은 문도들을 다시 모았고, 그들과 힘을 합쳐 과거의 폐허 위에다 몇 채의 전각들도 다시 짓고 있는 중이었다.

　그런 한편으로 윤파는 해남파의 참사에 대해서도 조사를 벌이고 있었다.

　십 년 전, 한밤중에 수백에 이르는 정체불명의 무리들이 해남파를 기습 공격 했었다.

　해남파는 혼란 중에도 다급히 문도들을 수습하여 결사항 전했지만, 역부족이었다.

　기껏 백여 명에도 미치지 못하는 해남파의 전투 인력에 비해 적의 수는 그 서너 배에 달했고, 더욱이 활과 암기, 그리고 폭약까지 갖춘 적의 막강한 전투력에 대해 준비도 없이 맨몸에 검 한 자루로 대항이 될 리가 없었다.

　그런 중에도 당시 장문이었던 윤파의 부친과 징년층 문도들이 처절한 희생으로 활로를 열어준 덕분으로, 윤파와 삼십여 명의 청년 제자들은 구사일생의 탈출을 할 수가 있었다.

　한바탕의 해일과도 같이 모든 것을 휩쓸고 적들이 물러간 다음 다시 찾은 해남도에는, 찔리고 잘리고 불에 탄 삼백여 식솔들의 처참한 주검만이 널려 있었다.

　그 대참사의 잔재를 수습하는 일을 살아남은 십여 명의 문도들에게 맡기고 윤파는 작은 배 하나에 몸을 실었다, 십 년 안에 돌아오겠다는 약속 하나만을 남기고.

　그리고 거센 풍랑에 죽을 고비를 넘겨가며 중원으로 나가게 되었던 것이다.

　윤파가 여러 섬들을 돌며 탐문하였으나 그때의 일에 대해 새로운 단서를 얻지는 못하였다. 이미 십 년이나 지난 일인데다, 당시에도 워낙 갑작스럽게 한밤중에 벌어진 일이었으니 그때의 정황들을 아는 이가 드물 수밖에 없는 일이었다.

다만 그런 중에 윤파는 한 가지 강한 의혹을 가지게 되었다. 그 의혹은 그가 이전부터 가져오던 것이었으나, 이번에 칠십이군도 중 일부의 섬들이 돌아온 그에 대해 은연중 협조적이지 않다는 느낌을 받으며 더욱 강해진 것이었다.

그들이 해남파의 멸망에 대해 직접적으로 관여하지는 않았다고 하더라도 일정 부분 암묵적 방관이 있었지 않았나 하는 의혹이었다.

해남도(海南島)는 칠십이군도의 중앙 지점에 있었다. 그러니 적들이 해남파를 공격하기까지는 어느 방향이든 최소한 십여 곳의 섬들을 지나쳐야만 했다.

그러나 당시 해남파는 작들의 침공을 받기까지 봉화나 전서구를 포함해 칠십이군도들 간에 미리 약정되어 있던 다양한 신호 방식에 의한 어떠한 사전 경고도 받지 못했었다.

적어도 수십 척은 되었을 적의 대규모 선단이 그처럼 감쪽같이 해남도까지 침입할 수는 없는 일이 아니겠는가.

그러나 의혹은 있으되, 명백한 증거나 정황들을 확보하지 못하고 있었다.

2

해적들의 횡포가 심해지는 상황은 윤파도 익히 알고 있었다.

그러나 그가 당장에 해볼 수 있는 일은 아무것도 없었다. 그에게는 기껏 십여 명의 문도들이 있을 뿐이었으니, 오로지 과거의 화려했던 해남파의 영광만으로 그들과 더불어 생사의 싸움에 나설 수는 없는 일이었다.

하긴 막상 그렇게 하려고 해도 배 한 척 없는 그들의 형편으로는 해적들의 출몰 현장을 쫓아다닐 방법도 없었다.

다만 울화를 터뜨릴 뿐이었다. 해적들에 대해, 그리고 해적들에 대해 속수무책으로 당하고 있을 수밖에 없을 정도로 나약해진 칠십이군도에 대해, 또한 그중 충분한 힘을 지니고도 방관만 하고 있는 일부 거대 섬들에 대해.

물론 그의 곁에는 잡조가 있었다.

노달과 이강과 강산까지 누구 하나 능력자 아닌 사람이 없었다. 노달이 신주십삼존에 드는 절대의 고수임은 말할 것도 없고, 그만은 못하더라도 이강은 이제 다시 강호에 나가면 능히 절정고수의 소리를 듣고도 남음이 있었다.

그리고 강산, 사실 아직까지도 무인이라고 분류하기가 딱히 마땅하지는 않지만, 어쨌든 그가 지닌바 능력만큼은 윤파로서도 놀랍지 않을 수 없는 것이었다.

그러나 그들에게 무작정으로 기댄다는 인식을 주고 싶지는 않았다.

그것은 윤파의 자존심이었다. 그는 장차의 남해의 제일인자이자 패권자로서 당당히 그들 중에 서 있고 싶은 것이다.

비록 지금 당장은 아닐지라도 다만 그런 자부심만은 지키고 싶은 것이었다.

3

청련 신니는 폐관참선을 잠시 멈추지 않을 수 없었다.

사흘이 지나도록 유정에게서는 아무런 연락이 없었고, 칠십이군도의 섬들에서는 더욱 급박하게 구원 요청이 쇄도하고 있었기 때문이다.

신니는 어렵지 않게 유정의 종적을 쫓을 수 있었고, 이윽고 해남도에 당도하였다.

그리고 그곳, 과거 해남파의 폐허에 새로이 몇 채의 전각이 지어지고 있는 곳에서 뜻밖의 얼굴들을 보게 되었다.

바로 노달과 이강과 윤파와 강산이었다. 그들의 건재를 확인하고 신니는 연신 불호를 외울 수밖에 없었다.

신니는 고심 끝에 한 가지 결정을 내렸다.

그 결정과 관련하여 신니가 주목하고 있는 인물은 바로 윤파였다. 작금에 남해바다에 일고 있는, 그리고 앞으로 일게 될 두 개의 거친 파도를 잠재울 핵심 인물로서.

두 개의 파도 중 우선의 파도는 해적이요. 두 번째의 파도는 해남파의 재건으로 인해 이제 곧 불어닥칠 한바탕의 패권

다툼이었다.

신니의 그런 염두의 근저에 잡조가 있었음은 물론이었다.

신니가 노달의 진실된 정체를 익히 알고 있거니와, 윤파와 이강에게서도 이제는 가히 새로운 무림 거두의 면모를 볼 수 있는 것이었다.

거기에 다시 유정과, 이해하기 어려운 능력을 지닌 강산까지 있으니, 그들을 적극적으로 나서게만 한다면 남해 일대 민초들의 희생을 최소화하면서 해적들을 소탕하는 일이 가능할 것이었다.

또한 신니가 보기에 윤파는 나이에 비해 그 그릇이 컸다. 능히 앞으로 남해의 새로운 패자(覇者)가, 그리고 나아가 구심점이 될 만했다.

무엇보다도 그가 해남파의 정통성을 잇고 있다는 사실은 칠십이군도의 백성들에게 하나의 상징적인 의미로써 작용할 것이었다. 그럼으로써 해남파의 재건은 남해의 안녕과 평화를 위한 순리가 되는 것이었다.

물론 신니로서는 다만 윤파에게 몇 가지의 계기만을 마련해 줄 수 있을 뿐, 나머지는 윤파가 스스로의 진실된 면모와 능력으로 패자의 자리에 올라서야 하는 것이겠지만.

"시주가 남해의 힘없는 민초들을 위해 한 가지 선업(善業)을 베풀어준다면, 이 늙은 비구니는 시주가 해남파를 재건하는 데 미력이나마 기꺼이 보탤 용의가 있네.”

신니의 제안에 윤파는 당장에 상기된 표정이 되었다.

남해에서 청련 신니의 신망은 미치지 않는 곳이 없을 정도였다. 신니의 지지를 받는다는 사실 하나만으로도 남해 칠십이군도 백성들의 마음을 얻는다고 할 수 있을 것이니, 이제 해남파의 재건과 더불어 과거의 영광을 재현시키려는 그의 얼굴이 상기되지 않을 수는 없는 일이었다.

“선업이라고 하시면?”

“단도직입적으로 말해, 해적들을 소탕하는 일일세. 작금에 수만의 남해 백성들을 위해 그보다 더 큰 선업은 없을 것일세!”

“그것이야 저 또한 바라 마지않는 일이긴 하지만, 신니께서도 보시다시피 저의 지금 처지와 형편이 그럴 만하지를 못한지라…….”

신니가 유정에서부터 강산까지를 쭉 한번 돌아보고 나서 온화하게 웃는 얼굴이 되어 다시 윤파에게 말했다.

“그렇겠지. 그 수가 수천에 이를지도 모르는 해적들을 정면으로 상대하기란 불가능한 일이겠지. 그러나 잘 궁리해 본다면 무슨 방도가 있을 수도 있지 않겠는가?”

그때 유정이 사부를 향하여,

“해적들을 토벌하여 백성의 안위를 돌보는 일은 의당 관부에서 해야 하는 일일 것인데, 작금에 해적의 횡포가 이처럼 극심해지고 있는데 관부에서는 도대체 무엇을 하고 있는지 모르겠습니다."

하고 짐짓 볼멘소리를 했다.

"그렇지 않아도 내가 관부에 아는 사람이 있어 몇 가지 알아보고 오는 길이다. 그런데 지금 남해의 바다에서 횡행하고 있는 해적의 무리들이 워낙 규모가 크고 강성한지라 관부에서도 당장에 어떻게 손을 써야 할지 엄두를 내지 못하고 있는 형편이라고 하는구나."

"해적들이 얼마나 대단하기에 관부에서조차 엄두를 내지 못한다는 것입니까?"

"해적들은 스스로를 해존방(海尊幫)이라고 칭한다는데, 지난 십여 년 사이에 남해 일대에 난립하던 군소 해적들이 하나로 통합되면서 지금은 그 수가 수천에 이르게 되었다고 하는구나. 그런데 관부에서 조사한 바로는 해존방의 핵심부가 아마도 부상국(扶桑國)의 일맥(一脈)일 가능성이 있다고 하는데, 십여 년 전 부상국에서 대규모의 패권 전쟁이 있었고, 그 전쟁에서 밀려난 가문 하나가 수백의 무리를 이끌고 남해로 흘러든 것으로 보인다는 것이지."

신니의 말에 윤파의 안색이 문득 굳어졌다. 그때 유정이 새삼 분개하는 듯이 말했다.

"어쨌든지 간에 무슨 방법을 내서 한시라도 빨리 해적들을 소탕해야 하는 것이 관부의 임무이자 도리가 아니겠습니까?"

신니가 잔잔한 눈길로 유정을 보며 말을 받았다.

"물론 관부에서도 그동안에 몇 차례 토벌대를 조직하여 해적들을 추적했다고 하는데, 해적들의 행적이 워낙 신출귀몰하여 막상 신통한 전과를 내지는 못하였다는구나."

"해적들이 신출귀몰하였다기보다는 관부의 대응이 너무 안이하였던 것은 아니고요?"

"허허허! 관부에서 해적들이 빈번히 출몰하는 지역에 대규모의 군선(軍船)들을 매복시켰다가 쫓았는데도, 해적들의 전선(戰船)이 워낙 날렵하고 빠른데다 더욱이 천험절해(天險絶海)인 사해(死海) 안으로 도주하는 바람에 어떻게 손을 써보기가 어려웠다고 하더구나."

"음! 그 사해라는 곳이 바로 해적들의 본거지인 모양이군요?"

"관부에서도 그렇게 짐작하고 있더구나."

"대체 그곳이 어떤 곳이기에 관부에서는 알고도 조치를 하지 못하고 있는 것입니까?"

"이곳으로부터 남동쪽으로 대략 이백오십여 리쯤 떨어진 바다인데, 인근 사방에 무수한 암초들이 산재해 있는데다 조류가 급하고 그 변화가 시시각각으로 무쌍하여 예로부터 뱃사람들에게 죽음의 바다로 악명을 떨치는 곳이지. 경험 많고 노련한 사공들 사이에서는 암초들 사이로 좁고 구불구불하여 미로 같은 뱃길이 몇 개 알려져 있다고도 하는데, 그나마도

수심이 깊지 않아 작고 가벼운 배로나 겨우 다닐 수 있지, 관
부의 군선과 같이 큰 배는 설혹 그 길과 조류의 변화를 안다
고 하더라도 아예 근접할 엄두를 내지 못한다고 하는구나. 그
리고 사해 내에는 수십여 개에 달하는 무인도가 산재해 있는
데, 만약 해적들이 사해에 자리를 잡고 있다면 분명 그 섬들
중에 본거지를 두었을 것이라고 하더구나."

노달이 고개를 끄덕이며 끼어들었다.

"결국은 소수 정예에 의한 기습 공격으로 놈들의 머리를
자르는 수밖에는 달리 방법이 없겠군요?"

신니가 그 말을 받아 대답했다.

"사실은 관부에서도 그런 시도를 해보았던 모양입니다."

유정이 조급히 물었다.

"그런데 실패했군요?"

"그렇단다. 관부의 정예와 무림의 고수들까지 포함된 이십
여 명의 임무조(任務組)를 사해 안으로 침투시켰는데, 단 한
사람도 돌아오지 못했다고 하더구나. 그러니 그 안의 사정은
완전히 미궁에 빠져 버렸고, 소문은 은밀하게 퍼져 나가 관부
의 수군들 사이에 해적들에 대한 공포심만 커진 것이지."

"관부에서는 또 다른 대응 방법을 찾았나요?"

"당장에 어떤 방법이 없기도 하겠지만, 당분간은 지켜보겠
다는 입장으로 있는 것 같았다. 원래 관부란 곳의 특성이 있
는 법이니, 아마도 어떤 특별한 계기가 생기기 전까지는 쉽사

리 움직이려 하지 않을 것이다.”

“예?”

“소탕에 성공한다 하더라도 기껏 해적 따위를 소탕한 공로로 돌아올 포상이 그다지 크지는 않을 것이 뻔한데, 해적들이 그처럼 막강하다는 것을 확인한 이상 굳이 더 이상의 위험을 감수하지는 않을 것이란 의미이다.”

“음!”

그때 윤파가 무거운 어조로 신니에게 물었다.

“십여 년 전에 부상국의 수백여 무리가 남해로 흘러들었다는 관부의 정보는 신빙성이 있는 것입니까?”

신니가 가만히 고개를 끄덕이며 대답했다.

“내게 말을 전해준 이는 관부의 요직에 있는 인물로, 믿을 만하네.”

이어 신니는 강산에게로 시선을 옮기며 온화하게 말했다.

“본래 선업을 짓는 것은 대가를 바라지 않고 자신이 가진 것을 남을 위해 내어놓는 것일세. 그러나 세상만사에는 반드시 인과의 율이 작용하기 마련인 법. 어찌 알겠는가, 이번 선업으로 인해 나중 언젠가 여기에 있는 모두가 각자 바라는 일들에 좋은 인과가 돌아갈지. 허허허! 선업이란 본래 그런 것일세. 내가 굳이 바라지 않아도, 모르는 새에 그만큼의 보답이 저절로 쌓이는 그런 것 말일세.”

강산은 노달과 윤파, 그리고 이강과 유정을 차례로 돌아보

았다. 그리고 나서 엷게 웃는 얼굴로,

　"말씀에 따르도록 하겠습니다."

　하고 대답하였다. 강산의 그 말에 유정은 물론이고, 이강과 노달 또한 조금도 이의가 있는 표정들은 아니었다.

　지금 얼굴을 딱딱하게 굳히고 있는 윤파의 심정을 능히 짐작하기 때문이리라.

五十三
잠입 (潛入)

1

달도 없이 캄캄한 그믐날 밤.

깊은 어둠 속 바다 위에 희미한 윤곽으로 보이는 무언가가 느리게 움직이고 있었다.

그러나 어둠과 포말(泡沫) 속에 묻혀 잘 구분이 되지 않았고, 혹시 누군가 유심히 보았다고 해도 그저 먼 바다에서 떠밀려 온 나무판자 따위이려니 여기고 말 법했다.

사실 그것은 한 척의 작은 거룻배였는데, 지금 그 비좁은 선상에는 다섯 사람이 빽빽하게 타고 있었다. 바로 노달과 윤파, 이강과 강산, 그리고 유정이었다.

그들이 돛 달린 어선 한 척에다 작은 거룻배를 싣고 사해가 바라다보이는 먼 바다에 도착한 것은 해거름 무렵이었다.

이후 부근에서 고기잡이를 하는 양 행세하며 어두워지기를 기다렸다가, 이제 사위가 완전히 어두워진 다음에 거룻배를 띄우고 은밀하게 사해로 들어선 것이다.

뱃머리의 좌우에서는 윤파와 이강이 노를 젓고 있었다. 오늘 급히 배운 이강의 노질이 아무래도 어설펐지만, 그러나 심후한 내공을 실어 젓는지라 노가 힘차게 물살을 밀 때마다 배는 빠르게, 그리고 소리없이 앞으로 미끄러져 나갔다.

가끔씩은 배의 밑바닥이 무언가에 턱턱 걸리곤 하였다. 암초에 걸리는 것이리라. 사해의 수심이 얕고 사방에 무수히 많은 암초가 존재한다더니, 사실이었다.

윤파가 그들 다섯 사람이 타기에도 비좁은 작은 거룻배를 선택한 것도 그 때문이었다. 해적들의 경계망을 뚫자면 달 없는 어두운 밤을 택할 수밖에 없는데, 설혹 사해의 해로를 아는 노련한 뱃사람을 구한다고 하더라도 소용이 없을 일이었다. 그러나 배가 워낙 작고 가벼운데다, 윤파와 이강의 노질이 강력한지라, 암초에 걸릴 때마다 두어 번의 노질로 쉽사리 쓱쓱 벗어나고 있었다.

이윽고 몇 개의 섬들이 나타났다.

모두가 안력을 돋우어 살피면서 배는 조심스레 섬들 사이로 지나갔다.

섬들은 온통 가파른 절벽으로만 되어 있어서 배를 접근시키는 것조차 불가능하였으니, 해적들 또한 은신처로 삼지는 못할 곳이었다.

그 몇 개의 섬을 지나 다시 한동안 전진하자, 이번에는 시야에 들어오는 것만도 열 몇 개에 이르는 섬들이 밀집해 있는 군도(群島) 지역이 나타났다.

그런데 좌우로 섬과 섬이 잇달아 있는데다 깎아지른 듯한 절벽으로 이루어진 물길의 폭이 채 십여 장에도 미치지 못해, 그 물길은 자연스럽게 급한 흐름을 이루고 있었다.

윤파와 이강이 조심스레 사방을 살피면서 바쁘게 노질을 하여 나아가는 중에 갑자기 턱하고 배가 무언가에 걸렸다.

그런데 배가 휘청하면서 그대로 옆으로 돌아 물살의 흐름에 가로로 놓이면서도 여전히 흘러나가지 못하는 것이 이전처럼 암초에 걸린 것과는 다른 형태였다.

"쇠줄이다!"

윤파가 나직이 속삭여 일행의 경각심을 일깨운 다음에 급히 노를 저어 배를 우측의 절벽 아래로 붙였다.

이어 윤파가 먼저 내려 절벽의 틈새 사이에다 단단히 배를 붙들어 매는 사이, 나머지 사람들은 차례로 내려 절벽의 좁은 가장자리로 붙어 섰다.

물길에 배의 출입을 차단하는 쇠줄이 설치되어 있다는 것은, 곧 이곳이 해적들의 소굴로 통하는 통로라는 증거일 것이었다.

윤파 등이 주변 사방과 절벽 위를 세심히 살펴보니 과연 한 가닥의 굵은 쇠밧줄이 절벽에 걸쳐져 절벽 중간까지 연결되어 있었다.

아마도 그곳에 바닷속으로 쇠밧줄을 내리고 올리는 통제소 내지는 경계초소가 있음에 분명하였다.

윤파가 먼저 밧줄을 타고 올랐다.

한 가닥 밧줄에 의지하여 미끄러운 절벽 면을 타고 오르는데도 윤파의 움직임은 가볍고도 빨랐다.

그 뒤를 이강을 위시하여 나머지 사람들이 일정 간격을 두고서 따라붙었다.

절벽 중간쯤.

움푹 들어간 절벽 사이의 공간에다 목재를 덧대어 만든 작은 초소 하나가 있었다. 절벽 면에서 그다지 돌출이 되지 않아서 밝은 낮에 본다고 해도 잘 드러나지 않도록 교묘하게 위장된 초소였다.

아래쪽에 따라붙은 사람들에게 손짓을 해 보인 후, 윤파의 몸이 그대로 빨려들 듯이 초소 안으로 사라졌다. 그리고,

"윽!"

"큭!"

하고 두 마디의 희미한 소리가 들렸다.

강산이 마지막으로 초소로 올라갔을 때, 이강과 유정은 초소 바깥에 매달리다시피 하고 있었다.

좁은 초소 안에는 이미 윤파와 노달이 들어가 있는데다, 더욱이 바닥에는 두 명의 사내가 무릎이 꿇려진 상태로 있었기에 그들이 들어설 공간이 남아 있지 않았기 때문이다.

강산 또한 한 손으로 초소의 난간을 잡고 매달린 채 초소 안의 광경을 들여다보는 수밖에 없었다.

2

"묻는 말에 조금이라도 대답이 늦거나 거짓을 말한다면 가차없이 목을 벨 것이다."

사내들에게 검을 들이대는 윤파의 서슬이 시퍼렇다.

"이곳에 주둔하고 있는 너희 무리의 수가 몇이나 되느냐?"

사납게 다그치는 기세에 사내들의 몸이 부르르 떨렸다. 그러나 두 사내는 서로의 눈치를 힐끗힐끗 보며 입을 굳게 다물고 있었다.

"이놈들이?"

윤파가 검을 잡은 손에 힘을 주며 그대로 우측 사내부터 목을 베고 말 기세이자 옆에서 지켜보고 섰던 노달이 가만히 손을 들어 만류했다.

"우리는 남방수군통제영(南方水軍統制營) 휘하의 군사들이다. 조정에서 너희 해적들에 대해 일망타진의 명령이 내린 터라 우리가 본진에 앞서 정찰을 나왔거니와, 지금 사해 바깥

바다에는 수백여 척의 군선과 근 일만에 달하는 수군들이 사
해 전체를 통째로 포위하고 있다. 이제 우리가 너희들의 본거
지를 이미 파악하였으니, 날이 밝는 대로 이곳 일대에 집중적
으로 포화가 쏟아부어질 것이고, 그런 다음에는 수군들이 대
거 들이닥치게 될 것이다. 그러니 너희는 우리에게 협조하여
살길을 모색해 보지 않겠느냐?"

노달이 차분하게 하는 말에 사내들의 얼굴에 약간의 동요
가 스쳤다. 그때 노달은 언뜻 얼굴을 굳히며 조금 차가워진
투가 되어,

"허비할 시간이 없으니 너희에게 줄 수 있는 기회는 한 번
뿐이다."

하고는 대뜸 좌측 사내의 혼혈을 짚었다. 그리고 흠칫 놀라
는 우측 사내를 향해 빠르게 말했다.

"먼저 네게 묻고 나서 다시 네 동료에게 묻겠다. 만약 두
사람의 말이 다르다면 가차없이 두 사람 모두를 죽이겠다."

사내의 얼굴이 대번에 하얗게 질리며,

"무엇이든 물어보십시오. 하지만 저희들은 졸개일 뿐인지
라……!"

하고 오히려 대답 잘 못할 것을 염려하는 듯한 기색으로 되
었다. 그에 노달이 엷게 웃음기를 떠올리며 윤파를 돌아보았
다.

“방주 휘하에 일이삼(一二三), 세 명의 태랑(太郞)이 있습지요.”

한번 입을 열기 시작하자 사내는 윤파가 자세히 묻기도 전에 알아서 술술 말을 뱉었다.

“태랑?”

“거의 대부분의 일들은 그들이 총괄하고 있는데, 각각의 태랑들은 다시 백 명의 오장(伍長)들을 거느립지요.”

“오장은 또 뭐야?”

“오장은 다섯 명의 수하를 거느리는 소두목(小頭目)입지요. 바다 위에서 전투가 벌어졌을 때, 오(伍)의 단위로 공격이 이루어집니다요.”

“그래? 그렇다면 세 명의 태랑이 거느리는 오(伍)가 삼백 개이니, 너희 무리의 수가 일천하고도 오백에 달한다는 것이냐?”

“일태랑과 그 휘하 백 명의 오장은 방주의 직속으로 따로 수하를 거느리지 않으니, 대략 천백 명쯤이나 될 것입니다요.”

“듣기에 부상국 출신들이 있다고 하던데, 사실인가?”

“방주와 세 태랑, 그리고 오장들의 대부분은 아마도 그런 것 같았습니다요.”

“아마도?”

윤파의 어조가 문득 강해지자, 사내는 흠칫 목을 움츠리고

말았다. 그러나 곧 기어 들어가는 목소리로 변명하듯이 말했
다.

"저희 같은 처지들이 어디 출신을 따질 처지가 되겠습니까
요? 그저 힘센 자에게는 숙이고, 약한 놈은 밟아가면서 하루
하루를 살아가기에 빠듯할 뿐입지요."

"방주의 거처는 어디에 있나?"

"이곳 절벽 위의 소로(小路)를 곧장 따라가다 보면 갑자기
바닷물이 넓어지며 넓은 만(灣)이 하나 나옵지요. 그 만에 연
이어 사방이 절벽으로 둘러싸인 분지가 펼쳐지는데, 그 모양
이 꼭 옆으로 누운 호리병 같다 하여 앞쪽의 넓은 분지를 대
호리(大葫蘆), 뒤쪽의 좁은 분지를 소호리(小葫蘆)라고 부릅지
요. 그중 뒤쪽의 소호리 가장 안쪽에 돌로 쌓아 만든 작은 성
이 하나 있는데, 그곳이 바로 방주의 거처입지요."

"석성(石城)이라? 그곳에 가본 적 있나?"

"아닙니다요. 저 같은 졸개들은 대호리에서도 앞쪽 지역까
지만 다닐 수 있을 뿐이고, 일태랑과 그 휘하의 오장 백 명이
지키는 소호리 근처에는 얼씬도 못합지요."

3

먼 곳에서 희끄무레한 기운이 도는 걸 보니 새벽이 머지않
은 것 같았다.

노달이 졸개에게 언질을 준 바가 있기도 해서 윤파는 초소의 두 졸개를 죽이지는 않고 혼혈을 짚었다.

서둘러서 초소를 나선 일행은 절벽의 가장자리로 난 좁디좁은 외길을 달렸다.

얼마 가지 않아 그들은 졸개가 말했던 경계초소 하나를 볼 수 있었다. 졸개가 말하기를, 해적들의 본거지가 있는 만(灣)과 분지에 이르기까지에는 절벽로(絶壁路)를 따라 오백 보 간격으로 다섯 군데의 경계초소가 있다고 했던 것이다.

절벽 중간에 위태롭게 난 외길. 그리고 그 중간에 세워진 초소. 달리 몸을 숨길 엄폐물이 있는 것도 아니어서 초소를 지키는 해적들의 눈에 뜨이지 않고 접근할 방도는 없었다.

방법은 단 하나. 최대한 신속히 접근하여 해적들이 경보를 울리기 전에 제압하는 수밖에 없었다.

"내가 하지!"

말한 순간 강산은 이미 저만치쯤 가고 있었다. 달린 것도 아니고, 도약한 것도 아니었다. 그냥 미끄러져 가듯이 어느새 그렇게 이동해 있었다.

그렇게 강산의 금강부동신법은 또 한 단계 진전된 모습을 보이고 있었다. 막상 그 스스로는 그런 줄도 모르는 채로.

"허!"

윤파가 저도 모르게 작은 탄성을 뱉었다. 이강과 노달, 그리고 유정 또한 저마다의 두 눈에 감탄의 빛을 떠올려 놓기는 마찬가지였다.

무슨 이치인지는 모르겠으나, 참으로 기이한 움직임이 아닌가? 지금 강산이 이동해 가는 방식(?) 말이다.

그러나 어쨌든 강산이 그들 중 누구보다도 빠르고, 또 은밀하기까지 하다는 데 대해서는 이제 모두가 인정할 수밖에 없는 일이었다.

퍽!

쿵!

하는 둔탁한 소리와 동시에,

"큭!"

"헉!"

하는 답답한 신음들이 들렸다. 윤파 등이 뒤이어 초소에 당도했을 때 강산은 약간 계면쩍은 웃음으로 그들을 맞았다.

초소의 한쪽 구석에는 사내 둘이 처박히듯이 나동그라져 있었다. 저마다 가슴을 부여잡고 숨을 잇지 못하는 모습들로.

윤파는 절레절레 머리를 흔들었다.

상황은 능히 짐작할 만했다. 강산이 그냥 몸으로 들이받아 버린 결과가 아니겠는가.

윤파가 무슨 괴물이라도 보듯이 힐끗 강산을 보고나서 초소 안으로 들어가 두 사내의 혼혈을 짚었다. 뒤처리를 한 셈이었다.

강산이 인체의 혈을 모를뿐더러, 혈을 봉쇄하는 법은 더욱이 모른다는 사실은 익히 알고 있는 바이나, 새삼 생각해 보면 참으로 기가 찰 일이 아닐 수 없었다.

네 군데의 초소를 같은 방식으로 돌파하고 나서 얼마간을 더 나아가자 갑자기 탁 트인 넓은 공간이 펼쳐졌다.

앞서 졸개가 말했던 대로였다. 양쪽의 깎아지른 듯한 절벽에 의해 좁은 물길로 형성되어 급하게 흘러들던 해류는 갑자기 넓은 만(灣)을 만나 잔잔하게 변하고 있었다.

그야말로 천혜의 항구인 그곳에는 지금 설핏 보기에도 대략 백여 척은 되어 보이는 크고 작은 배들이 정박해 있었다.

해적들의 규모가 상당하다고 미리 알고 있는 바이지만, 그래도 막상 직접 보니 실로 엄청난 규모이지 않을 수 없었다.

배들은 관부의 군선에는 비교하지 못할 크기로, 대략 열 명에서 이삼십 명 정도가 탈 수 있을 중소 크기가 대부분이었다.

배의 형태는 폭이 좁아 날렵해 보였고 제각기 높이 솟은 돛을 달고 있어, 일단 바다로 나가면 속도가 빠르고 방향 전환이 자유로울 것이었다.

더욱이 배의 선수와 좌우현에는 각기 서너 개씩의 구멍들이 나 있었는데, 아마도 화포를 설치하기 위한 용도로 보였다.

그런데 만약 정말로 화포까지 설치된다면, 원해(遠海)가 아닌 근해(近海)에서의 노략질이나, 치고 빠지는 기습 전투용으로는 더없는 맞춤일 것이었다.

게다가 그 수가 자그마치 백여 척이니, 참으로 엄청난 전력
이 아닐 수 없었다.

"웬만한 소국(小國)의 해군력에 상당하는 전력이로군. 게
다가 이처럼 난공불락이라 할 만한 천험의 해상 요새 안에 자
리를 잡고 있으니, 그간 관부에서 놈들을 어찌하지 못했던 것
이 당연하다 할 만하다."

윤파가 감탄을 금치 못하며 중얼거렸다. 그러다 그는 문득
의문을 담아 중얼거렸다.

"그런데 저 배들은 뭐지? 저 배들이 어떻게 여길 들어왔지?
또 어떻게 바다로 나가고?"

윤파의 시선이 향하는 곳은 배들 가운데쯤에 정박해 있는
다섯 척의 커다란 배였다.

그런데 그 배들은 사람이 탈 것 같으면 백여 명은 능히 타
고도 남을 듯한 대형 군선 급의 크기였다.

그 크기로는 바깥 바다로 연결되는 좁은 물길을 통과하기
가 불가능해 보일 뿐만 아니라, 어떻게 물길을 통과해 바깥
바다로 나간다 치더라도 그들이 들어오면서 직접 겪어보았듯
이 사해의 얕은 수심과 암초 지역을 나아갈 수 있는 크기의
배가 아니었던 것이다.

만의 안쪽으로는 넓은 분지가 펼쳐져 있었다. 삼면이 절벽
으로 둘러싸인 안쪽의 분지인데, 과연 그 전체적인 형상이 졸

개가 말했던 것처럼 꼭 옆으로 누운 호리병 같았다.

그런데 지금 분지의 앞쪽 부분, 대호리(大葫蘆)에는 수백 개의 막사가 질서정연하게 대오를 갖추어 세워져 있었고, 막사들의 중간 중간에는 번을 서는 자들이 있었다.

막사들 외에 따로 전각 같은 건축물들은 없었다. 다만 뒤쪽의 상대적으로 좁아 보이는 분지, 소호리(小葫蘆)에는 절벽에 면하여 자그마한 석성(石城) 하나가 축조되어 있었는데, 바로 해존방주의 거처일 것이었다.

4

먼 동쪽의 바다가 벌써 환하게 밝아오고 있었다. 약속된 시간까지는 이제 이각(二刻) 정도가 남은 것 같았다.

"그들이 과연 제시간에 올 수 있을까요?"

이강은 아무래도 확신이 서지 않는 모양이었다.

"오지 못하는 경우도 배제할 순 없겠지."

노달이 조금은 무거운 어조로 말을 받을 때, 유정이 가만히 미소 지으며 말했다.

"저는 제 사부님을 믿어요."

그에 윤파가,

"저도 신니를 믿습니다."

하고 거들었다. 강산은 그저 빙그레 웃기만 했다.

졸개의 말을 굳이 상기하지 않더라도, 분지 안에 세워져 있는 막사의 배치 형태만 보고서도 해적의 수뇌부가 어디 어디쯤에 위치해 있는지를 쉽게 짐작해 볼 수 있었다.

배들이 정박해 있는 만(灣)의 초입에 여러 막사들을 거느리듯이 그 중간에 서 있는, 다른 막사의 두 배쯤 되는 크기의 막사가 바로 세 명의 태랑 중 삼태랑의 막사일 것이었다. 그리고 대호리(大葫蘆)의 한가운데에 역시 비슷한 형식과 크기로 세워져 있는 막사가 이태랑의 막사일 것이고.

강산 등의 임무는 해적의 수뇌부를 제거하여 지휘 혼란을 일으켜서 약속된 시간에 들이닥칠 토벌대의 공격에 대한 해적들의 저항을 최소화시키는 것이었다.

제일의 목표는 당연히 해존방주를 제거하는 것이다. 더하여 세 태랑까지 제거한다면 해적들의 수뇌부는 그야말로 궤멸되는 셈이니, 해적들의 지휘 체계는 아주 무너지고 말 것이었다.

그러나 그들 네 명의 수뇌를 모두 제거한다는 것은 곧 해적들 전체를 상대하겠다는 것과 별반 다를 게 없었다. 해적들의 수백 개 막사가 들어서 있는 그 한가운데를 곧장 치고 나가서 그 끝까지를 돌파해 나가야 할 테니 말이다.

그런데 목표를 낮춰 해존방주 하나만을 제거하는 일도, 해적들을 헤치고 나가 분지의 끝까지 헤쳐 나가야 하는 것은 마찬가지였다.

우회 돌파? 그러나 분지 내는 온통 해적들 천지이니 돌아 갈 길은 없었다.

그렇다고 길도 없는 수백 장 높이의 기암절벽을 타고 가 분 지의 후방에서 바로 석성으로 침투해 들어간다는 것도 가능 한 일이 아니었다. 기암절벽이야 어떻게 헤쳐 나간다고 해도, 이각의 시간 안에 가능한 일은 결코 아닌 것이다.

정면 돌파? 기습적으로 치고 들어가면 얼마간 해적들을 혼 란에 빠뜨리는 것은 가능할 것이다. 어쩌면 이태랑이 있는 중 간 지점까지는 어떻게 돌파해 나갈 수 있을지도 모른다.

그러나 해적들은 곧 전열을 정비할 것이고, 그리되면 일천 이 넘는 해적들에게 꼼짝없이 포위되고 마는 신세가 되고 말 것이다.

더욱이 그중 삼백여는 그 각각이 잘 단련되었으며, 또한 적 지 않은 전투의 경험으로 잘 조직되고 훈련된 부상의 무사들 인 것이다. 잡조의 면면이 아무리 일당백의 절정고수들이라 고 하더라도, 역부족일 수밖에 없었다.

결정은 오래 걸리지 않았다. 어쨌거나 조금이라도 선택할 여지가 있는 쪽은 정면 돌파였다. 이대로 포기하고 돌아가는 쪽을 선택하지 않는 한에는.

유정이 뜻밖의 안을 낸 것은 바로 그때였다.

"화공(火攻)이 가능하지 않을까요?"

"불? 어디에다? 무엇으로, 어떻게 말이오?"

강산이 빠르게 물었다.

"우리가 짐작한 대로 백여 척의 배 모두에 화포를 장착하는 것이 사실이라면, 분명 어딘가에 대규모로 화약을 저장하는 창고가 따로 있을 법하지 않은가요?"

"하지만 그런 용도로 보일 법한 창고 같은 건 보이지 않는데……?"

그때 윤피기 퍼뜩 무엇이 생각났다는 듯이 말했다.

"혹시 저 배들 중에?"

윤파의 시선이 머문 곳은 좀 전에 모두가 의문을 가져 보았던 바로 그 다섯 척의 대선(大船)이었다.

잡조는 곧바로 움직였다.

길을 버리고 절벽을 타고 내려가 바로 아래쪽이 있는 배 안으로 숨어들었다.

배를 지키는 자는 없었다. 그리고 배들 간의 간격이 그다지 멀지 않았기에 옆의 배로 옮겨가며 잡조는 예의 그 커다란 배들이 정박해 있는 바로 옆까지 쉽사리 이동해 갈 수 있었다.

작은 배들과는 달리 대선에는 경비하는 자들이 있었다. 갑판 주위로 세 명이 서 있었는데, 하급의 졸개들 같았다.

갑판 아래에 적들이 좀 더 있을지 모르나, 잡조가 그들 정도의 이목을 피해 배로 잠입하고, 또 배의 내부를 대강 살펴보는 것은 그리 어려운 일이 아니었다.

첫 번째의 대선에는 쌀이며, 부식들이 가득 실려 있었다.

아마도 식량 창고의 역할을 하는 배인 모양이었다.

두 번째로 옮겨간 대선에서는 도검과 창, 그리고 화살 등의 각종 무기류들이 종류별로 분류되어 빼곡히 저장되어 있었다.

그리고 세 번째의 대선에서 잡조는 잘 손질된 수백 문의 소형 화포들을 볼 수 있었고, 그로써 남은 배들 중에 반드시 화약을 보관하는 배가 있을 것이라는 확신을 가질 수 있었다.

네 번째의 대선은 지금까지와는 뭔가 좀 달랐다.

경비부터가 삼엄하였다. 갑판에만 십여 명이 경비를 서고 있었는데, 그중에는 간단한 형식의 흉갑(胸甲)을 걸치고 허리에는 길고 짧은 두 자루의 도를 찬, 아마도 부상(扶桑)의 무사이자 오장(伍長)으로 보이는 자가 둘이나 포함되어 있었다.

그리고 설핏 코끝을 스치는 매캐함. 유황 냄새였다. 화약 창고임에 분명하였다.

노달의 신형이 갑판의 음영을 따라 유령처럼 움직였다.

"끅!"

오장 중 하나가 목을 휘감은 노달의 팔 안에서 희미하게 억눌린 비명 한가닥을 흘릴 때,

핏!

하고 아주 미약한 소리 하나가 허공을 갈랐다. 그리고,

"헉!"

다른 오장 하나가 목을 움켜잡으며 앞으로 고꾸라졌다. 그

리고 어느 틈엔지 강산이 그의 몸을 잡아 가만히 바닥에 뉘이고 있었다.

그 광경에 윤파는 어쩔 수 없이 다시금 절레절레 고개를 가로젓고 말았다.

탄두신공? 그리고 보이지도 않고, 느끼지도 못한 순간에 이미 그곳에 가 있는 이해 못할 이동법. 이제는 한두 번 보는 처지가 아닌 데도 불구하고, 볼 때미디 기기 치는 심정이 되는 것은 어쩔 수가 없었다.

그러나 윤파는 지체없이 신형을 도약시켰다. 그때 유정과 이강은 이미 갑판에 내려서고 있었다.

상갑판의 경비무사 십여 명은 순식간에 제압되었고, 이어 하갑판을 수색하는 중에 다시 네 명의 적을 제압함으로써 잡조는 완전히 배를 장악하였다.

엄청난 양의 화약이었다. 크고 작은 통으로 분류된 화약들이 하갑판의 여덟 개 선실을 가득 채우고 있었다.

"이거, 한꺼번에 터지면 아예 이곳 전체가 통째로 날아갈지도 모르겠는데요?"

짐짓 과장스럽게 하는 이강의 말에 정말로 약간의 은근한 두려움이 담겼다. 화약의 폭발력이 얼마나 엄청난 것인지 이미 생생하게 경험해 본 바가 있기 때문일까?

윤파가 화약통 하나를 들고서 하갑판에서 상갑판까지 바닥에다 화약 가루를 뿌렸다. 심지를 마련할 수 있는 상황이

아니니 직접 화약 가루를 뿌려 도화선을 대신하려는 것이었
다.

그러다 보니 위험이 있었다. 심지를 쓴다면 폭발 시까지의
시간을 대충 조절할 수 있을 것이나, 화약 가루에 직접 불을
붙이는 이상 상갑판에서 하갑판의 화약 창고까지 화약 가루
가 타들어가는 시간을 예측하기가 어려웠다.

어쨌든 무척이나 빠를 것이었다. 그러니 불을 붙이는 즉시
배를 벗어나 최대한 빠르게 안전 지역으로 대피하는 수밖에
없었다.

"저쪽 큰 바위 뒤!"

노달이 가리키는 곳은 그들이 내려왔던 절벽 바로 아래쪽,
바닷물에 반쯤이나 잠겨 있는 커다란 바위였다.

"먼저들 가!"

강산이 윤파에게 하는 투로 말했다. 유정이 곧바로 걱정스
러운 빛이 되는데, 이강이 그 걱정을 대신 말하듯이,

"폭발하기 전에 저곳까지 오실 수 있겠습니까?"

하고 물었다. 강산이 빙긋 웃으며 반문했다.

"이런 일에는 아무래도 내가 제일 적임일 것 같은데?"

농담 투로 하는 말이었으나, 그것은 인정하지 않을 수 없는
사실이기도 했다.

치지직!

불이 붙자마자 파란 불꽃이 바닥을 타고 쏜살같이 달아나

기 시작했다. 마치 꽁지에 불붙은 쥐가 사력을 다해 달아나는 것 같았다. 불꽃은 이내 갑판 아래를 향해 사라졌다.

콩!

최초의 폭발이 있었고, 바로 뒤이어,

콰콰콰콰쾅!

엄청난 폭발이 이어졌다.

폭발음이 천지사방을 울리는 가운데, 잔잔하던 바닷물에 거센 파동이 일어났다. 거대한 불길이 일었고, 크고 작은 불꽃들이 폭죽처럼 사방으로 비산하였다.

불은 금세 주변의 배들로 옮겨 붙었다. 그리고 이내 사방으로 번진 불길은 마치 바다를 통째로 태울 듯이 거세게 타올랐다.

유정은 걱정 가득한 얼굴로 최초의 폭발이 일어난 쪽에서 눈길을 떼지 못하고 있었다.

그때 무언가 희미한 형체가 번뜩하는 것 같더니 그녀의 곁에는 어느새 강산이 서 있었다.

유정이 즉시로 안도하는 표정이 되면서도, 한편으로는 감탄의 빛을 감추지 못하였다. 그녀 또한 이제는 강산의 능력에 대해, 적어도 그의 빠름에 대해서는 조금의 이견도 가질 수 없게 되었다.

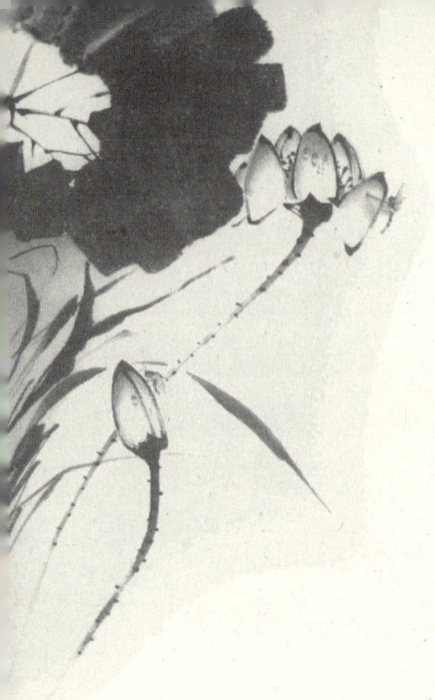

<h1 style="text-align:center">五十四
소탕(掃蕩)</h1>

1

분지에서는 일대 혼란이 벌어지고 있었다.

새벽의 난데없는 폭발음에 잠에서 미처 깨지도 못한 채로 막사에서 뛰쳐나온 해적들은 눈앞에서 엄청난 기세로 불타오르고 있는 바다를 발견하였다.

소리를 지르고, 해안으로 달려가고, 손에 잡히는 대로 무엇이든 집어 들고 바닷물을 퍼 불타는 배에 끼얹고…….

혼란스럽고 소란한 가운데 우왕좌왕, 허둥지둥 정신을 차리지 못하는 모습들이었다.

잡조는 분지의 혼란상을 지켜보며 침착하게 기다리고 있었다, 혼란이 극에 달할 때까지.

해적들 중 하나가 장도를 뽑아 들고 크게 소리치며 주위의 혼란을 수습하려 애쓰고 있는 모습이 눈에 띄었다. 갑옷에 투구까지 갖춰 썼고 허리에는 두 자루의 도를 찬 인물인데, 체구가 커 보였고 외침 소리가 소란 중에도 우렁찼다.

금세 그의 주위로 흉갑(胸甲)을 갖춰 입고 도를 뽑아 든 무사들이 몰려들었다.

아마도 그자는 세 태랑 중의 하나인 듯하였고, 그 위치가 분지의 앞쪽인 것으로 보아, 바로 삼태랑인 모양이었다.

윤파가 바위를 돌아 그대로 앞으로 질주해 나갔고, 다른 이들 역시 그 뒤를 따라 달렸다.

사방이 해적들 천지였지만, 피아 구분이 쉽게 될 리는 없었다. 윤파가 삼태랑과 십여 걸음 안쪽으로 거리를 좁혀갔을 때쯤이 되어서야 그 주변의 해적들이 경각심을 가지고 소리쳤다.

"뭐 하는 놈들이냐?"

그러나 그때 윤파는 이미 삼태랑을 정면으로 두고 있었다. 옆에서 베어오는 한 자루의 도를 좌검으로 젖히며 우검으로는 그대로 삼태랑의 목을 횡으로 쓸어갔다.

캉!

삼태랑이 장도를 수직으로 세워 윤파의 검을 받았다. 그러나 그때 어느새 뒤따라 들어온 윤파의 좌검이 그대로 삼태랑의 심장을 찔러 버렸다.

"윽!"

짧은 비명. 그리고 투구 안쪽에서 하얗게 치떠지는 두 눈.

촤악!

삼태랑의 몸에서 빠져나오는 윤파의 검을 따라 뜨거운 피가 솟구쳐 나왔다. 그 붉은 분출을 안타까이 움켜잡으며 삼태랑은 천천히 바닥으로 무너졌다.

"적이다!"

"삼태랑께서 적에게 당했다!"

뒤늦게 주변에서 경악하고 다급한 외침들이 터져 나왔다.

사방의 무사들이 몰려들며 잡조를 포위해 들었다. 그런 중에도 적들은 잡조의 퇴로를 차단하는 데 보다 주력하는 듯이 보였다. 하긴 전방에서는 지금 수백에 이르는 병력이 빠르게 전열을 갖추고 앞쪽으로 나오고 있는 중이었다.

그러나 잡조는 오히려 앞을 향하고 달렸다. 후퇴는 처음부터 그들의 고려에 없었으니까.

삼태랑 휘하의 무사들이 급하게 그 뒤를 쫓았으나, 잡조는 금세 그들과의 거리를 벌리며 곧장 질주해 나갔다.

대호리(大葫蘆)의 안쪽.

이태랑(二太郎)은 앞쪽의 상황이 심상치 않다는 것을 감지하는 즉시, 휘하의 부장(副將)에게 오장(伍長) 삼십과 오백 병력 전체를 지휘하여 앞으로 나아가게 하고, 자신은 칠십의 오장들을 인솔하여 오히려 뒤로 물러서 있었다.

그런데 지금 냉정하게 전방의 상황을 훑고 있는 그의 눈에 도무지 말이 안 되는 광경이 들어오고 있었다.

적들은 겨우 다섯에 불과했다. 그런데 그들의 무위가 참으로 대단했다. 그들은 마치 한줄기의 질풍과도 같이 오백이 넘는 병력의 한가운데를 무인지경처럼 돌파해 오고 있었다.

차차차창!

선두에 선 이강과 윤파는 세 자루의 검을 한데 뭉치다시피 하여 마치 송곳처럼 앞을 뚫고 나아갔다.

그들이 그렇게 오로지 앞쪽만을 보고 나아갈 수 있는 것은, 바로 그들의 뒤에서 강산과 유정이 받쳐 주고 있는 덕분이었다.

휘류류류류!

파라라라랏!

무수히 허공을 유린하는 살벌한 궤적들. 강산의 두 자루 무명이 만들어내는 그 궤적들은 예전에 비해 한층 차분해지고 또한 유려해졌다. 그럼으로써 사뭇 안정되고 능숙해 보였다.

그러나 무명이 노니는 주변으로는 사람이든 도검이든 접근하는 즉시 튕겨 나가거나, 혹은 그대로 베어지는 바람에 감히 그 어떤 것도 가까이 다가들지를 못하고 있었다.

발능(發能)이었다. 그리고 강산의 그 독특한 진기 수발법에 반응하여 드러나는 무명의 절대예기(絶對銳氣), 기인(氣刃)의

발현이었다.

사방 천지가 온통 적들인 상황에서도 유정은 여유가 있어 보였다. 그것은 그녀가 가끔씩만 연검을 떨쳐 낼 뿐, 주로는 강산의 무명이 움직이는 궤적에다 주의를 주고 있다는 점에서도 그랬다.

콰룽!

콰르릉!

노달의 장력에서는 연신 우렛소리가 울렸다. 극성에 달한 벽력장(霹靂掌)이었다. 장력이 떨쳐질 때마다 그 주변의 적들이 와르르 무너졌다.

윤파는 내력을 있는 대로 끌어올렸다. 이태랑과의 거리는 이제 삼십 보 정도로 가까워졌다. 그의 심중을 읽었는지 이강이 그의 옆으로 더욱 바짝 다가섰다.

차차차창!

앞을 가로막는 적들을 이강에게 맡긴 채 윤파는 오로지 이태랑만을 목표로 하고 달렸다.

자신을 향해 전력 질주해 오는 윤파를 보고 이태랑은 천천히 몸을 돌려 정면으로 그를 향하며 깊게 호흡을 들이켰다. 다음 순간,

"하앗!"

짧은 기합을 토하며 이태랑은 앞으로 달려나갔다. 머리 위로 높이 치켜든 장도(長刀). 그리고 일직선을 유지하며 좁은

보폭으로 달려나가는 보법. 바로 부상검(扶桑劍) 특유의 형태
였다.

캉!

아무런 변화 없이, 오로지 쾌결(快訣)만으로 전력을 다해
내리찍는 이태랑의 도를 막은 윤파의 우검이 그대로 이마 높
이까지 밀려 내려왔다.

이태랑의 도가 다시 매끄러운 연결 동작으로 좌하방(左下
方)으로 미끄러져 내려가며 허리를 노릴 때 윤파의 좌우검은
서로 상조하며 쌍수(雙手) 대 편수(片手)에서 오는 힘의 열세
를 상쇄시켰다.

그렇게 한 자루 도와 두 자루 검은 눈 깜짝할 새에 몇 합을
엉켰다가 떨어졌다.

그러던 한순간 윤파의 쌍검이 눈부신 변화를 일으켰다.

그의 좌검이 사납게 공간을 장악하더니, 돌연 잔잔한 일렁
거림으로 변하며 이태랑의 장도로 하여금 갈피를 잡을 수 없
게 만들었다. 그리고 부유하듯 부드럽게 공간을 점하고 있던
윤파의 우검이 돌연히 번뜩하고 사라졌다.

"크윽!"

한마디 고통스러운 신음이 뱉어졌을 때, 윤파의 우검은 이
미 이태랑의 늑골 사이를 깊숙이 베고 지나간 다음이었다.

검이 지나간 흔적은 금세 뭉클거리며 솟구쳐 오르는 선혈
로 채워졌다. 그리고 두어 번 괴롭게 거친 숨을 몰아쉰 이태

랑은 그대로 무너졌다.

그것이 바로 이제는 완숙해진 정반합삼십육검(正反合三十六劍) 중에서 좌검(左劍) 반(反)의 환환비해(幻幻秘海), 우검(右劍) 정(正)의 잠해탈혼(潛海奪魂)의 절초라는 변화라는 것을 고혼이 되는 그 순간까지도 이태랑은 알지 못했을 것이다.

호리병의 허리마냥 잘룩하니 좁아진 지형은 금방 다시 넓어지고 있었다. 소호리(小葫蘆)일 것이었다.

투구에 전신 갑옷 차림의, 아마도 일태랑일 사내 하나가 앞으로 나와 있고, 그 뒤로 백여 명에 달하는 부상의 무사들이 정연하게 대오를 갖춰 도열해 있었다.

일태랑의 한 손이 가볍게 허공으로 들렸다. 그러자 그의 뒤에서 열 명의 궁수가 앞으로 나와 시위를 당겼다. 이어 일태랑의 손이 아래를 향하는 순간, 화살들이 바람을 가르며 날았다.

쉬쉬쉬식!

윤파와 이강은 달리던 걸음을 멈추지 않은 채 빠르게 검을 휘둘러 화살들을 튕겨냈다.

티팅!

티티팅!

그들의 세 자루 검이 만들어낸 검망(劍網)에 화살들이 튕겨나가고, 혹은 그대로 스쳐 지나갔다.

“악!”

“으악!”

그 몇 마디의 비명은 애꿎게도 잡조가 아니라 뒤쪽에서 쫓아오고 있던 적들에게서 나왔다.

쉬쉬쉬쉭!

계속해서 화살이 날아왔다. 그로 인해 잡조의 속도는 확연히 느려지고 있었다. 그때였다.

쿵!

쿠쿵!

하고 제법 먼 곳인 듯한 곳에서 몇 발의 은은한 폭음 소리가 들리더니, 이내,

쿠쿠쿠쿵!

쿠쿠쿠쿠쿠쿵!

하고 헤아릴 수 없이 수많은 폭음들이 들리기 시작했다.

“제길! 시간이 됐다!”

윤파가 다급한 소리로 뱉었다.

관군이었다. 아마도 사해의 사방을 포위하고 그 안쪽으로 진입할 수 있는 데까지 진입해서 일제히 화포를 퍼붓고 있는 것이리라.

분지를 둘러싸고 있는 사방의 절벽이 돌연 흔들렸다.

쾅!

콰앙!

콰콰쾅!

콰콰콰쾅!

엄청난 포격이었다. 절벽 위로 구름처럼 먼지가 피어오르며 사방에서 우수수 돌 조각들이 흘러내렸다.

포탄들의 대부분은 분지까지 오지 못하고, 분지를 둘러싼 절벽을 때리고 있었다.

그러나 그것만으로도, 포위된 채 엄청난 포격을 당하고 있다는 사실만으로도, 이제는 거의 전열을 정비하였고, 또 선박들의 불길도 어느 정도 잡아가고 있던 해적들의 진영에는 걷잡을 수 없는 일대 혼란이 일어나고 있었다. 해적들은 지레 공포에 휩싸여 아우성치며 우왕좌왕 무리 지어 몰려다니고 있었다.

한순간 강산이 이강의 앞으로 돌아 나갔다. 그런가 싶더니 그는 어느새 저만큼이나 앞쪽에서 달려가고 있었다.

급박하게 쏘아진 화살들이 일제히 강산에게로 집중되었다. 그 사이를 뚫고 나아가는 강산의 모습이 아슬아슬해 보였다. 그러나 좌우로 두어 번 방향을 트는가 싶더니 그는 어느새 적들의 바로 앞에 도달해 있었다.

궁수들이 재빨리 뒤로 물러섰고, 대신 장창을 앞세운 창수들이 앞으로 돌진해 나왔다. 순간 강산의 몸이 가볍게 허공으로 도약해 올랐다. 그리고,

땅!

따다당!

하는 금속성이 나며 장창의 창대들이 크게 휘청거렸다. 강산이 발능의 수법을 발휘하여 창대들을 밟은 때문이었다. 그런데 소리가 났을 때 강산의 모습은 이미 창대 위에 있지 않았다.

적들이 강산의 모습을 찾았을 때, 그는 이미 그들의 뒤쪽 공간에 가 있었다. 적들 중 누구도 강산이 그들의 머리 위를 넘는 광경을 보지 못했는데도.

그들이 미처 보지 못했던 것은 또 있었다. 어느 틈엔지 가슴을 움켜잡고 바닥으로 무너지고 있는 일태랑의 모습.

강산은 뒤돌아보지 않고 그대로 앞으로 달려갔다. 그의 바로 앞에 한 채의 석성이 세워져 있었다. 바로 해존방주가 거처하고 있다는 그 석성이었다.

일태랑이 쓰러진 적진은 곧바로 흐트러졌다. 윤파 등은 틈을 놓치고 않고 전력으로 적진을 돌파해 나갔다.

강산은 석성의 초입에 서 있는 높이 일 장여의 담장을 그대로 뛰어넘었다.

그 뒤에는 다시 같은 높이의 담장이 앞을 막아서 있었기에, 강산은 그 담장 위로 올라섰다. 위에서 보니 세 겹으로 세워진 담장들이 형성하고 있는 복잡한 통로들이 한눈에 들어왔다.

강산은 그대로 담장 위를 달렸다. 그럼으로써 수성(守城)

목적으로 만들어졌을 그 미로들은 단숨에 무용지물이 되고
말았다.

오밀조밀하게 만들어진 정원과 가산과 연못이 있었고, 그
너머 절벽 바로 아래에 아담한 석옥(石屋) 한 채가 있었다.

집의 절반 너머가 절벽에 박혀 있는 듯한 특이한 형태였고,
또한 온통 바위로만 이루어진 그 석옥은 그야말로 작은 철옹
성처럼 보였다.

석옥의 유일한 입구로 보이는 두터운 석문(石門) 앞에는 지
금 이십여 명의 적들이 지켜서 있었다.

그르르릉!

육중한 바퀴 소리 같은 것이 은은히 울리는 가운데 석문은
지금 막 닫히고 있는 중이었다.

한순간 강산의 신형이 번뜩하며 사라졌다. 동시에,

퍽!

콱!

쿵!

강산의 어깨에, 가슴에, 팔꿈치에 부딪친 서너 명의 적이
어찌 된 영문인지 알아차릴 겨를도 없이 그대로 나가떨어졌
다. 그리고 그들이 정신을 수습했을 때쯤 강산은 이미 석문
안쪽에 들어가 있었다.

나머지 적들이 급급히 안으로 쫓아 들어가려 할 때,

취리리리릿!

석문 안쪽에서 한 무리의 섬뜩한 예기가 폭사되어 나왔다.
무명이었다.

예기도 예기지만, 뼛속까지 스며드는 그 기이한 차가움에
적들은 감히 석문 근처로 다가설 엄두를 내지 못하였다.

그사이 윤파 등이 당도했기에 적들은 석문 안쪽의 강산을
포기하고 새로운 적들을 향해 마주쳐 나갔지만, 겨우 그들 열
몇 명으로 유파와 이강, 그리고 노달과 유정 같은 무림의 절
정고수들을 막아낼 수는 없었다. 윤파 등은 어렵지 않게 적들
을 제압하고 석문 안으로 들어섰다.

그르르릉!

윤파와 이강이 함께 힘을 쓰자 육중한 바퀴 굴러가는 소리
와 함께 거대한 석문이 닫혔다. 유정이 얼른 근처에 있던 굵
은 빗장을 가져다 석문에 걸었다.

그것은 그들의 처음부터의 계획이었다. 곧장 석성의 내부
로 돌진하여 그 안에다 그들 스스로를 가둔다는 계획.

계획은 성공하였다. 석문이 닫힘으로써 그들이 갇힌 공간
은 이제 되레 그들을 위한 철옹성이 되었다. 비록 그 안에 또
어떤 위험이 도사리고 있는지는 알 수 없었지만.

2

석문 안쪽으로 난 통로를 지나자 이내 제법 넓은 공간이 나

왔다. 수십여 명은 족히 수용할 수 있어서 아마도 회의 장소나 연회장으로 쓰일 법한 공간이었다.

공간의 안쪽으로는 미닫이의 나무 문이 달려 있는 석실들이 여러 개 있었다.

윤파와 이강이 좌측의 석실부터 하나씩 문을 열어가며 내부를 확인해 나가는데, 방마다 몇 명씩의 여인네들이 잔뜩 움츠린 채 구석진 곳에 몰려 있었다. 아마도 해존방주의 여인들이거나 시녀들일 것이었다. 그때,

드르륵!

하고 정면 가운데의 석실 문이 열리며 여인 하나가 밖으로 나와서는 문을 활짝 열어놓은 채 조심스레 옆 걸음으로 옆의 다른 석실로 들어갔다.

열린 석실 안에는 사내 하나가 단정히 정좌해 있었다.

전신 갑옷에 머리 위로 세 개의 뿔이 숫고 안면부는 귀면(鬼面) 형상의 가면으로 된 특이한 형태의 투구를 쓰고, 무릎 위에 한 자루 긴 칼을 올려두고 있는 사내의 기도는 차라리 담담해 보였다.

"단시간 내에 곧장 이곳까지 돌파해 오다니, 대단한 자들이군!"

귀면사내의 목소리는 탈 속에서 울려 나오는 듯했다.

"당신이 해존방주인가?"

석실 앞으로 다가서며 노달이 묻자 귀면사내는 대답 대신

반문했다.

“관군들인가?”

그때 꽂아놓듯이 사내에게 시선을 두고 있던 윤파가 마치 목덜미로 차가운 바람이라도 스친 듯이 한차례 부르르 어깨를 떨고 나서,

“당신이었군!”

하고 중얼거리듯이 말했다. 억눌린 듯하여 다소간 힘겹게도 들리는 목소리였다.

귀면 속의 두 눈에 약간의 이채를 떠올리며 사내가 물었다.

“나를 아나?”

“나는 해남파 이십칠대 장문인 윤파다. 당신에게 십 년 전의 혈채(血償)를 받고자 한다. 나의 검을 받을 용기가 있는가?”

“해남파? 십 년 전의 혈채?”

혼잣말로 반문하고 나서 해존방주는 이내 천천히 고개를 끄덕였다.

“그렇군! 좋다! 나 대부상국 무이가(無二家)의 제십일대 가주 세천무장(細川武藏), 그대의 복수에 기꺼이 응해주겠다! 그대들은 일단 뒤로 물러서라!”

천천히 일어선 해존방주가 석실 바깥을 가리켰다.

윤파는 해존방주에게서 눈을 떼지 않은 채 천천히 물러섰고, 강산 등은 그 보다 더욱 뒤쪽으로 멀찍이 물러섰다.

윤파의 복수에 대한 존중이었다. 그리고 비록 남해 일대에서 숱한 노략질로 도민들을 괴롭혀 온 해적이지만, 자신이 행한 과거사에 대해 상대의 복수를 당당하게 받아주려는 해존방주의 사내다운 일면에 대한 존중이기도 했다. 그때,

콰앙!

굉음과 함께 바닥과 사방의 벽이 크게 흔들렸다. 그리고 사방에는 먼지가 자욱이 피어올랐다.

가로세로 길이가 족히 일 장은 되는 넓적한 암반 덩어리 두 개가 나란히 떨어진 곳은 바로 방금 전에 윤파와 강산 등이 서 있던 자리였다.

먼지 속에서 해존방주가 천천히 걸어나왔다.

"몇 가지 물어볼 게 있다. 십 년 전 그때, 어떻게 해남파까지 아무런 저항도 없이 들어갈 수 있었는가?"

윤파의 물음에 해존방주는 담담하게 대답했다.

"협상이 있었다."

"협상?"

"벽안대도(碧安大島)!"

"음!"

윤파에게서 나지막한 침음성이 흘러나왔다. 그러나 그는 곧 차분하게 다시 물었다.

"협상 내용은?"

"길을 열어주는 대신 해남파를 제외한 다른 섬은 공격하지 않는다는 조건!"

"벽안대도에서 단지 그 조건만으로 길을 내주었단 말인가?"

"만약 그들이 순순히 길을 내어주지 않았다면 우리는 필시 그들부터 궤멸시켰을 것이다. 당시 벽안대도의 도주는 오랜 전쟁 끝에 고도로 단련되고 악에 받친 삼백 정예 병력을 대하고, 자신의 입장에서는 최선의 판단을 한 것이겠지."

"으음!"

윤파가 분노와 허탈감을 참지 못하고 무거운 침음성을 흘릴 때, 해존방주가 나지막하게 웃으며 다시 말했다.

"흐흐흐! 아직 풋내기로군! 이인자의 특성에 대해 잘 모르는 걸 보니 말이야."

윤파가 나직이 으르렁거렸다.

"무슨 뜻인가?"

"그대 또한 일문의 지존 신분이니, 선배로서 한 수 가르쳐 주지! 아무리 충직하더라도 이인자란 늘 어느 정도의 질투심을 가지게 마련이다. 일인자에 대해서. 또한 어느 정도의 불안감을 항상 가지고 있게 마련이지. 자신이 가진 것을 조금이라도 잃지 않을까 하는."

격해진 심정을 잠시 추스른 다음에 윤파가 다시 물었다.

"해남파와는 무슨 원한이 있었던 것인가?"

"달리 원한 같은 것은 없었다. 다만 그때 우리는 부상(扶桑)의 패권 다툼에서 패한 뒤 정처없이 거친 바다 위를 떠도는 처지였고, 남해의 패권을 잡는 일은 우리의 생존과 재기를 위한 절박한 선택이었다. 그러기에 해남파는 당연히 제거해야만 할 대상이었다. 해남파는 남해의 패자였고, 또한 칠십이군도의 구심점이었으니까. 그때 이후로 우리는 어렵지 않게 남해의 주도권을 차지할 수 있었고, 힘과 부를 축적해 올 수 있었다."

해존방주의 장도가 중단세로 굳건히 전면 공간을 지키고 있는 가운데 윤파의 좌검(左劍)이 유려하게 공간을 베어나가는 것으로 승부는 시작되었다.

환환비해(幻幻秘海)였다. 연이어 남해삼십육검의 절초들이 도도하게 펼쳐지기 시작했다.

잠해탈혼(潛海奪魂).

격랑노도(激浪怒濤).

비파뇌전(飛波雷電).

혈해등룡(血海登龍).

마해건곤(魔海乾坤).

벽해도도(霹海滔滔).

만해귀일(萬海歸一).

……

해존방주는 움직이지 않았다. 그는 찰나의 틈을 노리고 있었다. 그의 도는 일격필살의 도였다.

윤파의 검에 치열한 살기는 없었다. 그는 보여주고 있었다, 지난 십 년간 구천을 떠돌았을 부친과 해남파 문도들의 원혼들에게. 자신의 손에서 다시 재현되는 남해삼십육검을, 그리고 완성 단계에 접어든 정반합삼십육검(正反合三十六劍)이 어떤 것인지를, 그것이 어떻게 원수를 압도하는지를.

한순간 하나의 검이 더해졌다. 우검(右劍)이었다. 그리고 마침내 정반합삼십육검이 펼쳐졌다.

좌검 반(反) 비파뇌전(飛波雷電), 우검 정(正) 혈해등룡(血海登龍).

좌검 정 환환비해(幻幻秘海), 우검 반 잠해탈혼(潛海奪魂).

좌검 정 잠해탈혼, 우검 반 격랑노도(激浪怒濤).

좌검 반 환환비해, 우검 정 격랑노도…….

삼십육검(三十六劍)이 칠십이검(七十二劍)이 되고, 다시 일백사십사검이 되고, 마침내는 무한의 검이 되는 이치. 바로 정반합삼십육검의 무한 조합이 펼쳐지고 있었다.

마침내 좌검 정의 벽해도도(霹海滔滔)와 우검 반의 만해귀일(萬海歸一)의 조합이 이루어지는 순간, 마의 바다가 천지를 뒤집었다. 그리고 이윽고는 온 천지가 바다로 뒤덮였다.

해존방주는 끝내 어떠한 틈도 찾지 못하였다.

그의 도풍(刀風)은 원래 기세를 무시하고 철저히 실리의 도를 추구하는 것이었지만, 이 승부에서 그는 상대의 기세에 완전히 눌려 버렸다.

그리하여 윤파의 정반합삼십육검의 조화가 마침내 절정에 달했을 때, 그의 투지는 초라하게 허물어지고 말았다.

탕!

해존방주의 손에서 장도가 바닥으로 떨어졌다. 동시에 윤파의 쌍검도 멈추었다.

"졌다! 직접 목을 베겠나? 아니면 자결을 허용해 주겠나?"

이미 의지를 놓아버린 해존방주의 말에 윤파는 대답없이 뒤돌아섰다. 그리고 강산 등이 있는 곳을 향하고 천천히 걸었다.

"윽!"

그의 뒤에서 짧은 비명이 들렸다. 이어,

쿵!

하는 소리가 났다. 그러나 윤파는 돌아보지 않고 그대로 걸었다.

둥둥!

두두둥!

쾌쾌!

쾌쾌쾌!

분지 안은 북소리와 징 소리로 귀가 찢어질 듯 소란스러웠다. 그런 중에 사방에서는 족히 천 몇백은 넘어 보이는 흑백 군복의 수군들이 한창 해적들을 제압하고 있는 중이었다.

격렬한 저항은 거의 없었다. 지휘부를 잃어버린 해적들은 말 그대로 오합지졸에 불과했으며, 전의를 상실한 채 스스로 바닥에 무릎 꿇고 엎드린 자들이 이미 반이 넘었다.

만(灣)은 아직도 불타고 있었다. 불길의 맹렬한 기세는 잡혔지만, 여기저기의 해적선들이 아직도 시커먼 연기를 내뿜고 있었다.

불길이 뜸한 해안에는 아까까지 보이지 않던 배들 백수십여 척이 줄줄이 접안(接岸)해 있었다.

소규모의 어선들이었다. 수군들은 대형 군선으로 사해 외곽을 포위한 채 해적들의 근거지에 화포를 퍼부은 뒤, 미리 와 주변에 대기하고 있던 남해 칠십이군도의 소형 어선들에 옮겨 타고 사해 내로 진입한 것이었다.

미리 약속되어 있던 삼각형의 붉은 깃발 하나를 든 이강을 선두로 잡조는 신속히 분지를 가로질러 그들이 처음 내려왔던 절벽을 다시 타고 올랐다.

그리고 그들이 침투했던 경로를 그대로 되짚어가서 묶어 놓은 배를 타고 조용히 사해를 빠져나갔다.

五十五
회로(回路)

1

칠십이군도 백성들에게 이전 해남파의 명성은 아직도 남아 있었다.

그런데다 윤파가 사해의 해적들을 소탕하는 실질적인 주역이었음이 알려지고, 무엇보다도 전통적으로 남해의 정신적 지주 역할을 해오면서도 남해 패권에 관한한 절대 중립을 취해왔던 보타암주가 윤파와 해남파에 대해 적극적으로 지지하며 신뢰한다는 의사를 표명함으로써 남해 백성들의 마음속에는 해남파가 다시금 되살아났다.

남해 칠십이군도의 도주대회가 해남도에서 개최되었다.

대회의 주최자는 바로 윤파였다. 해남도의 도주이자, 해남파 이십칠대 장문인의 자격으로.

　대회 당일.

　해남도는 수백 명에 달하는 사람들로 붐볐다. 십 년 만에 처음 있는 일이었다. 칠십이군도의 도주들이 빠짐없이 참석하였고, 도주들마다 작게는 한두 명, 많게는 백여 명의 수행인원을 데리고 왔다. 그것으로써 이번 대회가 칠십이군도의 향후 정세에 얼마나 커다란 영향으로 작용할지를 단적으로 짐작해 볼 수 있을 터였다.

　물론 그런 데는 청련 신니가 대회의 후원자를 자청한데다 직접 대회에 참석한 때문도 무시할 수는 없었다.

　예전 해남파가 있던 자리는 아직도 폐허의 흔적을 채 벗어나지 못하고 있었다. 잡초가 우거진 속에 무너진 전각들의 형체가 을씨년스러웠다.

　그러나 그 한쪽에서는 새롭게 두세 채의 전각들이 지어지고 있는 중이었다. 비록 아직까지 골조만 세워진 채 지붕도 올라가지 못한 상태였지만.

　수백 명의 손님들을 맞을 시설이라고는 기껏 간이 나무 탁자와 햇빛을 가릴 천막 정도에 불과했고, 손님들을 안내하고 대회를 보조하는 해남파의 제자들이라곤 겨우 십여 명에 불과했다.

　그러나 그 십여 명의 제자들은 젊고 활기에 넘쳐서, 마치 이제부터의 해남파의 미래를 보여주는 듯했다.

　무엇보다도 해남파의 젊은 새 장문인, 윤파의 당당한 모습만으로도 해남파의 위엄이 부족하지는 않았다.

　그리고 윤파의 곁을 떠나지 않는 네 명. 그 네 명 모두가 무림의 절정고수들이며, 이번 사해에서의 해적 소탕전에서 윤파와 함께, 다만 그들 다섯만으로 일천이 넘는 해적의 본거지를 무인지경으로 돌파해 해적의 수괴들을 처치해 버렸다는 사실을 이제 칠십이군도 백성들 중에서는 모르는 사람이 없었다.

　가히 무적의 신위를 지닌 그들은 윤파가 중원에서 초빙해 온 해남파의 호법들로 알려졌다.

　물론 그들 네 명은 잡조였다. 강산, 노달, 이강, 유정.

　대회에서 윤파는 십 년 전 해남파를 멸망시킨 흉수가 바로 부상국 무이가(無二家)의 가주(家主) 세천무장(細川武藏)이었음과, 그가 바로 해적들의 수괴였음을 밝혔다. 또한 그에게 당당히 복수하였음도 다시금 공표하였다.

　물론 윤파의 그 공표에는 또 다른 의미가 들어 있었다. 어떤 사람들에게는 가슴을 쓸어내리게 하고, 또 어떤 사람들에게는 마지막 선택의 기회를 주는.

　벽안대도 도주 전여상(全與像)의 주변으로는 이백여 명에 달하는 인원들이 몰려 있었다. 그가 직접 대동한 벽안대도의 정예 무사가 일백이었고, 그를 추종하는 십여 개 도의 도주들과 그들이 대동해 온 무사들이 또한 일백이었다. 그럼으로써 오늘 해남도에 모인 사백여 명 중 절반은 그의 사람들인 셈이었다.

한 사람씩 한 사람씩 전여상과 그의 곁에 서 있는 십여 도주들의 얼굴을 옮겨가던 윤파의 시선이 이윽고 다시 전여상에게로 와서 멈추었을 때, 전여상은 흠칫 흔들리는 심중을 추스르기가 어려웠다.

이제 겨우 서른두셋쯤의 나이에 불과하다는 사실이 믿기지 않게도, 윤파는 지금 이 자리의 모두를 포용하려 하고 있었다.

전여상 또한 익히 알고 있었다, 사실 윤파가 모두를, 모든 것을 포용하는 것이야말로 파국을 면할 유일한 방법이라는 것을. 벽안대도는 물론, 해남파에게도, 그리고 칠십이군도 전체에게도.

그러한 포용은 오로지 윤파만이 할 수 있었다. 원한을 가진 입장으로서, 부모형제를 잃은 입장으로서.

전여상 자신으로서는 감히 생각조차 해볼 염치가 없는 포용이었다. 윤파에게 원한의 대상이 되는 입장으로서.

윤파는 도주들에게 촉구했다, 칠십이군도가 과거처럼 단결할 것을. 그래서 다시는 남해의 바다가 외세에 침탈당하는 일이 없도록 만들자고.

패기와 열정 어린 윤파의 모습은 이미 남해제일인의 모습이었다. 그의 해남파가 지금 당장 과거의 명성과 세를 되찾지

는 못할지라도, 적어도 앞으로의 또 다른 십 년 안에 과거의,
아니, 과거보다 더 대단한 위치에 올라서 있을 것이란 확신을
가져 볼 수 있게 했다.

"부끄럽네!"

그 한마디를 전여상은 참으로 어렵게 꺼냈다.

윤파는 담담히 전여상을 바라보다가 가볍게 허리를 숙였
다. 그의 그 한 번 허리 숙임 또한 참으로 어렵게 나온 것이었
다.

이어 윤파는 성큼 다가가 전여상의 손을 잡았다. 그리고 맞
잡은 손을 머리 위로 들어 올렸다. 흔쾌한 관용과 포용이었
다.

"와아아아!"

해남도를 울리는 우렁찬 환호가 있었다.

노달이 빙그레 웃으며 가만히 말했다.

"이제 보니 그는 어느새 거물이 되어 있었군!"

2

해남파의 재건은 급가속을 타고 있었다.

하루가 지날 때마다 여기저기 새로운 전각의 기둥들이 들
어서고, 또 지붕이 올라가곤 하였다.

칠십이군도에서 분야별로 일꾼들을 대거 파견해 준 덕분

이었다.

대회 이후 윤파는 정신없이 바빴고, 반면에 잡조의 다른 사람들은 별다른 일 없이 한 달여를 지내고 있었다.

하루는 노달이 강산에게 중원으로 돌아갈 뜻을 말했다.

"노부의 나이가 있으니 정리해야 할 일들을 오래 미루어둘 수는 없는 일일세!"

강산이 곧바로는 대답을 하지 못하고 있는데, 이강이,

"저도 함께 가겠습니다."

하고 말하였다. 그에 노달이 쓰게 웃으며 말했다.

"아니다. 네가 무림에 모습을 보인다면 무당파에서 당장에 어떻게 나올지 짐작하기 어려우니, 너에게는 좀 더 시간이 필요할 것이다. 그리고 만약 노부 때문이라면, 이미 여러 차례 말한바 있지만 이것은 지극히 사적인 일로, 다른 사람이 개입하는 것을 노부는 바라지 않는다."

이강은 곧바로 어두운 얼굴이 되고 말았다. 그러나 당장에 말을 받아 하지는 않았지만, 그의 굳은 표정에는 이미 어떤 결심이 서 있는 것 같았다.

그때 묵묵히 있던 강산이 가볍게 소리 내어 웃으며 끼어들었다.

"하하하! 중원은 날마다 새로운 일들이 수없이 많이 일어나는 곳인데, 지금쯤에는 우리에 대한 세상의 관심도 아마 잦아들지 않았겠습니까? 그리고 설사 그렇지 않다고 하더라도 저 또한 중원으로 돌아갈 생각을 하고 있는 중이었습니다. 제게도 마냥 미루어둘 수 없는 일이 있으니 말입니다.”

그때 강산과 언뜻 눈길이 마주치자 유정은 엷게 미소를 떠올렸다. 이강 또한 반색을 하였다.

강산이 슬쩍 이강을 돌아보고 피식 웃으며 말했다.

“뭐, 함께 움직이는 것이 싫다면, 영감님은 따로 가십시오. 저와 이강과 유 소저는 함께 갈 테니까! 그렇지, 이강?”

이강은 짐짓 고개를 끄덕였고, 유정은 피시시 웃는 표정이 되었다. 그에 노달이 의심쩍은 기색으로 물었다.

“조장의 볼일이라는 게 혹시… 마교와 관련된 것은 아니겠지?”

“왜 아니겠습니까?”

“조장은 마교와는 무관할 텐데?”

노달의 반문에 강산은 문득 정색으로 되었다.

“마교에 따질 일이 있습니다.”

“음?”

“순동 아저씨의 일 말입니다.”

강산의 대답에 노달이 흠칫했고, 이강과 유정은 나직이 탄식을 뱉어냈다.

“아!”

“아아!”

강산이 차분한 어조로 덧붙였다.

"순동 아저씨는 잡조의 조원이었으니, 그래도 조장이었던 입장으로 그분의 죽음에 대해 마교에 한 번쯤은 따져 줘야겠다고 그동안 내내 생각을 하고 있었습니다. 하다못해 따지는 흉내라도 내보는 것이 그분의 영혼에 대한 최소한의 예의일 것 같아서 말입니다."

3

따로 갈지, 함께 갈지는 굳이 정하지 않았지만, 일단 중원으로 돌아간다는 것으로 노달과 이강, 그리고 강산과 유정은 결론을 냈다.

그런데 나중에 와서 그 같은 얘기를 들은 윤파가,

"그러니까 뭡니까? 지금 마교를 부수러 가겠다는 겁니까?"

하고 묻기에 강산이 힐끗 보고는,

"따지러 간다니까!"

하고 고쳐 주었더니, 윤파가 대뜸 다시 물었다.

"그다음에는요?"

"뭐?"

"어떻게 어떻게 해서 마교를 부쉈다고, 아니, 따졌다고 치고, 그다음에는 어떻게 할 거냔 말입니다."

"뭘 어떡해?"

"허, 참! 따지든 부수든 마교를 건드리면 자연적으로 무벌과도 불편해질 것은 당연지사인데, 막상 무벌과 문제가 생겼을 때, 그때는 또 어떻게 할 것이냐 하는 얘깁니다."

윤파의 말이 제법 심각한 투로 변했으나 강산은 그저 덤덤하게 받았다.

"그런 건 아직 생각 안 해봤어. 우선 마교와의 일부터 보고 나서, 나중의 일이야 그때 가서 다시 고민하면 되겠지."

하고는 다시 혼잣말처럼,

"하긴 무벌하고도 어차피 해결해야 할 숙제가 있긴 하지만!"

하고 중얼거렸다.

두 사람이 주고받는 수작을 모르는 체 보고 있던 노달이 자신도 모르게 나지막한 탄식을 흘렸다.

"허!"

그때 윤파가 돌연 실실거리며 말했다.

"흐흐흐! 그렇다면 저도 구미가 좀 당기는데요?"

강산이 싱겁게 따라 웃으며 반문했다.

"자네는 여기 일만 해도 정신 못 차릴 지경일 텐데?"

윤파가 여전히 싱글거리며,

"생각해 보니 저도 중원에 꼭 가야만 할 이유가 있으니, 할 수 없지요."

하고 나서 다시 이어 말했다.

"후후! 어쨌든 다들 가는데 저 혼자만 남을 수야 있나요?

사실은 그렇지 않아도 자금 조달이다 건축이다 접대다 해서
도통 제 적성하고는 맞지 않는 이런저런 일들로 골치만 잔뜩
아프던 중입니다. 다행히도 이번에 보니 우리 해남파에 저보
다 훨씬 더 그런 일들에 탁월한 재주를 지닌 인재들이 있더라
고요. 그러니 제가 한동안 중원에 나가 있으면 쓸모없는 잔소
리꾼이 하나 없어지는 셈이니 그들이 일하기는 오히려 편해
질 것이고, 저 또한 여기서 골치 썩을 것 없이 나중에 많은 일
들이 이루어진 다음에 슬쩍 돌아온다면, 서로에게 좋은 일이
아니겠습니까?"

　이강이 활짝 웃었다. 다른 사람들 또한 어이없어 하는 중에
도 웃지 않을 수가 없었다.

五十六
선변(宣邊)

1

황도제일의 주루 겸 다루인 천추제일관(千秋第一館).

아직 오전 나절이라 그런지 가끔 드나드는 사람들이 보일 뿐, 대체로 한산한 느낌이었다.

"잡조의 조장이오!"

천추제일관의 입구에서 조금 떨어진 길모퉁이에 자리를 잡고 앉은 한 맹인 복자(卜 者)에게 불쑥 말을 던진 사람은 바로 강산이었다.

강산 일행은 배로 항주에 도착한 뒤 바로 지척에 있는 상단에 들르지도 않고 곧바로 황도로 향하는 배로 갈아탔다. 강산과 조원들이 상단에 잠시 들렀다가 오라고 권하였으나, 유정은 굳이 마다하였다.

그리고 중간에서 이런저런 사정을 겪느라 근 달포가 지난 오늘 아침에야 황도에 도착하였고, 곧바로 이곳 천추제일관으로 오는 길이었다.

꾸벅꾸벅 졸고 있다가 갑작스러운 손님에 놀랐는지 복자의 당황한 손끝에 걸린 산통이 '달그락!' 소리를 냈다.

강산이 이번에는 소매를 걷어 올려 복자의 눈앞으로 들이밀었다. 누가 보면 맹인을 희롱하는 것쯤으로 보일 법한 수작이었다.

그런데 순간 하얗던 맹인의 눈에 순간적으로 눈동자가 생겼다. 그리고는 이내 다시 하얗게 돌아갔다.

"남의 이목을 피하고자 감히 앉아서 뵙는 무례를 용서하십시오!"

앉은 채로 가볍게 머리를 숙여 보이며 하는 복자의 말은 정중했다. 강산이 일시 어리둥절해져서 노달과 윤파를 돌아보자, 윤파가 이를 드러내고 웃으며,

"선변이 사기를 친 것은 아닌 모양이군."

하고 말했다. 그런 그의 얼굴에는 벌써 선변을 만나기라도 한 듯 반가움이 스미고 있었다.

사실 강산이 맹인 복자에게 '잡조의 조장이오!' 하고 말한 것과 손목에 찬 무명을 보여준 것은 일 년 전 선변과 헤어질 때 미리 약속된 방법이었다.

그때 선변은 말하기를, 언제라도 자신을 만나려거든 황도로 오라고 했는데, 윤파가,

"황도가 전부 너희 집이라도 되냐? 황도에 가서 그냥 네 이름만 대면 되냐고?"

하며 투박하게 섭섭함을 표시하자, 빙그레 웃으며 천추제일관을 말했다.

한 번 가보았던 곳이니 낯설지 않을 것이라며, 그곳에 자신과 연락이 닿을 방법을 마련해 놓겠다고 했다. 언제라도, 언제까지라도.

그 방법이 바로 맹인 복자였다. 그리고 일 년이 지난 지금, 과연 그곳에는 맹인 복자가 있었다.

"북대로(北大路)가 끝나는 지점에 천화장(天華莊)이란 곳이 있습니다. 그곳으로 가십시오. 소인이 미리 연락을 취해놓겠습니다."

하고 말한 뒤 맹인 복자는 주섬주섬 산통과 돗자리를 정리하고는 총총히 자리를 떠났다. 사정 모르는 사람들이 보기엔 마치 아침나절부터 재수없는 손님들을 맞았기에 아예 하루 장사를 파하려는 것으로 보일 법도 하였다.

윤파가 천추제일관을 훑어보며 문득 생각난다는 듯이,

"제기랄! 그때 당연히 의심을 해보아야 했던 것인데……."

하고 투덜거리기에 강산이 달갑지는 않은 투로 물었다.

"무슨 얘기야?"

"그놈 말입니다. 서활!"

강산이 설핏 이마를 찌푸렸고, 윤파는 새삼 분통이 터진다는 듯이 목소리에 화를 담았다.

"그때 그놈이 황도에서 제일가는 장소에서 신고식을 한다며, 천추제일관 중에서도 가장 시설이 좋은 별궁에서, 그중에서도 다시 가장 전망이 좋은 방을, 그것도 바로 그날 저녁에 떡하니 예약을 해두었다고 했을 때, 우리는 당연히 놈을 의심해 보았어야 했다는 것입니다. 제길! 아직도 생생하게 기억이 다 나네. 그때 선변이 그랬지 않습니까? 그런 방이라면 하고 싶다고 해서 예약을 할 수 있는 건 아닐 텐데, 참으로 대단하다고! 제기랄! 그런 말을 하고, 또 듣고 있었으면서도 이상하다는 생각조차 해보지 않았다니… 우리는 도대체 얼마나 생각이 없었던 것입니까?"

"그쯤 해둬! 그를 만나 직접 얘기를 들어보지 않았으니, 아직 단정할 수 있는 것은 아무것도 없어!"

"아니, 조장님은 아직도 놈을 두둔하십니까? 유 소저가 이미 말하지 않았습니까? 그놈 스스로의 입으로……."

"그만하래도!"

윤파의 말을 끊는 강산의 언성이 높아지자, 보고 있던 이강이 슬며시 윤파 쪽으로 다가서며 툭, 어깨를 건드렸다. 그에 윤파가 골이 난 모양새이면서도 마지못해 입을 닫았다.

사실 윤파뿐만이 아니라 강산을 포함한 조원들 모두는 서활에 대해 의혹을 가지고 있었다.

강하고 부정적인 의혹이었다. 서활에게 어떤 사정과 내막이 있었는지는 모르지만, 일 년 전 그날 밤의 사건에 서활이 분명 어떤 식으로든 관련이 되어 있을 것이라는 심증이었다.

더욱이 유정에게서 당시 서활의 모습과, 그가 했던 말들을 전해 들은 뒤로 그러한 심증은 더욱 굳어졌다.

특히 윤파는 강한 배신감을 느끼고 있었다. 그와 서활이 늘 티각태각, 아웅다웅하는 사이였지만, 사실은 같은 나이에 선의의 호적수로서 서로의 능력을 흔쾌히 인정해 주는, 진정한 친구로서 우정을 쌓아가던 사이였기 때문일 것이다.

2

북대로(北大路).

대로 양쪽으로 높다란 담장으로 둘러싸인 대저택들이 줄을 지어 늘어서 있었다. 이곳이야말로 조정의 고관대작들과 황도의 대부호들이 모여 사는 황도제일의 고급 장원가였다.

천화장(天華莊).

북대로(北大路)가 끝나는 지점에 있는 그 장원은 다른 여느 장원에 비해 더욱 규모가 있으면서도 고즈넉하고 고풍스러운 분위기를 풍기는 데가 있었다. 그곳의 주인은 바로 선변이었다.

　일 년 만의 재회였다.
　선변은 많이 달라진 모습이었다. 하긴 멀쩡하던 사내가 늘씬한 팔등신의 미인으로 탈바꿈해 있으니…….
　강산과 윤파는 기겁했다.
　그들은 여인으로서의 선변을 처음으로 보는 것이었다. 그때 사천의 철금산장(鐵琴山莊)에서 그들이 마지막으로 본 선변의 모습은 여전히 남자로서의 선변이었다. 더욱이 강산은 아예 인사불성(人事不省)이었고.
　노달이 놀라지 않는 것은 당연하였지만, 유정과 이강도 그다지 놀라는 모습이 아니었다. 그러고 보면 강산과 윤파만 숙맥이었던가?
　아름다운 여인이 되었음에도 선변은 여전히 밝고 쾌활하였다. 오히려 이전보다 더욱 당당하고 영민해 보였다. 이제 보니 예전에 선변이 보였던 영민함은 그녀 본래의 영민함에 비하면 절반도 안 되었던 것 같았다.
　여자로서의 선변을 어떻게 대해야 할지 모두가 서먹하고 어색할 수도 있었으나, 선변은 유정에게는 언니, 그리고 윤파에게는 오라버니, 그리고 노달과 강산에게는 예전처럼 영감님과 조장님이라 부르는 것만으로도 쉽게 그들 사이에서의 서먹함과 어색함을 털어버렸다.

가장 좋아한 것은 윤파였다. 선변이 짐짓 속살거리며 부르는 오라버니 소리에 그의 입은 절로 벌어졌다.

가만한 눈길로 선변의 모습을 바라보는 이강의 눈빛에는 여러 가지의 감정들이 스쳤다. 그러나 그의 눈빛은 곧 담담해졌다. 예전 같았으면 쑥스럽고 수줍어 어쩔 줄 몰라 했을 터인데도.

사실 이강 또한 지난 일 년새 참으로 많이 변했다. 윤파가 가끔씩 장난삼아,

"야! 너 자꾸 도사 같은 분위기가 난다? 너 그러다 혹시 진짜로 도사 되는 거 아니냐?"

하기도 하였지만, 정말이지 이강은 은연중에 탈속하고 초탈한 풍모가 느껴져 마치 수행에 든 도사 같은 분위기가 날 때가 가끔씩 있었다.

이강을 바라보며 선변은 잠시 모호한 눈빛이 되었다. 그러나 그녀는 곧,

"이강!"

하고 불렀다. 비록 목소리는 좀 더 가늘어졌지만, 예전에 하던 그대로의 느낌이 들어 있었다.

덩달아서 금방 편안한 기색이 되는 이강을 보고, 한쪽 옆에서 노달의 얼굴에 흐뭇함이 떠올랐다.

그럼으로써 그들은 다시 예전의 잡조로 돌아간 듯했다, 잠

시일지라도.

3

강산과 유정은 나란히 걷고 있었다.

장원의 정원과 연못은 산책해 보고 싶은 생각이 들 만큼 잘 가꾸어져 있었고, 무엇보다 고풍스러운 운치가 있었다.

아담한 가산들, 잘 손질된 정원수들, 연못을 수놓고 있는 수련의 숲, 그리고 그 사이로 한가롭게 노니는 색색의 비단잉어들. 그중 큰 놈은 족히 한 팔 길이나 되는 것도 있었다.

무엇보다도 좋은 것은 두 사람이 호젓하게 함께 걷고 있다는 그 자체였다. 그 행복감이었다.

두 사람이 함께라면 이런 멋진 정원이 아니더라도 세상 어느 곳인들 행복하지 않으랴?

두 사람은 말없이 걷기만 했다. 말은 굳이 필요하지 않았다. 눈에 들어오는 모든 것이, 느껴지는 모든 것이 다 행복이었다. 발밑은 마치 구름 위를 걷는 듯 푹신하여 무게가 느껴지지 않았다.

간혹 눈길을 주면 어느새 서로의 눈이 마주쳐 있었다. 문득 붉어지는 얼굴, 빨라지는 심장의 박동. 그것은 정말로 행복이었다.

벌써 몇 바퀴나 돌았는지 느끼지도 못하고 두 사람이 다시 한 바퀴를 돌아갈 때였다.

"두 분은 참 잘 어울리세요. 예전부터 그렇게 생각했었죠."

선변이었다. 그녀는 진작부터 기다리고 있었든 듯이 가볍게 기지개를 켜는 시늉을 하며 앉아 있던 평평한 바위에서 일어서며 짐짓 짓궂게 웃어 보였다.

유정이 확연히 붉어지는 얼굴에다 가볍게 미소를 떠올렸다.

"저도 같이 산책해도 괜찮을까요?"

은근한 심술이 묻어나는 듯한 선변의 말투에 강산과 유정은 마주 보며 픽 웃고 말았다. 선변이 유정을 보며 다시,

"언니! 조장님은 싫으신 듯하네요. 설마 언니도 그러신 것은 아니시죠?"

하며 하소연이라도 하듯 하자 유정이 곱게 웃으며,

"그럴 리가? 주변 풍광이 참 좋네. 동생도 함께 걸어!"

하고 손을 내밀었다. 선변이,

"호호호! 그래도 의리가 있으신 것은 역시 언니밖에 없으세요."

하고는 냉큼 유정의 손을 잡으며 그녀 옆으로 바짝 다가붙었다.

무슨 얘기들이 그리 많은지 선변과 유정의 수다는 끝이 없었다. 연신 조잘대며 걷는 그녀들에게 끼어들지 못하고 강산

은 어느 틈엔지 두어 걸음 뒤처진 채로 멀뚱히 따르고 있었
다.

그래도 좋았다. 두 여인, 그것도 절세미인들의 목소리는 마
치 새들이 즐겁게 지저귀는 소리와도 같아서 듣기에 참으로
좋았다.

"조장님! 이제부터 어떻게 하실 작정이세요?"

문득 끼워쥰다는 듯이 말을 거는 선변에게 강산은 힐끗 유
정부터 보고 나서,

"뭐, 그냥……."

하고 얼버무리며 넘어가려고 했다. 그러나 선변이 다시 말
을 걸었다.

"이강에게 들었어요."

"응?"

"마교!"

"아! 그거?"

"제가 생각해 본 건데, 그거 꼭 순동 아저씨의 일 때문만은
아니죠?"

"응? 아니… 그게… 그렇지, 뭐."

"구체적인 계획을 짜놓으신 건 있으세요?"

"뭐, 구체적이라고 할 것까지는……."

"마교의 일이 잘 처리된다면, 그다음엔 어떻게 하실 작정
이세요?"

“응? 아직 거기까지는 뭐… 특별히…….”

강산이 요령부득(要領不得)에다 무성의로 슬쩍슬쩍 넘어가려고만 하는데, 선변은 문득 정색으로 되었다.

“조장님! 어차피 크게 한판을 벌여야만 할 것인데, 기왕에 그럴 거면 아예 제대로 큰 도박 한판 안 해보시겠습니까?”

웃는 얼굴로 두 사람이 주고받는 말을 듣고 있던 유정이 언뜻 이채를 떠올렸다. 그러나 강산은 여전히 시큰둥하기만 하였다.

“도박? 갑자기 무슨 도박이야?”

“어차피 하는 김에 화끈하게… 천하를 놓고 크게 한판 해보자는 거지요.”

선변이 농담이라도 하듯 웃는 얼굴로 덧붙이자 강산은 이윽고 가볍게 인상을 찡그리고 말았다.

“난 도박 같은 거 안 좋아해!”

하고 강산은 아예 한 걸음을 더 뒤로 빠져 버렸다, ‘그런 얘기에 관심없으니 더 이상 말 섞기 싫다!’는 듯이.

“호호호! 조장님도 참!”

선변은 까르르 웃고 말았다. 그러나 그녀의 웃음 한구석에는 아쉬움의 느낌 같은 것이 조금 묻어 있었다, 아주 엷게.

그러나 선변은 이내 강산 대신이라는 듯이 유정을 붙잡고 늘어졌다.

“언니! 조장님은 빼고 우리끼리 얘기할까요?”

그에 유정이 가볍게 웃으며 말을 받아주었다.

"나하고? 도박 얘기를? 내게 무슨 힘이 있다고? 난 이제 상단의 후계자도 아닌 걸?"

"호호호! 그러나 결국은 물려받게 될 테니, 여전히 장래의 천하제일갑부이죠."

"나중의 일은 모르겠어. 난 그냥 지금으로 만족해. 이렇게 모두와 함께 있는 걸로."

"뭐예요, 그러니까 벌써부터 부창부수(夫唱婦隨)라는 거예요?"

선변이 갑자기 삐쳤다는 투로 톡 쏘자 유정이,

"어머?"

하고 그만 얼굴을 붉히고 말았다. 선변이 유정을 놀릴 꼬투리를 잡았다는 듯이,

"하여간 조장님의 의중을 따르겠다는 말씀 아녜요? 그럼 역시 조장님과 담판을 지어야 하는 것인가? 어허! 이것참, 난 제로군?"

유정이 더욱 얼굴을 붉히는 것을 보고, 뒤에 떨어져 관심없는 체 딴짓하던 강산이 유정의 편이라도 드는 양으로,

"하여간 여자들이란!"

하고 앞뒤 없는 타박으로 불쑥 끼어들었다. 그에 선변이 다시금 슬쩍 정색을 하며,

"큰일을 하려면 밑그림을 잘 그려야 하는 법이죠!"

"큰일? 너 지금 정말로 무슨 큰일이라도 내려고 그러는 거야?"

선변이 짜랑하게 웃으며,

"호호호! 그럼요. 왜요? 저라고 예전의 측천무후처럼 되지 말라는 법이라도 있나요?"

하고 받아친 다음에 다시,

"조장님은 영 흥미가 없으신 모양이지만, 여자들은 또 다르니까 언니와 제가 좀 더 얘기를 나눠도 될까요?"

하고 말했다. 그에 강산이 슬쩍 인상을 그리며 타박을 주었다.

"그걸 왜 나한테 물어? 두 사람이서 알아서 할 일이지!"

"그런데 그게 알아서 할 일이 아닌 것 같은데요? 언니는 아무래도 조장님의 허락을 받기를 바라는 것 같은데요?"

"별……."

하다가 강산은 힐끗 유정을 보고 나서 조금 누그러진 투로 되었다.

"누가 뭐래? 두 사람이서 하고 싶다면 밤을 새워서라도 얘기하는 거지."

"호호호! 역시 조장님의 배포는 화끈하세요."

"화끈? 넌 참 별게 다 화끈하다?"

강산이 슬쩍 비아냥거리거나 말거나 선변은 유정의 팔을 잡아끌었다.

"언니! 조장님이 허락하셨으니, 이제 우리끼리 얘기 좀 더
해요."

유정이 흘깃 강산을 보며 애매한 기색을 지었으나, 선변의
손을 뿌리치지는 못하고 마지못해 끌려가고 말았다.

강산이 빠지고 나서도 선변과 유정은 정말로 늦게까지 둘
이서만 산책을 계속했다.

그 후에도 약속이라도 한 것처럼 입을 닫아버렸으니, 강산
은 그녀들 사이에 과연 무슨 얘기들이 더 오갔을까 하고 조금
은 궁금해지기도 하였다.

4

"영감님이라고 부르기가 왠지 예전처럼 편하지가 않네
요."

찻잔을 두고 마주 앉은 자리에서 선변은 불쑥 그렇게 말문
을 열었다. 따로 마련한 자리였다.

"허허허!"

노달은 가볍게 웃기만 했다. 잠시의 침묵이 흐른 다음에 선
변이 다시 불쑥 물었다.

"어떻게 하실 작정이십니까?"

앞뒤없는 질문이었다. 그러나 노달은 진중한 얼굴로 대답
했다.

“솔직히 말하자면 난감하네. 그저 부딪쳐 보는 수밖에.”

“조장님과 다른 조원들의 도움을 기대하고 계신 건가요?”

“또한 솔직히 말하자면, 처음에는 그럴 생각이 없었으나, 지금은 달라졌네. 그들에게 기대고 싶은 마음이 드는 것이 사실일세.”

“마교가 잡조의 힘만으로는 상대할 수 없다는 것은, 아무리 정예라도 다만 몇몇의 힘만으로는 그 거대한 조직력을 결코 상대할 수 없다는 것은, 누구보다도 영감님께서 더 잘 아실 텐데요?”

“으음!”

“만약… 만약에 말입니다. 제게 그 부족한 부분을 메울 방도가 있다고 한다면… 어떻게 하시겠습니까?”

무거운 침묵이 이어졌다. 노달이 입을 연 것은 한동안이나 지나고 난 다음이었다.

“노부와 거래를 하자는 뜻인가?”

“거래란 말씀은 조금 섭섭하게 들리는군요. 거래란 서로가 대가를 주고받는 것이 아니던가요? 하면 영감님도 제게 지불할 만한 대가를 가지고 계신다는 전제가 있어야만 하는 것인데…….”

노달은 선뜻 답을 하지 못했다. 잠시 틈을 두고 선변이,

“거래가 아니라, 협력 정도면 어떨까요?”

하고 물었다. 그에 노달이 가만히 한숨을 불어 내쉬고 나서,

"협력이라? 흥미롭군. 그래, 무엇을 위한 협력인가?"

하고 반문했다. 선변이 빙그레 웃으며 답했다.

"물론 서로에게 필요한 부분을 채워주는 협력입니다."

"서로의 필요한 부분?"

"영감님은 마교를 되찾는 데 필요한 힘을 얻고……."

"흠! 그리고 자네가 얻을 것은?"

"제가 무엇을 얻을지, 혹은 얻을 수 있을지는 일단 영감님께서 마교를 되찾으신 다음의 일이 될 것입니다."

"호? 그러면 자네가 손해를 볼 수도 있을 텐데?"

"호호호! 제가 손해를 보게 된다면 그건 어디까지나 상황을 잘못 판단한, 그리고 영감님을 잘못 평가한 저의 잘못이겠지요."

노달은 가만히 선변의 눈을 응시하였다. 선변이 또한 잠시간 그 응시를 마주 응시하고 있다가 문득 차분한 어조로 말했다.

"단도직입적으로 말씀드리겠습니다. 이강에게 마교를 물려주십시오!"

노달의 두 눈이 부릅떠졌다. 그러나 선변은 담담하게 반문했다.

"혹시 제가 잘못 생각한 건가요? 영감님께서는 이미 그런 생각을 가지고 계신 줄로 짐작하고 있었습니다만?"

한동안의 침묵이 흐르고 난 다음에 노달이 물었다.

"그렇게 해서 자네가 취할 이득이 무엇인지 물어도 되겠는가?"

선변은 지체없이 대답했다.

"화해입니다. 배교와 마교 간의 진정한 화해!"

순간 선변의 얼굴이 살짝 붉어졌으나 이내 다시 본래대로 돌아갔다. 노달은 그제야 확연히 짐작해 볼 수 있었다, 마교와 배교의 진정한 화해란 것의 보다 확장된 의미에 대해.

잠시 후,

"좀 더 자세한 얘기를 해주겠나?"

하는 노달의 말에 선변이 약간은 들뜬 듯이 느껴지는 목소리로 말했다.

"배교와 마교 간의 지난 천 년의 은원을 온전히 녹여냄으로써 화해의 기틀을 만들고, 나아가 화합을 이루고, 거기에 다시 제가 지금 구상하고 있는, 아니, 이미 만들어 나가고 있는 새로운 형태의 방대한 조직이 뒷받침된다면 향후 그 성세가 왜 무벌을 능가하지 못할 것이며, 또한 구파일방과 같이 유구한 역사를 이어나갈 전통의 시작이 왜 되지 못할 것입니까?"

노달의 눈빛으로 감탄과 탄식, 그리고 흐릿한 우려가 동시에 스쳐 지나갔다. 선변이 보여주는 천하재녀(天下才女)로서의 진면모에, 그리고 사내를 능가하는 원대한 야망에.

"노부에게는 선택의 여지가 있을 수 없는 제안이로군. 자네의 제안을 받아들이도록 하겠네!"

하고 말하는 노달의 어조에는 왠지 체념의 기색 같은 것이 녹아 있었다.

"고맙습니다, 할아버님!"

선변의 호칭이 바뀌었고, 노달은 희미하게 미소를 지었다. 그 한마디의 호칭에 축약되어 담긴 의미를 생각하며 짓는 약간의 씁쓸함일까.

선변이 다소곳하게 덧붙였다.

"오늘 나누었던 얘기는 저와 할아버님만이 아는 얘기였으면 해요."

"그래! 그래야겠지! 그러자꾸나!"

고개를 끄덕이는 노달의 얼굴이 무거워 보였다.

<h1 style="text-align:center">五十七
하오문(下午門)</h1>

1

　‘영감님!’에서 하루아침에 ‘할아버님!’으로 바뀐, 노달에 대한 선변의 호칭 변화에 윤파와 강산은 무엇을 짐작이라도 한다는 듯이 괜스레 히죽거리는 미소들을 떠올렸다. 그리고 이강은 잘못한 일도 없이 괜스레 얼굴을 붉혔다.

　오후 무렵.

　선변이 저녁에 조촐한 축하연을 준비하겠다고 하자, 윤파가,

　"축하연? 아! 그럼 너희들 둘이서 드디어……?"

　하고 짐짓 크게 뜬 눈으로 선변과 이강을 번갈아 보는데, 선변이 확 눈을 흘기며,

“무슨 쓸데없는 소리를 하는 거예요?”

하고 찬바람 나게 핀잔을 주고는,

“저와 유정 언니가 이번에 의자매를 맺기로 했어요. 그 결연을 축하하기 위한 자리예요.”

하고 설명을 달았기에, 윤파는 멀뚱한 표정이 되고 말았다.

강산 역시도 미처 거기까지는 생각하지 못했던 일이다. 하긴 선변과 유정과의 사이는 선변이 남자였을(?) 때부터 서로를 살뜰하게 챙겨주던 각별한 사이이긴 했었다.

그러니 이제 더욱이 선변이 여자로 환골탈태(?)하였으니, 의자매를 맺는 것이 그다지 이상하거나 부자연스러울 것은 없었다.

바같이 어두워질 무렵,

두 여인이 성장(盛裝)을 하고 나서는데, 강산은 두 눈을 좁게 떠야 했다. 어둠이 갑자기 물러나는 듯이 주변이 환해졌다.

이강은 아예 바라보지조차 못하고 땅바닥으로만 눈길을 주고 있었다.

낮에 말하던 조촐한 축하연 정도가 아니었다. 선변은 대뜸 예약을 해두었으니 천추제일관으로 가자는 것이었다. 황도 제일의 주루인 그곳으로.

바로 그 장소였다. 바로 그 방.

강산이 윤파에게 넌지시 귓속말을 건넸다.

“이쯤 되면 우리는 의심을 해봐야 하는 거 아닐까? 황도에
서 제일가는 천추제일관에, 그중에서도 가장 시설이 좋은 별
궁에, 또 그중에서도 다시 가장 전망이 좋은 방을 떡하니 예
약했다는 것인데, 이게 하고 싶다고 해서 아무나 예약을 할
수 있는 게 아닐 텐데, 우리는 당연히 의심을 해봐야 하는 거
아니냐고?”

윤파가 멋쩍게 ‘쩝!’ 하고 소리 나게 입맛을 다시고 나서는
기껏,

“이렇게 무리할 것까지는 없잖아?”

하고 선변에게 말하였는데, 걱정을 해준다기보다는 괜한
트집처럼 들렸다. 그러나,

“쓸데없는 걱정 안 하셔도 돼요. 맘만 먹으면 이 천추제일
관을 통째로 사버릴 수도 있으니까!”

하고 당차게 되받는 선변의 말에 윤파는 슬그머니 기죽은
얼굴이 되고 말았다.

유명하다는 술과 요리가 푸짐하게 나왔다. 강산으로서는
그 이름들을 다 알 수도 없었지만.

강산과 윤파는 요리보다는 술에 더 자주 손이 갔다. 술이
몇 순배 돈 다음 선변이,

“일 년 전의 그 일은 그냥 덮고 지나갈 건가요?”

하고 툭 물음을 던졌다.

누구를 특정하여 묻는다기보다는 전체에게 던지는 물음이
었다.

먹고 마시던 손길들이 주춤해졌다. 그리고 사람들의 시선
은 은연중에 강산에게로 향했다. 그러나 강산은 마침 들고 있
던 잔을 쭉 비워냈을 뿐, 그저 사람들의 침묵에 함께했다.

"호호호! 아무 대답들이 없으신 걸 보니 혹시, 지난 일 년의
시간 동안 대단한 수양이라도 쌓으셨나요? 그 정도 원한쯤은
가볍게 넘겨 버릴 만큼?"

하고 말한 선변은 슬쩍 강산에게로 의미심장해 보이는 눈
길을 준 다음에 다시 말했다.

"그러나 한번 맺은 은원이 그렇게 쉽게 끝이 날까요? 원한
을 가진 쪽에서 덮으려 한다고 해서 상대 쪽에서도 과연 감화
되어 기꺼이 칼을 거둘까요?"

그때 윤파가,

"제기랄! 누구 마음대로 넘겨? 난 그렇게 못해! 내 목숨을
노리고 내 몸에다 칼자국을 남긴 놈들에게 아무 대가도 돌려
주지 않는다면, 그건 사내새끼가 아니지!"

하고는 술잔을 입에다 탁 털어놓고 나서 재차 확인이라도
하듯이 덧붙였다.

"난 복수한다! 상대가 무벌이 아니라 황제라고 해도 내가
당한 만큼은 반드시 갚아준다!"

그리고는,

탕!

하고 거칠게 탁자를 한 번 치고 나서 좌중을 돌아보며 다시 목청을 높였다.

"아니! 왜 다들 꿀 먹은 벙어리 흉내들입니까? 사실은 그렇게 하려고 돌아온 것 아닙니까? 적어도 이 윤파는 그렇게 알고 따라나섰는데, 제기랄! 저 혼자 생각이었던 겁니까?"

그때 선변이 문득 물었다.

"복수요? 어떻게요? 어떤 방법으로? 무슨 수로 복수할 건가요?"

그런데 그 목소리가 차분하다 못해 차갑기까지 했다. 윤파는 일시에 흥분이 깨는 기분이었다. 참으로 뾰족하고도 난감한 물음이었다.

"냉정히 말해 무벌에 대해 복수한다는 것은 가능한 일이 아니에요! 불가능이죠!"

"불가능이라고?"

선변이 스스로 내리는 답에 대해 윤파가 두 눈을 크게 뜨며 반문하였으나, 그 말끝에는 힘이 없었다. 선변이 차분한 어조로 다시 말했다.

"당금 무림을 무림맹과 무벌이 양분하고 있다지만, 그것이 다만 명목상일 뿐이란 것을 모르는 사람은 없죠. 막상 긴박한 상황이 벌어지면 당장에 사분오열되어 스스로 지리멸렬하고 말 무림맹이 어떻게 무벌주의 한마디에 전 조직이 목숨을 거는 무벌의 힘에 상대가 될 수 있겠습니까? 사실상 무벌은 이미 절대의 힘입니다. 난공불락의 조직입니다. 그들 스스로 허점을 보이고 무너지기 전에는, 누구도, 어떤 세력으로도 어떻게 해볼 수가 없는."

선변이 문득 윤파를 보며 물었다.

"그렇다고 기다릴 겁니까? 무벌이 스스로 무너질 때까지? 그들은 이제 막 최고의 전성기에 도달해 있는 중인데? 어쩌면 후대인 염소천의 시대에는 더욱 강력하고 거대한 조직이 될지도 모르는데? 그야말로 무림 사상 최초로 강호무림을 통일하는 위대한 역사를 이루게 될지도 모르는데?"

충동적으로, 힐난하듯이 하는 그 물음은 결국 좌중 모두에게 던지는 것이었으나, 누구도 대답하지 않았다. 아니, 대답하지 못했다. 선변의 목소리가 이어졌다.

"무벌을 상대로 복수를 한다는 것은 결코 몇몇 고수들로 승부를 내는 따위의 일이 아닙니다. 말 그대로 전쟁입니다. 직계만도 수천에 이르며, 방계를 포함한다면 능히 수만 명에 이를 거대한 조직 전체와 치르는 전쟁인 것입니다. 이 자리에 있는 우리들? 우리들 각각의 무공이 아무리 뛰어나다고 해도, 그래서 설령 무황(武皇) 염운백(廉雲佰)을 능가하고, 나아가 능히 창천무종(蒼天武宗) 염천월(廉天月)과도 견줄 만하다고 가정한다 해도 그들과 동등한 조직의 힘이 뒷받침되기 전에는, 최소한 단 한 번 건곤일척의 승부수를 띄워볼 수 있는 정도의 조직력이라도 갖추기 전에는 결단코 가능하지 않은 일입니다. 그래서 불가능이라고 하는 것입니다."

좌중에는 더할 수 없이 무거운 침묵이 흘렀다.

잠시 후, 답답함을 참기 어려웠던지 윤파가 입속말로,

"제기랄! 제기랄!"

하고 주문을 외듯이 중얼거렸고, 그때 선변이 문득 표정을 가볍게 바꾸며 입을 열었다.

"그러나 복수는 해야죠. 우리의 목숨을 노린 자들에게 최소한 우리가 건재하다는 것을, 우리가 그렇게 함부로 건드릴 상대가 아니었다는 것을 깨닫게 해줘야죠! 분명하고도 확실하게!"

윤파가 솔깃하여 물었다.

"어떻게? 불가능하다며?"

"목숨을 노린 자들에게 아무 대가도 돌려주지 않는다면, 그건 사내도 아니라면서요! 불가능하다고 해서 아예 시작도 안 해볼 겁니까?"

"누가 안 한데? 해보는 데까지 끝까지 해봐야지!"

"호호호! 그렇지요. 그런 마음에 우리 모두가 공감만 한다면, 우리는 복수를 시작할 수 있습니다. 바로 지금, 바로 이 자리에서부터, 저 거대한 무벌을 무너뜨리는 시작을 말입니다."

좌중을 둘러보는 선변의 눈이 반짝였다.

사람들은 문득 선변의 새로운 모습, 지금까지의 밝고 쾌활하며 영민하다는 느낌과는 또 다른 진면모를 보는 듯했다.

반짝이며 빛나는 가운데 깊숙이 가라앉은 눈빛. 그리고 때로는 날카로웠다가, 때로는 격정적이었다가, 또 때로는 차분하게 가라앉아 신중하게 사람들을 설득해 나가는 어조.

불가능을 말하였다가 다시 그것에 대한 시작을 말하는 그녀에게서는 기이한 힘 같은 게 느껴졌다.

원대한 야망일까? 최소한 그것은 열정이었다. 사람들은 자신들도 모르게 그녀의 열정에 빠져들어 있는 듯했다.

"하시겠습니까? 한번 시작해 보시겠습니까?"

힘있게 묻는 선변에 대해 윤파가 곧바로 대답했다.

"하지! 나 혼자라도 한다. 그런데 뭘 어떻게 할 건지 시원스럽게 말부터 좀 해봐라!"

조금은 상기된 윤파의 얼굴을 보며 선변은 빙그레 웃었다.

"간단히 말할 수 있는 게 아닙니다. 말로 설명하기도 어렵고, 더욱이 한꺼번에 다 말할 수 있는 것도 아닙니다."

"설명하기 어렵다고?"

"단계별로 하나씩 하나씩 이루어가야 하기 때문입니다. 이를테면, 첫 번째의 단계를 이루지 못한 시점에서 두 번째의 단계를 미리 설명하면, 그야말로 허황된 소리가 되어버리는 격이죠."

"도대체 무슨 소린지 원."

윤파가 나직이 투덜거리는데 선변이 정색을 했다.

"가장 중요한 것은 의지입니다. 우리 모두의 합치된 의지입니다. 어떻게 하시겠습니까? 모두 함께 한번 해볼 겁니까, 아니면 말 겁니까?"

선변의 말에 문득 최후통첩과도 같은 결연함이 서리는데, 그때 노달이,

"조장."

하고 나직이 불렀다. 그것뿐, 다른 말은 없었다.

그러나 그 짧은 부름에는 강산의 의중을 묻는다는 의미와, 자신의 결정을 강산에게 맡기겠다는 위임의 의사가 담겨 있었다.

강산이 습관적이다시피 흘깃 유정을 보았다. 그리고 그녀의 얼굴에 담담한 미소가 어리는 것을 보고 천천히 고개를 끄덕였다.

"어차피 하려고 했던 일이었으니……."

기다렸다는 듯이 윤파가 곧바로 말을 챘다.

"거봐! 그렇다니까? 내가 그렇다고 그랬잖아?"

선변이 빙그레 웃으며 고개를 끄덕여 주었다. 그 미소에 만족스러운 빛이 담겼다.

자리는 밤늦게까지 계속되었고, 꽤나 바쁘게 술잔이 돌았다.

자제한다고는 하였지만 강권하는 분위기에 이강도 제법 마시지 않을 수 없었다. 그렇다고 운기를 해가면서 마실 일은 아니었기에, 그는 벌써부터 얼큰해 있는 중이었다.

강산과 윤파는 오늘 밤 아예 끝장을 볼 셈인 듯 두주불사의 기세로 퍼 마시는 중이었다.

술잔을 비울 때마다 나오는 두 사람의 흰소리에 노달이 빙그레 웃으며 양념 치듯 필요한 만큼이 장단을 맞춰주었다.

유정은 표시 나지 않게 두 사람 앞으로 안주 그릇들을 밀어주는데, 일부러 그러는 것이야 아니겠지만 강산 앞으로 가는 안주 그릇이 많았다.

그런 줄도 모르고 기분에 취한 윤파는 제 목소리를 높이는 데만 여념이 없었다.

괜스레 유정에게 눈총을 주던 선변이 슬쩍 이강을 보았지만, 이강은 자신에게 할당되는 술잔을 처리하는 데만도 힘겨워하는 모습이었다.

결국 술기운을 이기기 어렵게 된 이강은 자리에서 일어섰다. 머리가 어지러워 잠시 바람이라도 쏘여야 할 것 같았다.

이강에 뒤이어 선변이 슬쩍 자리를 뜨는 것을 보고 유정은 슬그머니 미소를 떠올렸다. 모르는 체하고 있다가 방문이 닫히고 나서야 혼자 짓는 미소였다.

노달 또한 웃었다, 희미하게.

"하오문(下午門)이라고 들어본 적 있니?"

선변의 얘기는 그렇게 시작하고 있었다. 달빛이 은은히 비치는 연못가의 베어낸 고목 그루터기에 이강과 나란히 앉아서.

그녀의 과거 얘기였다. 지금껏 아무에게도 하지 않았던 얘기. 그리고 그녀 혼자만의 비밀이어야만 할 수도 있는 얘기. 그 얘기를 선변은 지금 이강에게 하고 있는 것이었다.

"선친은 하오문의 문주셨어. 오 년 전, 그 비열한 배신이 일어나기 전까지 말이야. 훗! 사실 비열하다고 할 수도 없는 일이지. 그런 일이 비일비재하게 일어나는 곳이 바로 이 바닥이니까. 그때 배신했던 자는 얼마 되지 않아 또 다른 배신을 당했지. 후훗! 애초에 그런 곳인 줄 알면서도, 가능하지도 않을 일을 이루어보겠다고 자신의 모든 것을 다 바쳐 버린 양반 자체가 잘못인 거지. 안 그래?"

이강은 가만히 듣기만 하였다. 선변이 대답을 필요로 하는 것이 아님을 알기에. 지금은 다만 그녀의 말을 들어주는 것이 가장 훌륭한 대화임을 알기에.

"아버지를 해친 칼날은 곧바로 나까지 노렸어. 삭초제근(削草除根)이라는 것이겠지. 살기 위해 죽을힘을 다해 도망쳐야만 했어. 훗! 와중에도 두 가지는 챙겼지. 신패 하나와 팔찌 한

쌍. 신패는 하오문주의 신물이야. 다른 데서는 아무도 알아주지 않는 물건이고, 아버지가 죽는 순간 유일하게 알아주던 하오문에서도 소용없게 된 쓸모없는 물건이지. 그러나 그때 내게는 결코 버릴 수 없는 물건이었어. 마치 아버지의 분신과도 같이 여겨졌거든. 한 쌍의 팔찌는 꽤 오래전에 우리 가문으로 흘러들어 온 물건인데, 무슨 대단한 전설을 담고 있다고 했지만 사실은 역시 아무 쓸모 없는 물건이었어. 그게 바로 조장님께 드린 무명이야. 후훗! 사실 그다지 대단할 것도 없는 가문이었으니, 전설이니 뭐니 해도 그냥 그러려니 했고, 그저 왠지 버리면 안 될 것 같다는 생각만 했었지, 글쎄 그 소용없는 물건에 정말로 그런 대단한 비밀이 담겨 있을 줄 누가 알았겠어? 뭐, 그렇다고 아깝다는 건 아니야. 어차피 나한테 있었으면 지금도 여전히 쓸모없는 물건에 불과했을 테니까 말이야."

선변의 얘기는 반 시진에 가깝도록 이어지고 있었다. 담담하게, 마치 어디서 들은 남의 얘기를 하듯이.

"그렇게 된 거야. 그렇게 해서 잡조가 되었고, 널 만났고, 지금 또 여기에 이렇게 있는 거지."

이강은 처음으로 고개를 끄덕였다. 그리고 가만히 대답했다.

"그래!"

짧은 말이었다. 그러나 그 속에는 성의있는 공감과 잔잔한 위로가 담겨 있었다.

"뭘 하고 싶니?"

언뜻 묘한 의미로 다가오는 그 물음에 이강은 화들짝 놀랐
다. 마음속으로.

"응?"

"앞으로 말이야. 하고 싶은 일이 있다거나, 무슨 계획 같은
게 있을 거 아냐?"

이강은 자신도 모르게 가늘게 한숨을 뱉었다. 그 한숨을 어
떻게 해석했는지 선변이 싱긋이 웃으며,

"별로 없구나?"

하는 말에 이강은 당혹스러운 기색이 되고 말았다.

"아직 특별하게는… 그냥 한동안은 영감님과 조장님과 윤
파 형님과 함께 한다는 것 외에는……."

"그 뒤에는? 가령 오 년 뒤나 십 년 뒤에는? 언제까지 그렇
게 지낼 수는 없잖아?"

"응? 그건… 그렇겠지!"

"네가 계속 함께하고 싶어도 다른 사람들이 그렇게 못할
걸? 각자의 사정이 그렇게 되지 못할 거란 말이지."

"……."

"우선 윤파 오라버니만 해도 엄연한 일문의 지존 신분인데
언제까지 자신의 문파를 떠나 있을 수 있겠어? 그리고 유정
언니도 머지않아 사해상단으로 돌아갈 수밖에 없을 테고, 그

렇게 되면 조장님도 결국은 유정 언니의 주변에 머무르려 할 걸?"

"아마도… 그렇겠지."

이강이 풀 죽은 목소리가 되자, 선변은 분위기를 바꾸듯이 짐짓 밝게 말했다.

"노달 할아버님과 함께하면 되지, 뭐. 너한테는 사부님이 되시니끼, 그분의 일을 도와드리면서. 게다가 일이 잘되어서 마교를 되찾는다면 그때는 너의 도움이 필요한 일들이 굉장히 많아질걸?"

그러나 이강은 가만히 고개를 저었다.

"그분께는 언제라도 도움이 되어드리려고 해. 그러나 마교를 되찾고 난 뒤의 일까지는 아직 한 번도 생각을 해본 적이 없어."

선변은 물끄러미 이강을 바라보며 잠시 침묵했다. 그러나 곧,

"너 혹시… 윤파 오라버니가 그러던데… 정말로 도사가 되려는 생각을 하고 있는 건 아니겠지?"

하고 짐짓 쾌활한 투로 말하였다. 그에 이강이 피식 웃으며,

"왜? 내가 도사가 되면 안 되니?"

하고 농담으로 받는데, 선변은 짐짓 코웃음을 치며,

"흥! 네가 무엇이 되든 그거야 어디까지나 네 스스로 알아

서 결정할 일이지, 나하고 무슨 상관이 있담?"

하고는 문득 다시 정색이 되었다.

"그래! 조장님이 즐겨 하시는 말씀처럼 나중의 일은 나중에 가서 생각해 봐도 되지, 뭐! 그때 가서 무엇이든 네가 하고 싶은 대로 해. 나도 도와줄게!"

"훗! 네가? 뭘? 어떻게 도와줄 건데?"

"호호호! 애가 아직도 뭘 잘 모르나 봐? 내가 이미 이루어 놓은 것에 대해서만 제대로 안다고 해도 놀라지 않을 수 없을 걸? 그런데 그건 아무것도 아니야. 앞으로 이루어갈 것들을 위한 기초 중의 기초에 불과할 뿐이거든? 난 말이야. 앞으로 세상에서 가장 크고 거대한 걸 이루어볼 생각이야."

"가장 크고 거대한 것? 그게 뭔데? 힘? 부? 권력? 천하? 뭐, 그런 것?"

"왜? 너 표정 보니까 진짜 도사처럼 한바탕 설교라도 할 기 센데? 호호호!"

선변이 한바탕 짜랑하게 웃고는 문득 차분해졌다.

"단순히 그런 것들을 원하는 건 아니야. 사실 아직까지는 나도 확실하지 않은 걸. 내가 진정으로 원하는 게 무엇인지 말이야. 굳이 말하자면… 그런 것 아닐까? 원하기만 하면 언제라도, 무엇이라도 가질 수 있는 거대한 힘 같은 것!"

그때 이강이 사뭇 착잡한 표정이 되어 있기에 선변은 가볍게 웃으며 덧붙였다.

"후훗! 그냥 해본 말이야. 내 말은 그냥… 그래! 네가 만약 도사가 되고 싶다면 무당을, 아니, 무당보다 몇 배나 더 큰 도량을 만들어서 네게 줄게. 만약 네가… 그러니까 만약에 말이야… 네가 노달 할아버님을 도와 마교를… 마교를 운영하는 입장이 된다면, 그때는 마교가 새로운 천하제일세가 되도록 해줄게."

이강이 담담한 시선으로 그녀를 보았다. 선변은 웃으며 그 눈빛을 받았으나, 웬일인지 눈이 시린 듯하여 이내 마주 볼 수가 없었다.

그녀가 설핏 눈길을 돌리는데, 이강이 담담한 표정 그대로 문득 눈가에 미소를 떠올렸다. 엷지만 맑은 미소였다. 그리고 그가 부드럽게 말했다.

"고맙다!"

마주 가벼운 미소를 떠올렸지만 선변은 문득 가슴 한구석이 아릿해지는 듯하였다. 이강에게서 문득 낯선 느낌이 나는 듯도 하였다.

그리고 두 사람은 달빛이 미치는 데까지 먼 곳에다 시선을 두고 말이 없었다. 오래도록.

3

"우리의 일단계 목표는 황도를 접수하는 것입니다!"

아침 식사가 끝나고 한가로이 여유를 즐기고 있는 잡조의 처소에 들른 선변의 느닷없는 선언이었다. 그에 윤파가 짐짓 두 눈을 휩뜨며,

"황도를 접수해? 그게 뭔 소리여? 지금 황조 전복이라도 하자는 거여?"

선변이 웃지도 않고 말을 이었다.

"황도에는 두 개의 세상이 존재해요. 하나는 천자의 법이 지배하는 세상이고, 다른 하나는 천자의 법이 통하지 않는 세상이죠."

윤파가 가로채듯 다시 말을 받았다.

"천자의 법이 통하지 않는 세상이라? 호! 무법자들의 세상인가?"

"그 반대죠. 법을 무시하거나 따르지 않는 자들의 세상이 아니라 법의 보호와 혜택을 받지 못하는, 법에서 소외되고 방치된 사람들이죠. 흔히 말하는 밑바닥 인생들이죠."

"하여간 얘는 가끔가다가 한 번씩 엉뚱한 소리 하는 데는 뭐가 있다니까."

윤파가 설레설레 고개를 젓고는 문득 정색이 되었다.

"설마 우리더러 황도 뒷골목의 흑도 무리들 따위와 노닥거리라는 말을 하려는 건 아니겠지? 만약 그렇다면 그건 곤란해. 우린 이제 예전 항주 시절의 잡조가 아니야!"

선변이 가만히 고개를 가로저었다.

"아니에요. 제가 말하는 밑바닥 인생이란 흑도의 무리를 말하는 게 아니에요. 흑도에도 끼지 못하여, 그들에게조차 멸시당하고 핍박당하는 그야말로 진짜 세상의 밑바닥을 이루는 계층들이죠."

"뭐?"

반문하는 윤파의 목소리가 높아졌다. 그러나 선변은 진지한 기색을 조금도 흩뜨리지 않았다.

"오로지 살아남기 위해 세상에서 가장 힘들고, 추하고, 천한 일들을 해야 하는 자들이죠. 좀도둑, 소매치기, 엉터리 약장수, 복자, 은자 서너 푼에도 몸을 파는 창기, 모양만 거지인 개방의 거지들이 아닌, 정말로 굶기를 밥 먹듯이 하며 비렁질로 겨우겨우 목숨을 연명해 가는 진짜 거지들, 번듯한 점포는 꿈도 꾸지 못하고 이리 뜯기고 저리 뜯기면서도 악착같이 장사를 꾸려가는 난전 장사치들, 장돌뱅이들, 소규모 거간꾼들, 현상금 붙은 죄수들을 추적하여 먹고사는 인간 사냥꾼들, 도굴꾼들… 천하에서 가장 번창한 이곳 황도에만도 헤아릴 수 없이 많은 밑바닥 인생들이 하루하루를 살아가고 있죠."

"허! 그러니까 뭐야? 황도를 접수하자는 둥 하는 얘기가 결국은 그 밑바닥 인생들을 접수… 뭐, 어쨌든 휘어잡으라는 얘기로 되는 거 아냐?"

그러나 선변은 윤파의 물음에 대답하는 대신에 오히려 반문했다.

"개방이 천하제일의 정보 조직으로 손꼽히는 이유가 뭐겠습니까?"

윤파가 선뜻 대답하지 못하자 선변은 다른 사람들을 돌아보았다. 그러나 모두는 몰입하듯이 선변의 입만 바라보고 있는 중이었기에 선변은 스스로 답했다.

"바로 천하를 아우르는 방대함 때문입니다. 그냥 방대함이 아닌 조직화된 방대함. 우리에게도 그런 조직이 필요하다는 것입니다."

노달의 두 눈에 반짝하고 이채가 스쳤다. 노달이 처음으로 물었다.

"그들… 황도의 바닥 계층들을 개방과 같은 조직으로 만들겠다는 것이냐?"

"예! 할아버님!"

선변이 살갑게 대답하고 나서 다시 말했다.

"개방의 방대함을 능가할 수야 없겠지만, 대신 거미줄같이 치밀하고도 유기적인 조직을 만들려고 해요. 그들이 살아가는 곳이야말로 세상의 온갖 소식들이 처음으로 만들어지는 곳이자 또한 마지막으로 모여드는 곳이라고 할 수 있으니, 나아가 이곳 황도야말로 천하의 온갖 정보들이 들고 나는 중심지라고 할 수 있으니 그들을 하나로 묶어 조직화함으로써 우리는 폭넓고 다양한 정보를 신속하게 제공받을 수 있게 될 거예요."

“음! 참으로 엄청난 얘기로구나.”

“쉽지는 않겠죠. 그러나 그런 시도는 이미 있었어요. 바로 하오문이에요. 그들은 꽤나 오랫동안 제가 언급한 형태의 조직을 이루려는 시도를 해왔었죠. 비록 한 번도 이렇다 할 성세를 이룬 적도 없었고, 더욱이 지금은 그 명맥마저 끊긴 상태이긴 하지만.”

선변의 눈길이 언뜻 이강에게로 향했다. 이강은 내내 묵묵한 모습이다가 선변의 시선이 와 닿자 가만히 고개를 끄덕여 주었다. 그런 이강에게 짧게 스쳐 가는 엷은 미소를 지어주고 나서 선변이 다시 말을 이었다.

“우선은 그들의 옛 조직을 부활시키는 것으로부터 시작하려고 해요.”

선변은 문득 소매 속에서 철패 하나를 꺼내 들었다. 그리고 그 칙칙한 검은색의 철패를 높이 들고 선언하듯이 말했다.

“이것이 바로 이제부터 우리가 신위를 세워 나갈 하오문의 신패예요!”

<h1 style="text-align:center">五十八
밀문(密門)</h1>

1

선변은 하오문의 재건을 위한 몇 가지 분명한 지침을 제시했다.

"하오문은 있고도 없어요! 지금까지 수없이 있어왔지만, 또한 제대로 있던 때는 한 번도 없었죠. 그들을 굴복시키는 것은 쉬워요. 그러나 다만 일시적일 뿐, 항구적으로 굴복시키는 것은 불가능하죠."

언제라도 더 강한 힘, 더 큰 이익이 생긴다면 그 새로운 것에 굴복할 준비가 되어 있는 것이 바로 그들이다.

그것을 단순히 의리나 배신의 문제로 정의하기는 어렵다. 다만 한 치의 여유도 없이 각박하게, 그리고 치열하게 곧바로 그들과 그들이 책임지는 가족의 생계와 안전과 직결되는 생존의 문제일 뿐이다.

그러한 근저를 인정하고 나서야 그들을 우리 편으로 만들 수 있을 것이다. 어쩌면 그들을 조직화하는 것은 애초부터 가능하지 않은 일이고, 다만 같은 편으로 만드는 수밖에 없는 일일지도 모른다.

"일단은 우리에게 강한 힘이 있음을 보여주어야 해요. 그러나 철저히 그들의 방식으로, 그들이 인정할 수 있는 방식이어야 해요."

칼은 칼집 속에 있을 때 가장 위력적이라고 한다. 그러나 일단 부딪치게 된다면 상대가 누가 되었든 단순하게 이긴다는 개념만으로는 부족하다.

상대가 주먹을 쓰면 주먹으로, 상대가 칼을 쓰면 또한 칼로, 분명하고도 철저하게 깨버려야만 한다. 상대가 치를 떨 정도로. 다시는 덤빌 엄두를 내지 못하도록.

그럼으로써 그다음에는 칼을 칼집에서 빼지 않고도 우리의 강함을 인정받을 수 있을 것이다.

　굳이 얼굴을 팔고 다녀서 좋을 것은 없겠다고 하여 선변은 강산 등에게 변장할 것을 권했다.

　하오문의 변장 수법은 여러 가지의 색조액(色調液)과 수염과 부분적인 인피 등을 다양하게 이용하는 것이었는데, 한 번 하면 특수 용제로 씻지 않는 한에는 세안 등의 일상생활을 그대로 다 하면서도 열흘은 거뜬하게 유지가 된다고 하였다.

　선변이 이미 가지고 있는 기반은, 강산 등이 짐작했던 것보다도 더욱 대단한 것 같았다.

　그 모든 것을 다만 지난 일 년 동안에 다 이루었다고 보기는 어려우니, 강산과 윤파는 아마도 선변이 선대로부터 물려받은 몫이 작지는 않았던 모양이라고 짐작을 해보았다.

　그 기반 중에는 드러나 보이지는 않지만 제법 규모를 갖추고 있음이 분명한 조직력도 있는 것 같았다.

　그러니 잡조가 언제, 어디로, 어떻게 움직여야 하는지에 대해 그처럼 신속하고도 치밀하게 지침을 낼 수 있는 것일 테고, 또한 그때그때마다 황도의 구석구석에다 그처럼 다양하고도 은밀한 거점들을 제공할 수 있는 것이 아니겠는가?

황도에 일대 회오리가 불기 시작했다. 물론 보통의 사람들
은 느끼기 어려운 회오리였다. 밑바닥에서만 소용돌이치는
회오리였으니까.

그러나 막상 직접 맞아야 하는 사람들에게 그 회오리는 거
칠고도 강렬했다.

3

장건(張建).

그는 팔 형제의 막내로 태어났다. 첫째 장일(張一)로부터
장이(張二), 장삼(張三) 하는 식으로 그의 바로 위 일곱째 형의
이름은 장칠(張七)이다.

그런데 여덟째인 그가 장팔(張八)이란 촌스러운 이름을 가
지지 않아도 되었던 것은, 그의 아버지가 어머니 대신 꾼 태
몽 덕분이었다. 커다란 뿔을 가진 흰 사슴의 꿈을 태몽으로
하여 태어난 여덟 번째 아들이 집안을 일으켜 줄 것으로 기대
하고 마을의 글 읽을 줄 아는 이에게 특별히 부탁하여 장건이
란 이름을 지은 것이다.

태몽 덕분인지, 이름 덕분인지 장건은 철들 무렵부터 형들
과는 달랐다. 해끔한 얼굴에다 하는 짓마다에 총명이 묻어났
다.

그의 아버지는 집에서 오 리 떨어진 곳에 사는, 예전에 글

줄깨나 읽었다는 늙은 선비에게 쌀 석 되를 주고 장건이 글을 익히도록 하였다. 그렇게 여섯 달 글공부를 한 덕으로 장건은 까막눈을 면할 수 있었다.

그가 집을 떠나 무작정 황도로 온 것은 나이 열다섯 되던 해였다.

청운의 꿈을 품은 것은 아니었다. 그대로 있다가는 형들과 조금도 다를 바 없는 농투성이가 되고 말리라는 조바심과, 나이 들수록 평범해지는 그에게서 처음의 기대가 점차로 실망과 체념으로 변해가는 주변의 시선들 때문이었다.

과연 황도는 큰물이었다. 세상에서 가장 큰물. 그러나 결코 그가 기대한 대로 맑고 기품있게 흐르는 물은 아니었다. 온갖 종류의 물이 한데 모여서 거칠게 격랑치며 흐르는 흙탕물이었다.

더욱이 그의 총명 정도로는, 그의 해끔한 얼굴 정도로는, 여섯 달 공부하여 겨우 까막눈을 면한 정도로는, 그 거칠고도 큰 물줄기의 본류(本流)에는 감히 발가락을 담글 기회조차 주어지지 않았다.

황도에서의 어느덧 이십 몇 년.

그는 어느 작고 더럽고 추잡하고 비열함투성이인 물줄기에 몸을 담그고, 그 밑바닥의 진창 속에서 치열하게 연명해 가고 있는 중이었다.

청향루(靑香樓).

몸 파는 기녀들이 있는 청루(靑樓)다. 그중에서도 가장 하급에 속하는 곳이다. 은자 세 푼이면 짧게나마 계집을 품을 수 있는 곳.

장건은 지금 청향루에서 밥을 벌어먹는 처지였다. 그에게 주어진 일은 주로 루(樓) 앞 큰길까지 나아가 손님을 호객하는 일이었다.

혹은 기껏 은자 세 푼 낸 주제에 일각(一刻)을 넘겨 귀찮게 기녀들을 귀찮게 물고 늘어지는 놈팽이들과 기녀를 상대로 어디서 주워들은 온갖 해괴한 짓거리를 시도하는 변태들을 재주껏 처리하는 것도 그의 일에 포함이 되었다.

물론 그에게 거창한 덩치나 기세만으로도 남을 제압할 깡이나, 혹은 싸움질 등에 특별한 재주가 있는 것은 당연히 아니었다. 사실은 이런 일을 하는 데 그런 재주가 그다지 필요한 것도 아니었다.

벼라별 인간들이 꼬여드는 곳이니만큼 이상한 자들만 오는 것이 아니라, 거칠고 무서운 자들도 드물지 않게 온다. 그중에는 흑도의 거물 급들도 간혹 있었다.

그런 판이니 시비거리가 생겼을 때는 최대한 빨리 상대의 기분을 풀어주는 게 상수였다. 그러다 보면 몸으로 때워야 할 경우도 간간이 생기지만, 웬만큼 분위기가 험한 경우가 아니고는 보통은 귀싸대기 한두 방이면 끝이 난다.

그 이상으로 가는 경우가 생긴다면 그에겐 재앙이다. 그럴 경우라면 상대가 독종이나 별종에 속하는 부류일 것이니 최소한 한 열흘 정도는 앓아누울 것을 각오해야 하는데, 골병은 골병대로 들고, 주인에게 욕은 욕대로 듣고, 게다가 일당 날아가지, 약값은 약값대로 들지, 이래저래 손해가 막심한 것이다.

그러나 어찌하겠는가? 그가 아무리 바라지 않는다고 하더라도, 또 아무리 몸을 사린다고 하더라도, 이런 데 드나드는 자들 중에 왜 독종이 없고, 별종이 없고, 골 때리는 놈은 또 없겠는가.

"꺄아아아악!"

좁은 회랑을 사이에 두고 양쪽으로 쭉 늘어선 골방들 중 한 곳에서 찢어지는 듯한 비명 소리가 터져 나왔다. 비명에는 독기 서린 악다구니가 함께 섞여 있었다.

큰길에서 호객질을 하다가 오늘따라 지나다니는 이들이 한산한 틈에 잠시 쉬러 들어와 있던 장건은 인상을 확 찡그렸다.

"개새끼!"

욕을 뱉으며 재빨리 비명 소리가 난 골방으로 다가간 그는 방문을 확 열어젖혔다.

방 안에는 사내 하나가 벌거벗은 몸으로 그를 노려보고 있었

다. 서른 초중반쯤? 이마에서부터 정수리까지가 훤한 독두(禿
頭)에다 날카롭게 꺾인 매부리코와 흰자위가 많아 불안정하게
희번득거리는 두 눈, 그리고 불쑥 튀어나온 광대뼈를 지녔다.
순간 장건의 뇌리로는,

'별종이다!'

하는 경고가 싸하게 스쳐 지나갔다.

순간 장건의 허리는 곧바로 다소곳이 숙여졌고, 그의 두 손
은 앞으로 모아지며 곱게 포개졌다.

"손님! 무슨 일이신지요? 혹시 계집이 마음에 안 드신다면
지금 바로 다른 계집으로 바꿔서 넣어드릴 테니 기분 푸십시
오."

하고는 어디를 어떻게 맞았는지 얼굴에 핏자국이 낭자한
채로 구석에 처박히다시피 해서 겨우 몸을 추스르고 있는 기
녀에게 짐짓 사납게 눈총을 주며 꾸짖어 재촉했다.

"너, 이년! 당장 튀어나오지 않고서 뭘 꾸물거리고 있니?
내가 들어가서 끌어내랴?"

아직도 사태 파악을 못하고서 눈에다 과장된 독기를 담고
있는 기녀에게 더 크게 경을 치기 전에 빨리 피하라는 급한
경고였다.

장건의 눈치에서 기녀는 그제야 사태가 심상치 않음을 눈
치챈 듯이 군말없이 재빨리 옷가지를 챙겼다. 이미 몇 년 전
부터 퇴물 소리를 듣는 처지로, 이 바닥에서 갖가지 종류의

사내들을 다 겪어본 그녀였지만, 장건이 위험하다면 정말로 위험한 것이었다. 적어도 청향루에서 사람 알아보는 눈에 있어서는 장건보다 나은 인물이 없었다.

그런데 그녀가 중요한 부분만을 가리고 옷가지를 대충 걸치다시피 하여 급히 방을 나오려 하는데, 어느 틈에 바지를 꿰어 입은 사내가 벌떡 일어서며 기녀의 어깨를 확 낚아챘다. 그 거친 기세에 기녀가,

"악!"

하고 날카롭게 비명을 지르며 확 떠밀려 가 한쪽 벽면에 부딪치고는 주르르 바닥으로 주저앉고 말았다. 와중에도 장건을 향하는 기녀의 눈빛은 사내에 대한 공포와 구원을 호소하는 간절함으로 가득하였다.

장건이 얼른 방 안으로 들어서서 슬쩍 기녀의 앞을 막는 위치로 서며 사내에게 굽신 허리를 숙였다.

"손님! 고정하십시오. 기분을 상하시게 해드린 것은 백번 천번 저희들의 잘못이나, 제발 계집을 다치게는 하지 말아주십시오. 만약 계집이 다쳐서 다만 며칠 동안이라도 손님을 못 받게 되면, 그 고물을 얻어먹고 사는 저 같은 놈은 당장에 먹고살 길이 막막해집니다요."

사내의 흰자위 많은 눈이 더욱 불안정하게 희번득거렸다. 그러나 사내의 목소리는 차가웠다.

"너! 같잖은 수작부리다가 병신 된다? 난 다른 계집 필요없

으니까 조용히 꺼져!"

장건의 눈빛이 가볍게 흔들렸다. 아무래도 별종 중에서 다시 독종을 만난 것 같았다. 그러나 공포로 이미 초주검이 되다시피 한 기녀를 두고서 그대로 '꺼질' 수는 없는 일이었다.

같잖은 정의감이나 용기 따위는 아니었다. 비록 하찮기 그지없었지만 그것은 그에게 주어진 일이었다.

"에이, 손님! 저희들 사정 잘 아시면서 왜 이러십니까? 혹시 저기 남문대로의 독사 형님이라고… 모르십니까? 저는 그쪽으로는 잘 모르지만, 그래도 이 바닥에서는 제법 유명하다고 하던데… 하하하! 사실은 제가 그 형님하고는 조금 알고 지내는 사입니다. 저희 집 단골이시라 가끔씩은 저하고도 술한잔 나눌 때도 있습지요. 하하하!"

그런데 장건은 웃음소리를 그치기도 전에,

쿠당탕!

하고 방 바같으로 튕겨 나가 마당으로 나뒹굴어야 했다. 사내의 번개 같은 발길질에 가슴을 정통으로 차인 것이다.

막혔던 숨을 겨우 틔우는 순간에도 장건은 재빨리 상황을 재파악했다. 웃옷을 걸치며 천천히 방을 나서고 있는 사내의 기색이 심상치 않았다.

뭔가 크게 잘못된 것이다. 무엇이 잘못되었는지 재빨리 파악해야만 했다. 장건이 바닥에 널브러진 채로 일단은,

"아이구구! 나 죽네!"

하며 결코 엄살이 아닌 죽는 소리를 했다. 곁에 다가와 장건을 내려다보며 독두사내가 차분하게 물었다.

"남문대로의 독사하고 알고 지낸다고 했니? 그래, 그 새끼 지금 어디 처박혀 있니?"

순간 장건의 속에서 '제기랄!' 하는 소리가 절로 생겨났다.

사실은 독사를 본 적도 없었다. 흑도에서도 제법 이름깨나 날린다는 자이기에 슬쩍 이름 팔아서 어떻게 덕을 좀 볼까 한 것인데, 아무래도 뭘 잘못 짚어도 제대로 잘못 짚고 만 모양이었다.

더럽게 안 풀리는 일진인데, 그러나 일진이 안 풀릴수록 수습을 잘해야만 한다. 특히 몸으로 때울 수밖에 없는 경우라면 한 대라도 덜 맞을 방도를 강구해야만 했다. 장건이 얼른 사내 앞으로 기어가 무릎을 꿇었다.

"아이고, 형님! 저같이 별 볼일 없는 놈이 독사 같은 자하고 형님 아우 한다는 게 어디 가당키나 한 일입니까요? 사실은 그자의 얼굴을 본 적도 없습니다요. 저희 집 단골이라는 것도 말짱 거짓말이굽쇼. 제가 눈이 삐어 형님께서 독사 같은 자쯤은 발 아래로 보는 분이시라는 것을 몰라뵙고 죽을죄를 졌습니다요. 제발 이번 한번만 용서해 주시면 앞으로는 제가 정말로 끝내주게 잘 모시겠습니다요."

장건은 땅바닥을 찧을 듯이 연신 머리를 조아리며 사정사정했다. 사내가 입가에다 비릿한 조소를 떠올렸다.

"그래? 죽을죄를 진 걸 안다, 이거지? 그럼 죗값을 치러야지! 난 계산 복잡한 건 딱 질색이야. 오늘 계산은 오늘 하고, 다음은 또 다음에 가서 하는 성질이거든?"

곧바로 사내의 발이 장건의 턱을 올려찼다.

퍽!

"컥!"

뒤로 나가떨어진 장건은 머리가 휑하니 울리는 중에도 본능적으로 몸을 뒤집어 배를 바닥에 깔고 두 손으로 머리를 감쌌다. 그가 할 수 있는 최선의 방어 자세였다.

비릿한 맛이 느껴지는 것이 입속에 피가 차는 모양이었다. 입안이 터진 것인지, 코피가 터진 것인지는 알 수 없었지만.

등과 머리를 마구 차고 짓밟는 발길질이 느껴졌다.

"아이고! 나 죽네! 아이구구! 사람 죽네!"

장건은 소리 높여 울부짖었다. 누가 말려줄 것을 기대하는 것은 아니었다. 이런 경우 어느 정도 사태가 진정될 때까지는 아무도 나서지 않는 것이 불문율이었다. 그것이 지금 당장과 나중을 위해서도 좋았다.

또한 그것이 사내의 폭력성을 조금이라도 빨리 누그러뜨리기 위한 최선이었다.

그런데 그때였다.

"혹시 하오문이오?"

하는 소리가 들렸다. 들어본 목소리는 아니었다. 그러나 순간 장건은 광분한 것처럼 사납던 사내의 발길질이 멈추었다는 사실조차 느끼지 못할 정도로 당황하였다.

대답은 하지 않았다. 머리를 감싸고 있던 두 팔도 풀지 않고 그대로 머리를 바닥에 처박고 있었다. 그는 하오문이 아니었으므로.

그러나 한때는 그도 하오문에 소속되었던 때가 있었다. 사뭇 열성적으로.

오 년인가 육 년쯤 전. 그가 남은 일생을 다 걸어도 좋겠다고 생각한 적도 있던 그 하오문이 그처럼 허망하게 무너지는 걸 보고서, 그는 이 바닥에선 그런 게 가능하지 않구나 하는 것을 절절히 깨달았다.

그 이후로도 이 바닥에서는 하오문이라는 이름이 불쑥 생겨났다가, 어느 날 또 불쑥 사라지는 일이 종종 있었다.

그리고 그는 확신했다, 역시 이 바닥에선 그가 한때 꿈꿨던 그런 하오문은 결코 있을 수 없다고.

"어이! 뭐야?"

장건을 짓밟던 독두사내의 낮게 깔린 물음에 언제 대문을 들어섰는지 뒷짐을 지고 구경을 하고 있는 듯한 모양새의 회색장삼사내가 싱긋하고 웃었다. 그의 얼굴은 검은 편이었고, 코가 좀 뭉툭하게 생겼다.

회의장삼사내는 독두사내의 물음에 대답하는 대신에 다시 장건에게 똑같은 말을 물었다.

"혹시 하오문이오?"

확연한 무시에 독두사내의 얼굴은 차갑다 못해 차라리 창백해졌다.

"이봐! 나 북대문(北大門)의 상천(常天)이야."

입속에서 짓씹어 내놓은 듯한 그 목소리에 장건은 슬며시 고개를 들어 상황을 살폈다.

먼저 '북대문의 상천'이라는 이름이 그를 놀라게 했고, 또한 그 상천이 스스로 자신의 이름을 밝혔다는 점은 더욱 놀라웠다. 그것은 상천이 회의장삼사내에 대해 상당한 경계를 가지고 있다는 의미였으므로.

그러나 회의장삼사내는 상천에게로는 여전히 눈길조차 주지 않았다. 대신 장건을 향해 또렷이 두 눈을 맞추며,

"난 세 번만 묻소. 이번이 세 번째요. 이번에도 대답이 없다면 나는 상관하지 않고 그냥 가겠소. 당신은 하오문이오?"

하고 말했다. 상천의 얼굴이 처음으로 붉어졌다.

장건은 자신도 모르게 설핏 눈살을 찌푸리고 말았다. 이래저래 더럽게도 일이 안 풀리는 날이 아닐 수 없었다.

다 끝나가던 참이었다. 그냥 두었으면, 잠시 더 매타작을 당하는 것으로 어쨌든 상황은 수습되었을 것이고, 독두사내 상천을 보내고 마당에다 물 한 바가지 뿌리는 것으로 모든 것

은 아무 일도 없었던 것처럼 평상시로 돌아갈 수 있었을 것이다.

그런 와중에 회의장삼사내의 주제넘은 간섭은 지금껏 그가 맞은 매를 아무 보람 없이 만들지도 모를 엉뚱한 상황으로 몰아가고 있었다.

그러나 그럼에도 불구하고 장건은 문득 관심이 생겼다. 이 일이 이제 어떤 방향으로 진전이 되어나갈지에 대해.

가만히 보아하니 그의 대답 여하에 따라서 일의 방향은 이렇게도 갈 수 있고, 저렇게도 갈 수 있는 형국이었다. 일의 향배가 그야말로 그의 대답 여하에 달려 있는 것이다, 웃기게도.

참으로 어울리지 않는 상황이었다, 그에게는. 또한 문득 생기는 한가닥 호기심은 참으로 그답지 않은 호기심이었다. 그러나 장건은 대답하고 말았다.

"그렇소."

엎드린 채로, 기어드는 아주 작은 목소리로, 나중을 생각하여 그래도 발을 뺄 여지를 남겨둔 약간은 모호한 대답이었다.

그 순간 기다렸다는 듯이 회의장삼사내가 움직였다, 장건이 미처 생각지도 못한 방식으로.

그러나 회의장삼사내의 움직임은 장건에게 익숙했다, 이상하게도.

놀랍거나 감탄스러울 만큼 날쌔지는 않았다. 몸이 팩팩 몸이 돌아가지도 않았다. 돌려 차고, 후려차고, 내려찍는 흔히 '좀 친다' 하는 자들이 보여주는 그럴듯한 발놀림도 없었다.

회의장삼사내는 그냥 치고 찼다. 그냥 주먹으로 치고, 그냥 발로 걸어차고. 쉬워 보였다, 장건 자신도 따라 하라고 하면 할 수 있을 것 같은.

그런데 참으로 놀라운 일이 벌어지고 있었다.

북대문의 상천. 이 바닥에서는 제법 유명짜한 주먹인 그가 맞고 있었다. 그것도 아주 박살이 나고 있었다.

퍽!

퍼퍽!

퍼퍼퍽!

사내는 상천을 패고 있었다. 참 오지게도, 참 시원하게도 패고 있었다.

한 방에 상대를 뻗게 하는 주먹은 아니었다. 그러나 치고 때리는 족족 상대의 몸에 틀어박히는 집요한 주먹이었다.

그 주먹질이 수십 방일 때까지는 상천이 그래도 맞받아 치기도 하고, 피하려 몸을 쓰기도 하고, 혹은 고함을 치고 악을 쓰기도 하더니, 그 주먹질이 백 방쯤 넘어가자 이제 그만하자고 두 손을 들었다.

그래도 주먹질이 멈추지 않고 한 백오십 방쯤 되어가자, 이윽고 상천은 제발 살려달라고 애원을 하였다.

그러나 사내가 주먹을 거둔 것은 상천이 바닥에 완전히 대자(大字)로 뻗고 난 다음이었다.

　사내가 엉덩이를 걷어차자, 상천은 뻗은 채로 힘겹게 고개를 들었다. 사내의 손가락이 조용히 기루의 대문을 가리켰다.

　순간 상천은 얼른 몸을 일으켜서는 두말 않고 대문을 향해 갔다. 휘청거리고 다리를 끌면서도 그는 잰걸음으로 대문을 빠져나갔다. 그런 걸 보면 딱히 어디가 부러진 데는 없는 모양이었다.

　장건은 이제 애매한 눈빛이 되어 있었다, 좋다고 할 수도 없고, 싫다고 할 수도 없는. 이 바닥에서 공짜는 없었다. 느닷없는 호의일수록, 급한 도움일수록, 반드시 그 몇 곱절의 대가가 요구되는 곳이었다.

　그때 사내가 장건을 보며 싱긋이 웃으며 말했다.

　"반갑소! 나도 하오문이오."

　한바탕의 격렬한 몸짓 끝에도 숨찬 기색없는 목소리였다.

　"하오문이라고……?"

　장건이 혼잣말로 가만히 중얼거려 보는데 사내가 문득 몸을 돌리더니 저벅저벅 대문을 향해 걸어갔다.

　"이보시오!"

　장건이 불렀으나 사내는 멈추지 않은 채, 뒤돌아보지도 않은 채, 계속 걸어가며 말했다.

　"기회가 되면 또 봅시다!"

　장건은 문득 울화가 치밀었다. 갑자기 억울한 심정이 들었

다. 그리고 스스로 생각하기에도 경솔하기 짝이 없다 싶게도,

"이봐! 당신 덕분에 몇 대 더 맞을 매를 면하게 된 건 일단
고맙다고 해두지. 하지만 이건 아니잖아? 방금 상천이라는
그치가 북대문파라고 하는 소리, 당신도 들었잖아? 설마 북대
문파를 모른다고 하지는 않겠지? 그 패거리들이 백 명도 더
된다는 것도? 이제 곧 그 패거리들이 여기로 몰려올 텐데, 당
신이 그냥 가버리면 나는? 하오문이라며? 같은 하오문이라서
도와주었다면 끝까지 책임을 져야 할 거 아냐?"

하고 외치고 말았다. 사내가 걸어가던 속도를 조금 늦추며,

"당신이 하오문도인 한에는……!"

하고 간단하고도 완성되지 않은 대답을 했다. 장건이 급히
반문했다.

"내가 하오문도인 한에는 지켜줄 거라는 건가? 언제라도?
하루 종일? 매일? 내가 도움이 필요할 때마다 당신이 나타나
서 나를 지켜주겠다는 건가? 하하하! 그게 도대체 가능할 법
한 말인가?"

그때 사내가 우뚝 멈추며 뒤돌아섰다. 그리고 장건을 직시
하며 말했다.

"그렇게 하기는 아무래도 어렵지 않겠소? 그러나 도움이
필요하다면 일단은 외쳐 보시오. 그냥 당하고 있느니 '나는
하오문!' 이라고 소리를 질러보시오. 아무 일이 일어나지 않
더라도 손해 볼 건 없지 않소? 혹시 아오? 당신의 운이 풀려서

두 번 중에 한 번 정도는 무슨 일이 정말로 생길지? 혹은 바로 그때가 아니더라도, 그 후에라도 하오문에서 당신의 복수를 해주고, 그런 덕분으로 점차 다른 하오문도들이 당신과 같이 억울한 일을 당하는 경우를 줄여 나갈 수 있을지?"

그리고 사내는 다시 돌아서서 걸어갔다. 장건이 멀거니 사내의 뒷모습을 바라보고 있다가 문득,

"하오문이라고?"

하고 중얼거리고 나서 다시 혼자 웃으며 중얼거렸다.

"호호호! 하오문이라고? 그래! 이번의 하오문은 조금 특별해 보이는군. 아주 조금쯤은! 후후후!"

조소였다. 그러나 그 조소에는 어쩔 수 없이 약간의 기대가 묻어 있었다.

뻔한 '통밥'이었다.

장건이 그 길로 곧바로 청향루를 떠나 북대문파의 손이 미치지 않는 먼 곳으로 몸을 피해야 한다는 것 말이다.

그러나 결과적으로 그는 그러지 않았다. 가당찮게도 다시금 관심이 생겼기 때문이다. 이 일이 이제 또다시 어떻게 진전이 되어나갈지에 대해.

사내가 말한 대로 한번 해볼 참이었다. 참으로 바보 같은 짓이라고, 최소한 갈비뼈 몇 대는 부러질 것이며, 어쩌면 한 몇 달간 자리보전하고 누워 있어야 하는 처지가 될지도 모른

다는 각오까지를 하면서도, 한번 그리해 볼 참이었다.

딱 한 번만 더 '나는 하오문!' 이라고, 미친놈처럼 소리를 질러볼 참이었다. 그리고 무슨 일이 생기는지를, 아니, 아무 일도 안 생긴다는 것을 확인해 볼 참이었다.

그래서 아무 일도 안 생기면?

그러고도 두 다리를 아주 못쓰게 되지만 않는다면, 그는 고향으로 돌아갈 참이었다 그의 일곱 형제가 있는 그곳으로.

그곳에서 장씨네 여덟 번째 아들로 형제들과 함께 흙을 파먹고 살 참이었다. 고되지만, 그 고됨을 아무 번민 없이 당연한 것으로 받아들이며.

혹시… 만에 하나라도 무슨 일이 생긴다면?

아마도 그가 확신하고 있는 것 하나가 조금은 흔들릴지도 모른다.

'역시 이 바닥에선 그런 게 가능하지 않구나!' 하는 확신.

아마도 가슴이 뛸지도 모른다, 조금쯤은.

그랬으면 참 좋겠다는 생각이 든다. 작더라도 가슴에 품을 수 있는 열정이 다시 생긴다면. 그때처럼.

덩치 큰 사내들 다섯이 거칠게 청향루의 대문을 박차고 들어선 것은 바로 그날 저녁, 이제 막 손님들이 몰려들기 시작할 무렵이었다.

쾅!

거친 발길질 한 번에 청향루의 대문이 견디지 못하고 나가
떨어졌다.

와장창!

우당탕!

사내들은 일단 눈에 띄는 것들부터 부수고 보았다. 마당에
있던 물건들이 이리저리 내팽개쳐졌고, 거칠게 열어젖혀진
골방의 문짝들이 떨어져 나뒹굴었다.

"꺄악!"

"꺄아악!"

기녀들의 째지는 듯한 비명 소리가 난무했다.

"모두들 그대로 방에 처박혀 있어! 밖으로 나오는 년들은
곧바로 황천 구경을 하게 될 줄 알아!"

"그 새끼들 어디 있어?"

사내들이 급박하게 소리치며 사방을 뒤지고 다니는 기세
에 장건은 숨어 있을 수가 없었다. 기녀들, 심부름꾼들, 한량
들… 청향루의 모든 사람들이 그가 나서서 어떻게 하든, 가급
적 빨리 사태를 해결해 주기를 바라고 있었다.

어떻게 하든? 몸으로 때우든, 목숨으로 때우든, 그것은 장
건의 일이지 그들이 상관할 바는 아니었다, 사태가 이쯤에 이
른 다음에는.

처음부터 숨어 있을 생각도 아니었다. 그 스스로가 자초하
여 당하는 일이었다.

장건이 마당 가운데로 나서고, 기녀들과 심부름꾼들의 눈
짓에서 그가 바로 그들이 찾는 '그 새끼들' 중 하나임을 알아
챈 사내들이 즉시로 요절을 내려는 기세로 장건에게로 달려
들 때였다.
장건은 차라리 빙글빙글 웃으며 외쳤다.
"나는 하오문이다!"
기대라기보다는 체념이었다.
한때 그가 스스로의 나머지 일생을 걸어도 좋겠다고 생각
한 적도 있었던, 그러나 끝내 불가능하다는 현실을 깨달아야
만 했던 꿈에 대한 정말 마지막의 포기. 그리고 그의 이십 년
방황마저도 마침내 접으려는 체념.
그러나 장건의 그 체념은 한순간 다시 기대로 바뀌었다. 사
뭇 가슴 떨리는 기대로.
그 사내였다. 회의 장삼의 그 사내는 싱긋이 웃는 얼굴로
청향루의 대문을 들어서더니 어느새 장건의 곁에 다다르고
있었다. 그는 이번에도 혼자였다.
다섯 놈을 상대하는 사내의 주먹질은 낮의 그것과 비슷한
듯하면서도 또 완연히 달랐다.
그냥 되는 대로 치고 차는, 장건의 눈에 익숙한 그 몸짓은
여전했다. 그러나 지금 그의 주먹은 낮과는 달리 모질고도 매
서웠다.
퍽!

“악!”

퍼억!

“크윽!”

주먹 한 방, 발길질 한 번마다에 다섯 놈은 뼈에 저미는 듯
한 고통을 호소하며 나가떨어졌다.

그 광경에 장건이 시원하고 통쾌하다는 느낌을 가질 틈도
없었다. 사내가 잠시 이리 번쩍 저리 번뜩 하는 사이에 다섯
놈은 저마다 바닥에 나뒹굴고 있었으니까.

장건의 입이 딱 벌어졌다. 그의 눈빛에는 좀 전의 기대를
찾아볼 수 없었다. 대신, 숨길 수 없는 경계와 두려움이 떠올
라 있었다.

‘저자! 하오문이 아니다. 결코 하오문이 될 수 없는 자다.’

장건이 알 리 없었지만, 회의장삼사내는 바로 강산이었다,
변장한 모습의.

바닥을 뒹굴던 사내들이 엉금엉금 기다시피 대문의 문턱
을 넘어가고 있었지만, 강산은 쳐다보지도 않았다.

“일단 이곳을 피하는 것이 좋겠소.”

장건의 어조에 다급함이 어렸다. 그에 강산이 담담히 물었
다.

“여전히 하오문을 신뢰하지 못하는 모양이군요?”

“아니오! 하오문은 모르겠으되, 적어도 당신에게는 내가

상상했던 이상의 능력이 있음을 이제 분명히 알겠소. 그러나 이제부터 벌어질 사태는 결코 당신 혼자서 감당할 수 있는 정도가 아닐 것이니, 우리는 한시라도 빨리 이곳에서 피해야만 하오."

그러나 강산은 가만히 고개를 저었다. 그리고 잠시 대문 바깥쪽으로 시선을 주고 난 다음에 빙그레 웃으며 말했다.

"하오문에 나의 당신만이 있는 것은 아니오."

바로 그때 강산의 그 말을 뒷받침이라도 하듯이 다섯 명의 인물이 마당으로 들어서고 있었다.

거칠어 보이는 장년의 사내, 백발의 노인, 창백한 얼굴의 청년, 그리고 회의 무복에 평범한 용모의 여인 둘이었다. 그리고 여인들 중의 하나가,

"장팔(張八) 아저씨! 오랜만이군요!"

하고 말하는 바람에 장건은 흠칫 놀라지 않을 수 없었다. 지난 이십 년간 그를 그렇게 부른 사람은 극소수였다. 그나마 그 극소수의 사람들도 모두가 이미 죽은 사람들이었다.

"누구… 시오?"

"저예요! 선변!"

"선변? 선변이라고? 당신이?"

"훗! 변장했죠. 일 년 전에 황도로 돌아왔어요. 진작에 아저씨를 찾아뵙지 않은 건, 몇 가지 선결해야 할 일들이 있었기 때문이에요. 하오문을 재건할 준비였죠."

말과 함께 여인은 소매 속에서 철패 하나를 꺼냈다.

순간 장건은 자신도 모르게 긴 탄식을 흘려냈다.

"아아!"

칙칙한 검은색의 철패. 그것은 바로 하오문주의 신패였다.

그랬다. 그녀는 바로 선변이었다. 그녀 옆의 네 사람은 두말할 것 없이 변장한 모습의 윤파와 노달, 그리고 이강과 유정이었다.

언뜻 정신을 차린 듯 장건이,

"금방 북대문파가 몰려올 것이니, 일단은 이 자리를 피하고 보자!"

하고 서두르는데, 선변이 나직하게 소리 내어 웃으며 말했다.

"호호호! 그건 하오문의 방식이 아니에요."

"······?"

"과거의 하오문은 모르겠으나, 이제부터의 하오문에서는 반드시 지켜질 방식이죠. 처음부터 부딪치지 않았으면 모르되, 기왕에 부딪친 이상에는 상대가 누구이든 분명하고도 철저하게 깨뜨려 버릴 것!"

"음!"

무거운 침음성과 함께 장건은 전율하듯이 부르르 몸을 떨었다. 그리고 그제야 궁금해졌다는 듯이 문득 물었다.

"이 사람들은······?"

그때였다. 그리 멀지 않은 곳에서 몇 번의 딱딱이 소리가 들렸다.

딱~딱!

따~닥!

따다~닥!

마치 곡조를 지닌 듯한 그 소리를 듣고 있던 장건의 기색이 다시 굳해졌다. 그에게도 익숙한 하오문의 어러 신호들 중의 하나였던 것이다. 그러나 선변은 여전히 웃는 얼굴이었다.

"적들이 가까이 왔으니 우선은 그들을 맞이해야 하겠군요. 자세한 건 나중에 다시 말씀드리겠지만, 이분들은 우리 편이에요."

"우리 편……?"

미묘한 얼굴로 반문하고 나서 장건이 다시 물었다.

"어떻게 할 참이냐?"

"호호호! 이미 말씀드렸잖아요? 깨뜨려야죠! 상대가 치를 떨 정도로! 다시는 덤빌 엄두를 내지 못하도록!"

"여기에 있는 사람들만으로?"

"충분하고도 넘치죠!"

문짝이 떨어져 나간 청향루의 대문으로 일단의 무리들이 쏟아져 들어왔다.

대충 보기에도 백여 명은 족히 되어 보이는 그들 무리들의 손에는 몽둥이에서부터 도검에 이르기까지 각양각색의 무기들을 들려 있었다.

"와아아!"

"죽여라!"

내지르는 고함 소리에 살기가 충천하였다. 이쯤 되면 싸움이 아니라 가히 전투라 할 만하였다.

그러나 마당에 일렬로 서서 그들을 맞는 다섯 사람은 차분하기만 하였다. 선변과 장건은 멀찌감치 안쪽으로 피신해 있는 중이었고, 강산과 유정, 노달과 이강, 그리고 윤파였다.

무리의 수가 많다고는 하나 굳이 검을 쓸 일까지는 아니었으니, 강산과 노달에게 아주 제격인 싸움이었다.

강산이 번뜩거리며 부딪쳐 갈 때마다,

퍽!

퍼억!

하는 몸끼리의 둔탁한 충돌음과 함께,

"헉!"

"큭!"

하는 무거운 비명들을 흘리며 사내들이 바닥으로 나뒹굴었다. 노달의 장력이,

팡!

파팡!

하는 기격음을 동반하여 발출될 때마다 한두 명씩이 펄쩍

펄쩍 나가떨어졌다.

서너 걸음 뒤쪽으로 빠져 강산과 노달의 활약상을 구경하던 중에 가까이로 접근하는 자들에게 그다지 적극적이지 않게 장권을 쳐내던 윤파와 이강, 그리고 유정이 굳이 검을 써야만 할 때가 왔다. 하오문의 방식에 따르기 위해. 상대가 주먹을 쓰면 주먹으로, 상대가 칼을 쓰면 또한 칼로, 분명하고도 철저하게 깨뜨려 버리기 위해.

윤파의 쌍검과 유정의 연검, 그리고 이강의 검이 간간이 번뜩거리며 날카로운 검광을 토했다. 그때마다,

"크악!"

"으악!"

하고 처절한 고통을 호소하는 비명 소리들이 터져 나왔다. 손목뼈나 어깨뼈가 으스러지는 소리다. 칼등에 맞아.

싸움은 그렇게 일방적으로, 그다지 긴박하지도 않게, 그리고 오래지 않아 끝이 났다.

그러나 마당이 빽빽하도록 곳곳에 널브러져 고통스러운 신음을 흘리고 있는 백여 무리의 참상은, 한바탕 전투가 지나간 뒤끝의 처절함에 능히 비길 만하였다.

4

황도의 구석지고 소외된 곳곳에서,

“나는 하오문이다!”

라고 외치는 소리들이 늘어가고 있었다. 주루에서, 기루에서, 도박장에서, 난전에서, 뒷골목에서…….

물론 그 외침으로 인해서 ‘무슨 일’ 이 일어나는 경우가 흔하지는 않았다. 절박하게, 혹은 잔뜩 기대를 가지고 외쳤음에도 불구하고 아무 일도 일어나지 않는 경우가 대부분이었다. 그러나 ‘무슨 일’ 이 일어나는 경우도 분명히 있었다.

그리고 나중에야 사람들은 알게 되었다, 외침이 있었던 하루 뒤에, 이틀 뒤에, 열흘 뒤에, 혹은 한 달 뒤에라도, ‘무슨 일’ 이지 싶은 일들이 제법 많이 일어났다는 것을.

황도의 밑바닥 층에 한 가지의 묘한 믿음이 빠르게 번져 가고 있었다.

“나는 하오문이다!”

라는 외침에 대한. 이윽고는 일단,

“나는 하오문이다!”

라고 외치는 자들에 대해서는 흑도에서도 웬만하면 손을 대기를 꺼려한다는 소문이 나돌기에 이르렀다.

결정적으로 하오문의 이름이 온 황도에 각인되다시피 하고, 정말로 흑도 정도로는 자신을 하오문도라고 당당히 말하는 이를 섣불리 건드릴 수 없게 된 것은, 바로 그 한판의 대단한 전쟁 때문이었다. 도검이 난무하는 무인들 간의 진짜 전쟁.

　짧은 시간 동안 그토록이나 많이 회자되고, 또한 그토록이나 많은 입소문들을 만들고 있으면서도 막상 그 실체에 대해서는 밝혀진 바가 거의 없는, 그러기에 점차로 더욱 껄끄러워지고 더욱 경계의 대상이 될 수밖에 없는 하오문에 효과적으로 대응하기 위해, 직간접적으로 복잡한 이해관계에 얽혀 있던 황도 음지의 각 계파들은 마침내 긴밀한 공조 체제를 구축했다.

　그리고 철저하고도 집요한 추적 끝에 마침내 하오문의 본거지를 밝혀낼 수 있었다.

　각 계파의 두목들은 간단히 의견의 일치를 보았다. 제거(除去)!

　비밀리에 공격조가 구성되었다. 그들은 황도의 본토박이들이 아니었다. 또한 기껏 뒷골목 왈패들이나 흑도의 어설픈 칼잡이들이 아니었다. 진짜 무인들이었다. 진짜 무공을 익힌.

　그들이 누구인지는 각 계파의 두목들만이 아는 비밀이었다.

　황궁에서 삼십 리가량 떨어진 외곽에 있는 한 채의 장원.

　잔뜩 찌푸린 밤하늘에는 한 조각 편월(片月)이 드러났다 사라졌다 하며 흐릿하게 장원을 비추고 있었다.

크지 않고 수수한 풍경의 장원이었다. 은퇴한 조정의 관리 정도가 호젓하게 노후를 보내기에 어울림직한.

먹구름에 갇혀 있던 편월이 잠시 모습을 보이는 순간, 일단의 무리들이 장원의 담을 뛰어넘는 광경이 언뜻 드러났다.

하나같이 검은 복면을 한 오십여 명의 무리들이었다. 일 장 높이의 담장을 가볍게 뛰어넘으면서도 소리 하나 내지 않는 정묘한 신법들이었다.

장원에 진입한 복면 무리들은 외곽의 전각부터 샅샅이 뒤져 나갔다. 그런 그들에게서는 시린 살기가 뿜어지고 있었다. 눈에 뜨이는 것은 무엇이든지 가차없이 베어버리고 말겠다는.

복면 무리들이 후원의 마당을 가로지를 때였다. 돌연히 그들의 가운데로 다섯 명의 신형이 떨어져 내렸다.

쫓겨서 나온 것이 아니라, 그들 스스로 복면 무리들의 가운데로 나온 것이니 결코 불시의 기습을 받은 자들의 모습은 아니었다. 그러나 복면 무리들은 당황하거나 흐트러지지 않았다.

"죽여라!"

하는 짧고도 나직한 명령이 있었고, 오십여 복면 무리가 일제히 신형을 날려 다섯 명을 덮쳐 갔다. 곧바로,

챙!

채앵!

하는 서슬 퍼런 칼부림 소리가 속출했고, 그런 중에,

"악!

"크악!"

하는 다급한 비명들이 잇달아 터져 나왔다.

그러나 와중에도 소리들은 최대한 절제되었다. 복면 무리들도, 그리고 그들이 제거 대상으로 삼고 있는 다섯 인물도 그들의 전쟁으로 인해 사방이 소란스러워지는 것을 원하지 않는 듯했다.

결과적으로 복면 무리들은 기습의 효과를 조금도 보지 못하였다. 애초부터 의도된 정보였고, 노출이었기 때문이다.

사실 잡조는 미리 준비 중이었다. 황도의 음지를 장악하고 있는 각 계파들의 공조 움직임과 기습의 조짐은 사전에 하오문에 읽혔다.

그들이 아무리 비밀스럽게 움직였다고 해도 그들이 먹고, 입고, 자고, 싸고, 즐기는 것을 포기하지 않는 한, 그들의 주변에 있는 누군가는 하오문도였고, 심지어는 그들 중에도 하오문도들은 있었다.

그럼으로써 이 전쟁은 정식으로 하오문을 세상에 선포하기 위해 의도된 전쟁이었다.

복면 무리들은 모두가 상당한 무공을 지닌 무인들이었지

만, 강산과 잡조의 상대가 되기에는 도무지 역부족이었다.

지금에 이르러 잡조의 각자를 단순히 고수라는 말로 표현하기는 어려웠다. 그들은 각자의 분야에서 이미 절대의 경지에 들어서 있거나, 목하 진입을 바라보고 있는 중인 것이다.

비록 사망자를 내지 않도록 미리 선을 그어놓았으나, 그래도 잡조 조원들의 손속에는 가차없는 매서움이 가미되었다.

특히나 강산에게 걸린 자들이 가장 호되게 당했다. 강산이 애초에 혈도를 제압할 줄 모르고 그냥 때려눕힐 줄만 아는 인사인 까닭이다.

한바탕의 격전 끝에 정원 곳곳에는 복면인들이 즐비하게 쓰러져 있었다. 혈도를 제압당한 자들, 가볍지 않은 검상을 입고 지혈을 하고 있는 자들, 그리고 모지게 들이받힌 충격에 정신을 놓고 나뒹굴어 있는 자들.

윤파가 한 복면인 앞으로 다가섰다. 격전 중에 시종 복면 무리들을 지휘했던 우두머리였다. 그런데 윤파가 그자의 복면을 벗기려 할 때였다.

"잠깐만요!"

선변이 말렸다. 윤파가 눈짓으로 이유를 물었으나, 선변은 다만 고개를 저어 보이고는 우두머리 복면인을 향해 말했다.

"나는 당신이 누구인지 알고 있어요. 그리고 오늘 밤 여기에 온 당신들 모두의 정체에 대해서도."

복면인의 눈빛이 잠시 흔들리는 것을 보고 선변이 바로 말을 이었다.

"믿지 않나요? 그렇다면 말해볼까요, 당신이 구파 중 한 곳의 속가제자이며, 무림에서 꽤나 이름이 알려진 사람이라는 것을? 더 말해볼까요? 당신이 바로 금(錦)……."

그때였다. 복면인이 다급하게 입을 열었다.

"잠깐!"

그러자 선변은 복면 무리들 전체를 둘러보며 다시 말했다.

"당신들 중에 누가 구파일방과 관련되어 있으며, 누가 오대세가에 소속되어 있으며, 또한 누가 무벌과 거래를 하고 있는지 다 알고 있어요. 그 비밀스러운 일을 어떻게 아느냐고요? 우리가 바로 하오문이기 때문이죠. 그러기에 당신들 서로 간에도 알지 못하는 비밀들을 알 수 있는 것이죠."

우두머리 복면인이 무겁게 물었다.

"귀하가 하오문의 문주인가?"

"아니에요!"

선변이 간단하게 대답하며 문득 허리를 숙여 복면인의 제압된 혈도를 풀어주었다.

"자! 이제 당신들은 돌아가도 좋아요. 잘들 가세요! 인연이 있다면 언젠가 또 만날 일도 있겠죠!"

복면인은 잠시 멍하니 선변을 보고 있다가 곧 신속하게 움직여 동료들의 혈도를 풀었다. 그리고 그들은 부상당한 자들과 혼절한 자들을 챙겨서 총총히 장원의 담을 되넘어 사라졌다.

　복면인들이 모두 사라지고 난 다음에야 윤파는 참았던 의문을 쏟아냈다.

　"도대체 이게 무슨 놀음이야? 기껏 제압해 놓고는 아무 소득도 없이 그냥 놓아줘 버려?"

　선변이 빙그레 웃으며 대답했다.

　"이번 기회를 통해 우리의 힘을 확실히 보여준 것만으로도 큰 소득을 얻은 셈이에요!"

　"언제는 일단 부딪친 이상에는 상대가 누구든 확실히 깨버리라며? 그게 하오문의 방식이라며?"

　"그랬죠. 그러나 항아리를 아주 깨버릴 수는 없죠. 그러면 누구도 물을 마실 수 없게 될 테니까요. 다만 항아리 속의 물을 내가 원할 때 언제라도, 내가 원하는 만큼 마실 수 있도록만 해두면 되는 거죠."

　"뭔 소린지 원!"

　윤파가 투덜거렸다. 선변이 문득 웃음기를 거두며 정색이 되며 말했다.

　"그 사람이 그 사람이고, 그 바닥이 그 바닥인 곳. 친구와 적의 구분이 언제라도 바뀔 수 있기에, 배신이라기보다는 온갖 종류의 적과, 또 친구들과 일정 부분의 관계를 공유하는 것이 오히려 자연스럽게 받아들여지는 곳. 그곳이 바로 정보의 세계죠. 그래서 정보의 세계는 곧 항아리 속과 같다고 하는 것이죠. 가장 이상적인 것은 적이든 친구든 필요한 순간에 내 편으로 만드는 거예요."

윤파가 이윽고는 고개를 절레절레 흔들며,

"난 도대체 무슨 소린지 모르겠다. 그건 그렇고, 아까 그자들이 구파일방이니, 오대세가니, 무벌과 관계가 있다는 건 정말이냐?"

하고 물었다. 선변이 차분하게 대답했다.

"물론 사실이에요. 그들은 강호 주도 세력들의 소위 촉수들이죠. 무림맹과 무벌의 정보 조직들, 다시 구파일방의 각파와 직간접적으로 연줄이 닿는 자들, 그 외에 오대세가 등 강호 제파와 이해관계가 얽힌 자들, 심지어는 동창의 인물들까지 어지럽게 얽혀 있죠."

"그들이 왜……?"

하다가 윤파는 슬그머니 말끝을 맺고 말았다. 선변이 싱긋이 웃으며 말했다.

"그래요! 그들 또한 천하의 온갖 정보들이 들고 나는 이곳 황도에서 나름으로 정보를 수집하는 수단들을 유지하고 있는 것이죠. 그런데 최근에 우리 하오문으로 인해 그들의 수단이 뿌리에서부터 흔들리는 조짐을 보이자, 우리를 추적하고 제거하기 위해 그들은 잠시 경쟁과 적대관계를 접고 일시적인 공조 체제를 형성한 것이죠."

윤파가 고개를 좌우로 흔들며,

"흠? 그래? 뭐, 무슨 말인지는 여전히 잘 모르겠지만, 어쨌든 이건 좀 생각을 해봐야 할 문제 같은데? 이렇게 나가다가 자칫 천하 정사 양도의 세력들 모두를 죄다 적으로 두게 되는 거 아냐?"

하고 슬쩍 딴죽을 걸듯이 말을 뱉었다. 그러나 선변의 대응은 명쾌하기만 했다.

"호호호! 윤 오라버니가 언제부터 그런 걸 다 따지게 되었나요? 하지만 걱정 붙들어 매셔도 돼요. 그들 세력들 중에서 자신들이 그러한 은밀한 정보에 줄을 대고 있었다는 사실이 공개되는 것을 기꺼이 감수하려는 곳은 아마도 없을 테니까요."

그때 두 사람의 대화를 내내 듣고 있던 강산이 문득 선변에게 물었다.

"좀 전에 네가 그자들에게 하오문의 문주가 아니라고 했는데, 혹시 사실이냐?"

"예! 사실이에요!"

선변의 간단명료한 대답에 강산이 잠시 어이없다는 빛이 되고 말았다. 직접 거론했던 바는 없었지만, 선변이 하오문의 문주가 아닐 것이라는 생각은 미처 해보지 못했던 것이다. 그런 것은 강산뿐만 아니라 잡조의 다른 조원들도 마찬가지일 것이다. 그때 선변이 엷게 웃으며,

"아직까지 문주는 정해지지도 않았어요. 그저 직위만 있는

거죠."

하고 말했다.

"정해지지도 않았다고?"

"하오문에 꼭 문주가 있어야 하나 하는 생각도 하고 있는 걸요? 계속 공석으로 두든지, 혹은 필요에 따라 그때그때 문주를 세울 수도 있겠죠. 그러나 역시 저는 아니에요."

"허허! 그게 무슨… 두깨비 조직도 아니고……."

강산이 결국은 헛웃음을 짓고 마는데, 선변이,

"사실은 이제 거의 정리가 되고 있는 중이에요. 곧 말씀드릴게요."

하고 담담하게 덧붙였다.

5

연일 하오문도들이 늘고 있었다.

특별한 입문 절차가 있는 것은 아니었다. 그저,

"나는 하오문!"

이라고 선언(?)하면 그만이었다.

그리고 그들의 일상생활 주변에서 일어나는 조금 특별하다 싶거나, 이상하다 싶은 일을 전해주면 되었다. 그들이 알고 있는 또 다른 하오문도에게. 그것으로 그들은 이미 하오문도로서 임무를 수행한 것이었다.

밑바닥 하류 인생들이 모인 하오문에도 알고 보면 재주있는 사람들이 참 많았다.

보잘것없다고 인정받지 못하는, 심지어는 멸시받는 재주들. 그러나 그들의 보잘것없고 멸시받는 재주는 누군가에게 언젠가는 꼭 필요할 때가 있는 그런 재주였다.

또한 그러한 재주는 아무나 가질 수 있는 것이 아니었다. 숱한 실패와 좌절을 겪고, 혹은 대를 이어 내려오면서 경험과 기술이 축적되고 발전되어 이윽고 비기(秘技)로 승화된 재주들이다. 적어도 각자의 분야에서 그들은 전문가이고 장인이었다.

올해 스물여섯의 우방(禹防)도 그런 재주있는 하오문도 중 하나였다.

그의 재주는 추적이었다.

그는 무공을 익힌바 없지만, 무공을 익힌 사람들도 발견하기 쉽지 않은 흔적들을 쉽게 발견하는 매서운 눈을 지녔다. 아주 작은 단서에서 그 단서가 생기게 된 전후의 과정을 다각도로 짚어볼 수 있는 예리한 직관력과 추리력을 지녔다.

그런 우방의 재주는 사실 그의 집안 내력 덕분이었다. 아주 어릴 때부터 그의 조부에게서, 또 그의 부친에게서,

"어떤 경우에도 단서는 반드시 있다. 다만 그것을 찾지 못할 뿐

이다."

　라든지,

　"평소와 다르거나 보통과 다르다면 거기에는 분명히 그럴 만한
이유가 있을 가능성이 크다."

　또는,

　"욕심은 금물이다. 능력의 칠 할이 넘어가는 경우라면 일단 뒤
로 물러서라."

　또 혹은,

　"추적의 대상이 무공의 고수라면 당연히 조심하여야 할 것이
나, 두려워할 필요까지는 없다. 상대방에게 경계심을 주지 않으면
부딪칠 일 자체가 없으니, 무공은 크게 고려할 요소가 아니다. 요
는 얼마나 눈치껏 하느냐 하는 데 달렸다."

　하는 따위의 말들을 무시로 들으면서 컸다.
　뿐만 아니라 철들고 나서부터는 조부와 부친의 손에 이끌
려 수많은, 온갖 종류의 사람들을 만나야만 했다. 그때마다

그들의 특성과 습관과 그들이 사용하는 은어(隱語) 따위를 세
밀히 습득하도록 강요받았다. 그것이 그의 집안에서 대대로
해오고 있는 일이었기 때문이다.

삼 대? 오 대? 몇 대나 그러고 살아왔는지는 우방도, 그의
부친도, 그의 조부도 알지 못했지만, 어쨌든 까마득한 그의
윗대들로부터 그런 일로 식구들을 건사해 왔고, 우방 또한 그
렇게 살아가야 하는 처지였다.

우방은 하오문의 추가(追家)에 소속되어 있었다. 이번에 하
오문이 재건되면서 추가의 가주로 임명받은 이가 바로 그의
부친이다.

또한 그는 하오문의 획기적 변화를 위해 선변이 야심적으
로 진행시키고 있는 안배상에 있는 인물이기도 했다.

선변의 안배란 바로 밀문(密門)이었다. 나중에 어느 정도
완성 궤도에 오르면 하오밀문(下午門密門)이라는 이름을 정식
으로 붙일 생각이지만.

선변이 구상하였던 하오문의 조직은 이제 거의 완성 단계
에 와 있었다.

각양각색의 하오문도들을 분야와 특성별로 화가(花家), 수
가(手家), 주가(酒家), 살가(殺家), 추가(追家), 비가(秘家), 상
가(喪家), 걸가(乞家), 전가(錢家) 등등의 가문 단위로 체계를
세우고 가주(家主)들을 임명하였다.

하오문의 문주는 그들 각 가문의 가주들을 통솔하게 되는데, 문주(門主)의 위에는 장건이 추대되었다.

그러나 하오문은 여전히 너무 방대하였다. 방대하여 얻는 이득도 많지만, 손해 보는 것 또한 많았다.

사실상 언제, 어느 곳에서, 어떤 일로 이탈과 배신이 생길지 누구도 장담할 수 없는 일이었다.

더욱 취약한 것은, 방만한 정보 수집 과정과 전달 및 보고 과정으로 인해 막상 긴급한 문제가 생겼을 때는 지휘부가 파악하기까지 시간이 많이 걸려 이미 조치하기에 늦어버리는 경우가 많다는 점이다. 하오문이 가지는 조직의 특성상 어쩔 수 없는 허(虛)요, 한계였다.

밀문은 단적으로 말해 하오문을 기반으로 해서 존재하는 비밀의 핵심 정예 조직이다, 절대적으로 믿을 수 있는 분야별 소수의 사람들로만 구성되는.

밀문의 구성원들은 경우에 따라 그들이 속해 있는 단위 조직에서 실질적인 구심점의 위치에 있을 수도 있고, 혹은 중간층일 수도 있고, 또 혹은 가장 낮은 하층에 있을 수도 있다.

그러나 그들은 드러나지 않게 직간접적으로 소속된 단위 조직을 관리하게 된다.

그것은 그가 해당 단위 조직의 다른 조직원들과는 비교할 수 없는 폭넓고도 정확한 정보들을 접하는 특권을 가지고 있기 때문이며, 또한 언제라도 필요한 만큼의 물리적, 재정적,

심지어는 정치적 지원까지 받을 수 있기 때문이다. 바로 밀문을 통해서.

밀문의 모든 것은 절대비밀이다, 죽음으로 지켜지는.

밀문 구성원들의 정체는 오로지 그 자신과 밀문의 문주만이 알 수 있을 뿐이며, 그가 속한 단위 가문의 가주와, 심지어는 하오문주까지도 알지 못한다.

밀문의 조직을 다 아는 것은 오로지 밀문의 문주뿐이다.

6

"그때 제남(齊南)에서의 일, 기억하고 계십니까?"

선변이 문득 강산에게 꺼내는 말이었다.

"제남? 황보세가(皇甫世家) 말이야?"

"예! 그때 무명을 드리면서 제가 드렸던 말씀이 있는데…혹시 나중에 조장님이 잘되시면 그때 제 부탁 한 가지만 들어주십사 하고……."

"음! 그래! 그때 네가 그랬었지."

강산이 잠깐 기억을 더듬으며 빙그레 웃는데, 선변은 문득 정색이 되었다.

"그 한 가지의 부탁을 지금 말씀드려도 되겠습니까?"

강산이 여전히 웃는 얼굴로,

"내가 지금 좀 잘나가는 셈인가?"

하고 가볍게 말을 받고 나서 다시,

"무슨 일인지 일단 말부터 해봐! 꼭 무명을 받은 대가가 아니더라도 네 부탁인데 내가 할 수 있는 일이라면 당연히 들어주지."

"정말이십니까?"

"허! 그렇게 말하는 걸 보니 평소 내가 엔간히도 너에게 박절하게 대했던 모양일세?"

그 말에 선변이 배시시 미소를 떠올렸으나 이내 다시 정색으로 돌아갔다.

"밀문의 태상 호법(太上護法)이 되어주십시오!"

강산이 두 눈을 크게 떴다가 다시 잠시간 생각을 한 다음에 대답하는 대신 되레 물었다.

"밀문의 문주는 너냐?"

"예!"

선변이 짧고도 담담하게 대답하자 강산이 다시 물었다.

"태상 호법이 무얼 하는 자리인 줄은 모르겠다만, 어쨌든 만약에 내가 태상 호법이 된다면 그때는 너의 명령을 들어야 하는 것이냐?"

두 사람의 얘기가 그쯤에 이르렀을 때 옆에서 보고 있던 노달과 윤파, 그리고 유정과 이강 등도 제각기 초미의 관심을 보이는 기색들이었다.

사실 지금 강산의 능력이 어떤 것인지에 대해서는 조원들 중 누구도 정확히 평가를 하지 못했다. 그만큼 대단하게 생각한다는 의미이다. 그러니 강산에게서 지금과 같은 면모를 누구도 예측할 수 없었던 그 예전에 미리 그 가능성을 알아보고 과감한 투자(?)를 감행한 선변의 선견지명은 참으로 감탄스럽지 않을 수가 없는 것이리라.

더욱이 지금 강산이 선변에게 던지고 있는 물음들은, 또한 모두가 애매해하고 가려워했던 부분이었으되, 쉽게 언급하지 못하고 있었던 민감한 문제였다. 그것을 이제 강산이 단도직입적으로 단번에 본질을 파고들고 있는 것이었다.

선변은 슬쩍 사람들의 기색을 일별하고 나서 빙그레 웃으며,

"그럴 수야 있나요? 밀문의 문주라고 해도 저는 여전히 잡조의 조원으로 남을 거예요. 조장님의 휘하로 말이에요."

하고 대답하고는 문득 웃음기를 거두며 다시 덧붙였다.

"태상호법은 밀문의 수호신이에요. 당연히 문주인 저를 포함해 누구의 명령도 간섭도 받지 않을뿐더러, 오히려 막강한 위엄을 부여받죠, 밀문의 문주인 저를 제외한, 밀문과 하오문 전 문도(全門徒)의 생사여탈권을 가지는."

그것으로써 선변은 밀문의 문주인 자신과 밀문의 태상호법인 강산과의 관계를 명확히 정의했다.

윤파와 이강이 수긍한다는 듯이 고개를 끄덕였고, 노달은 은연중 안도하는 기색이었다

유정은 담담하게 엷은 미소를 지었다. 그녀의 그 미소 속에

도 언뜻 노달과 비슷한 기색이 스치는 것 같았다.

"좋아!"

하고 강산은 간단하게 받아들였다. 윤파가 싱긋이 웃으며,

"그럼 우리는 어떻게 돼? 조장님이 태상 호법이면, 우리도 자동으로 뭐가 되는 거 아냐?"

선변이 또한 쌩긋 웃으며 밝게 대답했다.

"밀문의 호법이 되어주세요, 명예 호법!"

"명예 호법? 명예라면 공짜란 거 아냐? 그런 게 어디 있어?"

"호호호! 원하신다면 보수를 드릴 수도 있어요. 아주 후하게요! 그런데 보수를 받으려면 그만큼의 역할을 해야 하겠죠?"

"호? 보수를 주는 만큼 일을 시키시겠다?"

"당연한 거 아닌가요?"

"그래? 그럼 그냥 명예직으로 하지, 뭐."

말끝에 어깨를 으쓱해 보이는 윤파의 너스레에 다들 웃고 말았다.

"호호호!"

"하하하!"

그렇게 웃음소리 속에 밀문이 탄생했다. 후일의 하오밀문이었다.

五十九
칠관통(七貫通)

1

선변이 밀문의 첫 번째 호법 회의를 소집했다. 그렇지 않아도 매일같이 모이는 자리임에도 굳이 그런 명칭을 붙여서.

"지금 황도의 고관대작들과 대부호들 사이에서는 아주 큰 난리가 났습니다."

그렇게 서두를 떼어 사람들을 집중시킨 선변이 다시 말을 이었다.

"최근 반년간 그들 조상들의 묘가 파헤쳐지고 유골이 사라지는 사건들이 잇따라 발생하고 있기 때문입니다."

"그래? 거참, 별 해괴한 일이 다 있네?"

조원들을 대표(?)하여 그렇게 말을 받으면서도 윤파의 표정은 막상,

'그래서? 그게 우리랑 무슨 상관이지?

하는 기색이었다.

"이번에 동창에서 그 일에 대해 우리 쪽으로 협조 의뢰가 들어왔습니다. 하오문으로 말입니다."

윤파의 두 눈이 커졌다

"동창이라고? 허! 그건 또 더욱 별일일세?"

"몇 군데를 통해 내막을 알아보니, 처음에 관부에서 몇 달 간 사건을 조사했는데 이렇다 할 성과를 내지 못하자 당연히 이런저런 경로를 통해 원성과 질책이 쏟아졌고, 그러다 보니 한 달쯤 전에는 동창에서 직접 조사에 나섰던 모양입니다. 그러나 동창 역시 사건의 내막은커녕 그 윤곽조차 제대로 밝히지 못하게 되자 다급해진 끝에 우리 쪽으로 관련 정보의 조사 및 제공을 의뢰해 온 것 같습니다. 물론 비공식적인 경로를 통한 의뢰입니다."

강산은 슬며시 미간을 좁히고 말았다. 선변이 차근차근 말하는 투에서 그와 조원들이 나서주었으면 한다는 의도를 미리 읽어볼 수 있었기 때문이다.

역시 그랬다.

"사안이 가볍지가 않습니다. 아무래도 태상 호법과 호법들께서 직접 나서주셔야겠습니다."

하는 선변의 말에 강산이 은근히 면박을 주었다.

"그놈의 태상 호법 소리… 벌써 우려먹을 셈인가?"

그에 선변이 웃으며,

"예! 조장님!"

하고 곧바로 정정했다. 윤파가 또한 못마땅하다는 투로,

"우리가 그런 일까지 해야 하나?"

하고 투덜거렸다. 선변이 진지한 투로 대답했다.

"결코 가벼운 일이 아닐뿐더러, 이 일에는 표면적으로 보이는 외에 여러 가지의 의미들이 내재되어 있습니다."

윤파가 다시,

"제기랄! 유골이나 찾으러 다녀야 하는 일에 의미는 무슨 의미?"

하고 투덜거리다가 선변의 눈매가 슬머시 날카롭게 변하는 것을 보고는,

"뭐, 일단은 무슨 대단한 의미가 있는지 들어나 보자!"

하고 일단은 슬쩍 한 발을 뺐다. 선변이 그런 윤파를 짐짓 가볍게 한번 째려주고 나서 말을 보탰다.

"관부나 동창에서도 지난 몇 달 동안을 대충 시간만 보낸 것은 아니에요. 황도는 물론이고, 인근 대도(大都)들까지 도굴꾼이나 장의사 등 조금이라도 관계가 있다 싶은 자들 수백 명을 대상으로 광범위하게 정보를 수집하고, 또 조금만 냄새가 난다 싶으면 일단 족쳐도 보고 했지요. 비록 이렇다 할 성

과를 내지는 못했지만요. 그런데 그들이 왜 성과를 내지 못했는지 아세요?"

윤파가 슬쩍 튕기듯이 말을 뱉었다.

"뭐, 관부의 작자들이 원래 그렇잖아? 헛똑똑이들이 엉뚱하게 헛다리나 짚고 다녔겠지, 뭐."

"흥! 관부를 언제 얼마나 겪어보셨는지 모르겠지만, 그런 식으로 얕보디기는 언젠기 큰코다칠 날이 있을 기에요."

"뭐? 큰코다쳐? 허! 아예 악담을 해라! 악담을 해!"

윤파가 짐짓 핏대를 세우는 척했지만, 선변은 계속 훈계조였다.

"관부는 결코 그렇게 허술하지 않아요. 더욱이 동창의 경우는 재빠르게 수면 아래의 얽힌 상황을 파악하고 우리에게 협조를 요청해 온 것만으로도 그래요."

"수면 아래의 얽힌 상황이란 건 또 뭐야? 그냥 지들이 이리저리 해보다가 더 이상 어떻게 해볼 수가 없으니까 기껏 하오문에까지 손을 내밀어보는……?"

하다가 윤파는 '아차!' 하는 기색으로 입을 다물어 버렸다. 나오는 대로 말을 하다 보니까 누워서 침 뱉는 격이 되어버린 데다 더욱이 선변에게 할 말은 아니었다.

선변은 화를 내지는 않았다. 오히려 차분한 어조로 되었다.

"그들이 노력에도 불구하고 별다른 성과를 내지 못한 데는, 사실 제가 하오문에 미리 지침을 내려놓은 것이 있었기 때문이에요. 관부의 정보 수집 계통 선상에 있는 문도들과, 또는 주요한 형태의 일이 생길 때마다 관부에서 정보를 얻으려고 접촉할 수밖에 없는 분야의 문도들을 중심으로, 당분간은 어떤 일이든지 간에 관부와 관련된 일에 대해서는 협조하는 시늉만 하지 별도의 지시 없이는 적극적으로 협조하지 말라는 지침이었죠."

"왜?"

"이제쯤에는 관부가 자연스럽게 우리의 존재에 대해 제대로 평가해 주기를 바라서였어요."

"허! 관부에 평가받기를 바랐다고? 그건 또 무슨 소리야? 우리가 왜 관부의 평가를 받아야 한다는 거지?"

"단적으로 말해 우리가 다루는 정보의 질을 높이기 위해서이죠."

"……?"

"이제 황도에서 흘러다니는 정보들의 대부분이 우리 하오문을 거쳐서 나가고 들어가는 단계에 접어들고 있지만, 그것은 어디까지나 양적인 측면에서 그런 것일 뿐, 질적인 측면으로 보자면 아직 멀었다고밖에 할 수 없는 실정이에요."

"허허! 정보면 정보지, 거기에 또 무슨 양이 있고 질이 있나 그래?"

"개방이 단순히 천하에 산재한 수만 문도들에게서 수집되

는 정보만으로 천하제일의 정보 조직으로 불리는 줄 아신다
면, 천만의 말씀이에요. 단순히 그런 정보만으로는 단지 쓸모
없는 쓰레기 소문들에 불과할 뿐이죠. 그 엄청난 양의 정보들
각각의 진위와 시급 경중을 제때에 분석해 낸 다음에야 비로
소 진정 가치있는 정보를 얻을 수 있을 것인데, 그러한 과정
은 실로 엄청난 것이어서 개방 자체의 역량으로는 결코 가능
하시 않죠. 그림에도 개방이 정보력에 있이 천히제일로 평가
될 수 있는 것은 바로 무림맹이라는 고급 정보의 제공처가 있
기 때문이에요. 즉, 이미 검증된 고급 정보를 기준으로 한 다
음에 다시 개방에서 수집된 수많은 정보들을 그 기준에 따라
분류함으로써 방대하고도 정확한 정보들이 만들어지는 것이
죠. 그럼 우리의 경우는? 기루에서, 난전에서, 도박판에서, 온
갖 밑바닥에서 흘러드는 수많은 정보들을 무슨 기준으로 어
떻게 다듬어서 진정 가치있는 정보로 만들어낼 수 있을까
요?"

"흠! 그래서 관부랑 줄을 만들려고 한다?"

"그래요. 관부와 최고 정보 조직인 동창, 그리고 나아가 조
정과 황실까지를 우리에게 고급 정보를 제공하는 원천으로
만들어보려는 것이죠. 그런데 그들 속에 깊게 뿌리를 내리려
면 일단은 그들과 다양한 형태로 교류 관계를 형성시켜 놓아
야만 하는 것이죠."

선변이 숨을 돌리듯 잠시 틈을 둔 다음에 사람들을 돌아보

며 다시 말을 이었다.

"그리고 우리가 동창과 관계를 터야 할 보다 직접적인 이유가 또 하나 있어요."

"……?"

"바로 서활, 그자 때문이죠."

순간 윤파가 반사적이다시피,

"서활?"

하고 반문하는데 인상이 확 일그러졌다. 그때 강산이 또한,

"지금 서활이라고 했나?"

하고 무겁게 물었다. 선변이 표정을 고치며 진중하게 대답했다.

"예! 동창과 교류 관계를 맺다 보면 우리는 어쩌면 생각보다 쉽게 그를 만날 수 있을지도 몰라요. 바로 이곳 황도에서."

강산이 침묵으로 보다 상세한 내용을 독촉했다.

"지금까지의 여러 가지 정황들을 종합해 볼 때, 그는 조정과 관련이 있는 인물일 가능성이 크고, 그중에서도 동창 소속의 인물일 것이라는 추측이 강하게 들어요."

윤파가 사뭇 흥분한 투로 빠르게 말을 쏟아냈다.

"그렇다면 기다리고 말고 할 것 없이 당장에 놈을 잡고 봐야지!"

"그럴까요? 지금 당장 동창으로 쳐들어가 한바탕 확 뒤집

어 버릴까요? 대신 그 뒷감당은 윤 오라버니가 다 하시고요?"

순간 윤파가 눈빛을 번뜩거리며 선변을 쏘아보았으나, 막상 뭐라고 성질을 부리지는 못하였다. 선변이 다시 차분한 어조로 되며,

"방법이 없는 건 아니에요. 추측대로 그가 이곳 황도에만 있다면, 그가 제 발로 우리에게로 오게 할 방법은 얼마든지 있으니까요."

윤파가 금세 눈의 힘을 풀며 혹하고 관심을 보이는데, 선변이 싱긋 웃으며 덧붙였다.

"이미 말씀드린 대로 관부와의 관계를 확보하고 조정하는 일이 우선이에요. 관부, 나아가 동창과 조정의 눈과 귀를 상당 부분 우리에게 의존하지 않을 수 없도록 만드는 거죠. 천천히! 그들 스스로도 느끼지 못하다가 이미 벗어날 수 없게 되었을 즈음에야 문득 알게 될 만큼 천천히 말이에요."

그러고 나서 선변은 문득 무거운 안색이 되어,

"사실 그 일에 대해서는 이미 사람을 투입하여 일차적으로 조사를 시도했는데, 그것이……."

하고 잠시 말을 끊더니 다시,

"눈치 빠르고 추적에 관한한 전문가라고 할 수 있는 사람 하나를 단독으로 투입했어요. 여러 명을 투입하여 가상의 적들을 경동시키기보다는 일단 적임자 한 명이 조사하는 게 오히려 효과적이리라는 판단에서였죠. 그런데 조사에 착수한

지 사흘 만에 그가 실종되고 말았어요."

"음!"

윤파가 자신도 모르게 침음성을 흘렸고, 선변은 더욱 침울한 기색으로 말을 이었다.

"실종되기 전까지 그가 보고한 바에 따르면, 그는 탐문을 통해 몇 가지 단서들을 확보했는데, 그중에는 황도 인근의 규모 있는 묘지들 위주로 묘지의 내력이나, 얼마나 오래되었는지 등을 묻고 다니는 자들을 추적 중이라고 했어요. 그자들은 대단한 무공을 지닌 고수들로 보이기에 꼬리를 밟는 것은 나중으로 미루고 우선은 추가적인 탐문을 통해 그자들에 관한 정보를 보강하겠다고 했죠. 아무래도 위험하다 싶어 제가 일단 복귀를 명했을 때는 그가 이미 실종되고 난 다음이었어요. 아무런 흔적도 남기지 않고요. 사실 그는 충분히 조심을 한 셈이고, 더욱이 무공을 익히지는 않았지만 추적의 전문가인 만큼 위험을 감지하고 회피하는 데에는 본능적이라 할 만한 재주를 지닌 사람이에요. 그런데도 아무런 흔적도 남기지 못한 채 실종당했다는 것은, 그가 추적하던 대상이 상상 이상으로 강력하고도 치밀하다는 반증이에요. 그래서 조장님께 직접 나서주십사 말씀을 드리는 거예요. 그의 생사 여부를 확인하고, 만약 그가 아직까지 살아 있다면… 꼭 좀 구출해 주십사 하고요."

그리고 선변은 잠시 강산을 바라보다가 짧게 덧붙였다.

“그는 우방(禹防)이에요, 조장님께서도 알고 계시는.”

그러자 옆에 있던 윤파가 깜짝 놀랐다.

“뭐? 우방? 허! 그러면 그렇다고 진작에 말을 하지. 우리가 그래도 명색이 밀문의 호법들인데……”

그러다가 윤파는 언뜻 강산을 보았다. 강산이 묵묵히 고개를 끄덕였다.

그것을 보고 선변은 무거웠던 표정을 거뒀다. 그리고 윤파에게,

“미리 말을 했어도 결국은 똑같은 말을 했어야 했을걸요? 윤 오라버니를 만족시키려면 말이에요.”

하고 짐짓 투정하듯이 말했다. 그에 윤파가 불퉁한 체 혼잣말로 투덜거렸다.

“얜 만날 왜 나만 갖고 그러냐?”

2

우 노대(禹老大).

선변이 강산 등에게 붙여준 추적의 최고 전문가인 그는 바로 우방의 조부 되는 이였다.

우 노대가 우방이 미지의 대상을 추적했던 경로를 되짚어 가는 데는 겨우 반나절 정도가 걸렸을 뿐이었다.

그러나 곧 한 지점에 도달하여 우 노대의 역추적은 막혀 버

렸다. 그곳에서 우방의 모든 흔적이 완전히 끊어졌기 때문이다.

우 노대는 경직된 듯이 한자리에 꼿꼿이 서서 꼼짝도 하지 않고 있었다. 비록 흔적은 없었지만, 마음속으로 손자의 긴박했던 마지막 순간을 하나하나 그려보고 있는 듯했다. 그러다 우 노대는 문득,

"아아! 방아(防兒)! 내 손자야!"

하고 나직이 탄식하였다. 절절한 우 노대의 탄식 소리에 강산 등은 덩달아 침울하고도, 또한 암담한 심정이 되지 않을 수 없었다. 그때였다. 우 노대가 문득,

"이쪽입니다."

하고 북쪽을 가리켰다. 그에 노달이 언뜻 미간을 좁히며 우 노대에게 말하였다.

"노부가 궁금하고 이해가 되지 않아서 하는 말이니 고깝게 듣지는 마시게."

그 자연스러운 하대에 대해 노달의 나이를 대충 알고 있는 강산 등이 덤덤하게 받아들인 것은 물론이고, 겉으로 보기에 같은 칠순의 나이인 우 노대 또한 별 거부감을 가지지는 않는 기색이었다.

"노대가 추적의 최고 전문가라고 듣긴 하였네. 그러나 우방에 대한 모든 흔적이 여기서 끊어졌다면서 어떻게 저쪽이라고 간단히 확언을 하는 것인가?"

우 노대는 언뜻 당혹스러운 기색이었다. 그러나 곧 차분한 기색으로,

"사실 어찌어찌 해서 이쪽입니다, 하고 자세히 말씀드릴 것은 없습니다."

하고 대답했다. 노달이,

"허?"

하고 다소간의 질책을 담아 의문을 표시하자, 우 노대가 얼른 다시 말을 이었다.

"방이 소인의 손자이지만, 또한 소인과 같은 재주로 밥을 벌어먹는 동료이기도 합지요. 그런 까닭으로 이 늙은이는 당시 방이 놈이 어떤 심정이었는지, 그 촉박한 순간에 어떤 생각을 했는지를 최소한 짐작해 볼 수는 있는 것입지요."

"호?"

"말장난으로 들으실지 모르겠으나, 아무런 흔적도 남아 있지 않다는 것은 곧 그 자체로 하나의 흔적이 되기도 합지요."

"무슨 뜻인가?"

"방이 놈이 흔적을 남기고자 했다면 당시 어떤 상황에 처해 있었다고 해도 반드시 남길 수 있었을 거란 말씀입지요. 정 방법이 없었다면 스스로 죽음을 택해서라도……."

"불시에 마혈이나 혼혈을 제압당했대도 말인가?"

"소인이 무공을 알지는 못하나, 혈도를 잡힌다고 해도 몸에 마비가 오거나 의식을 잃기까지는 아주 짧더라도 시차가

있기 마련이라는 것은 알고 있습지요. 저희 같은 일을 하는 사람들에게 그 정도의 시차면 어떤 식으로든 흔적을 남기기에 그리 부족한 시간은 아닙지요."

"허!"

"아마도 방이 놈이 추적하던 자들은 아주 대단한 능력을 지닌 자들이었을 것입니다. 그래서 방이 놈은 흔적을 남기려 하기보다는 차라리 아무 흔적도 남기지 않음으로써 마지막 흔적을 남기려고 했을 터이지요."

"우방이 살아 있다고 여기는군?"

노달이 그렇게 묻자 우 노대는,

"제 목숨 아끼는 걸로 보아서 절대 영웅 열사는 못 될 놈입지요. 그 영악한 놈은 지 아비나 늙은 할아비에게 뒷일을 맡길 요량을 했던 것 같습니다."

하고는,

"헐헐헐!"

바람 새는 소리로 웃었다. 그런 우 노대의 얼굴은 좀 전에 비해 한결 편안해 보였다.

의아한 기색인 채로 자신의 입만 바라보고 있는 사람들을 가볍게 한번 둘러보고 나서 우 노대는 찬찬한 어조로 다시 말을 이었다.

"대상을 추적할 때 아무런 흔적이 없다면 주변의 지형이나 형세 등을 먼저 감안해 보고, 또한 추적 대상의 입장이나 심정도 되어보고 하면서 대강의 방향을 정하게 됩지요. 그런 점에서 방이 놈이 마지막까지 흔적을 남기지 않은 것은, 지 아비나 할아비라면 반드시 이쪽 방향을 택할 것이라는 생각을 하였기 때문일 것입니다."

노달이 고개를 끄덕이면서도 여전히 미진한 듯이 물었다.

"허허! 그래, 일단 이쪽 방향이라고 하세. 그런데 이제부터는 또 어떻게 되는 것인가? 여기서부터 우방은 정말로 아무것도 할 수 없는 처지가 되었을 터이고, 또한 그들이 한쪽 방향으로만 계속 갔을 것이라는 보장은 없는 것 아닌가?"

그러나 우 노대의 얼굴에는 이제 완연히 여유가 감돌고 있었다.

"무슨 일이든지 가장 막막한 것은 처음이요, 시작입지요. 일단 시작이 올바르다면, 그다음부터는 길을 찾기가 한결 쉬워지는 법입지요."

노달은 더 이상 묻지 않았다. 그저 고개를 끄덕일 수밖에 없었다. 우 노대를 믿고 따라가는 수밖에. 하긴 우 노대가 괜히 그 방면의 최고 전문가 소리를 듣는 것은 아니지 않겠는가.

우 노대가 정말로 또 다른 흔적들을 찾아낸 것은 그리 오래지 않아서였다.

강산 등으로서는 보면서도 전혀 알아볼 수 없는 땅바닥에, 풀과 키 작은 나무들에, 그리고 바위에 남은 흔적들이었다.

신기하기도 하고 이해 못할 특이한 방법들이 등장하기도
했다.

개가 이용되기도 했고, 심지어는 쥐와 개미와 벌 등이 동원
되기도 했다. 하오문의 추가(追家)가 비장하고 있던 비전의
모든 역량이 동원되고 있었다.

그리고 그들은 마침내 어느 깊숙한 계곡의 안쪽 절벽에서
우거진 칡넝쿨로 교묘하게 감춰진 틈새 하나를 발견했다.

우 노대와 추가의 지원 인력들은 즉시 뒤로 물려졌다. 이제
부터는 잡조가 일을 처리해야 할 때였다.

3

절벽의 틈새 안으로 들어서자마자 움막 형태의 경계초소
하나가 있었고, 그 안의 무사 두 명이 노달에 의해 아주 조용
히 제압되었다.

무사들의 존재로 잡조는 바로 이곳에 그들이 지금껏 추적
해 온 대상들이 있다는 사실에 대해 확신을 가질 수 있었다.

폭 십여 장에, 길이 삼십여 장 정도의 그리 넓지 않은 분지
였다. 그러나 분지는 길이 방향으로 완곡하게 휘어져 있었으
므로 눈에 보이는 저편이 분지의 끝은 아닌 듯했다.

해거름 무렵이긴 했지만 바깥에는 아직 햇살이 남아 있는
데도 분지 안은 어둡고 음습하였다. 마치 분지 전체에 엷은

안개가 끼어 있는 듯했다.

대략 십 장 간격으로 두 채씩의 간이 가옥들이 서 있고, 각 가옥의 주위에는 한 명씩의 경계하는 자가 있었다.

입구의 경계초소로 모자라, 분지 전체에 삼엄한 경계를 펼쳐 놓은 셈이었는데, 인적없는 절지에 그런 정도의 경계를 하고 있다는 것은 곧, 이 안에 그들이 그처럼 철저히 지켜야만 하는 무엇인가가 있다는 의미일 것이었다.

경계에 걸리지 않고 분지의 안쪽으로 들어가기는 불가능해 보였다.

일단은 이강을 분지 바깥으로 보내 우 노대에게 대강의 사정을 보고하게 했다. 추가의 인물들에게 전서구가 있으니 선변은 곧 이곳의 사정을 알게 될 것이었다.

이강이 다시 돌아왔을 때, 강산은 일단 자신이 분지 안쪽으로 진입하여 적정(敵情)을 살피고 오겠다고 했다. 분지를 지키는 인원이 얼마나 되며, 또 어느 정도의 고수가 있는지, 그리고 무엇보다 우방의 생사 여부부터 확인을 해야만 했다. 물론 우 노대가 우방이 살아 있음을 확신하긴 했지만.

어쨌든 일차적으로 강산이 먼저 살피고 나온 다음에 다시 방침을 결정하기로 했다.

강산의 그런 결정에 대해 이제 조원들 모두는 당연시(?)하게 된 듯, 이의를 제기하는 사람이 없었다. 다만 유정이,

"저도 함께 가요."

하고 따라 나섰기에 윤파와 이강이 슬쩍 눈총을 주었다.

강산이 또한 가볍게 이마를 좁혔으나, 막상 싫은 기색을 비치지는 않았다.

사실 유정의 무공으로 볼 때, 그녀와 함께 가서 도움이 되었으면 되었지 짐이 될 일은 없을 것이었지만, 그런 계산은 강산이 싫은 기색이 아닌 이유와는 동떨어진 것이리라.

경신도 아니고, 도약도 아니다. 그저 미끄러져 가는가 싶으면 어느새 저만큼 이동해 가 있다.

강산의 신법(?)이 놀라운 줄은 유정도 익히 알고 있는 바이지만, 지금 바로 옆에서 지켜보자니 새삼 경이로울 정도였다.

일 년 몇 개월 전 처음 만났을 때의 강산을 기억하는 유정이니, 그가 그동안에 도대체 어떤 기연으로 이런 놀라운 능력을 지니게 되었는지 새삼 놀랍다 못해 차라리 신비로울 뿐이었다.

그때 강산이 자연스럽게 유정의 어깨를 잡았다. 그가 전음을 못하는 것을 알고 있으니, 말하기 어려워 그렇게 방향을 맞추려는 것인 줄 유정도 짐작하였다.

그런데 다음 순간 그녀는 아찔한 현기증을 느꼈다. 이건 달리는 것이 아니라, 아예 허공을 축약하여 찰나간에 공간을 건너뛰고 있었다. 유정은 내심으로 탄식하고 말았다.

'아아! 앞으로는 이 사람의 능력을 감히 측량해 볼 생각조

차 하지 말아야겠구나!'

두 사람은 유유하게 가옥과 가옥 사이를 이동하며 분지를 종단해 갔다. 그러나 그들이 분지의 끝부분에 이를 때까지도 분지의 곳곳을 지키던 자들은 그들의 존재를 발견하지 못했다. 분지 입구의 경계초소에서 그런 광경을 지켜보고 있던 노달 등이 오히려 의아할 지경이었다. 연인들처럼 어깨를 나란히 한 채 수월하게 설렁설렁 미끄러져 기는 두 사람을 왜 발견하지 못하고 있는지.

그러는 사이에 두 사람의 모습은 이윽고 분지의 끝부분으로 사라지고 있었다.

분지가 끝나는 곳.

우뚝 가로막힌 직벽(直壁)의 절벽 아래쪽에 천연 동굴로 보이는 커다란 동혈 하나가 검은 아가리를 벌리고 있었다.

4

선변은 편지 한 장을 받아 들고 있었다. 낙양으로부터 온 조사 보고서였다. 열흘쯤 전에 혹시나 해서 선이 닿는 그쪽의 인맥을 통해 급하게 부탁했던 결과였다.

천하에서 가장 오래되었다고 믿어지는 대규모의 공동묘지. 바로 낙양의 북망산(北邙山)이다.

선변이 문득 그곳을 주목하게 된 것은 역시 이번 황도의 묘지 훼손과 유골 도난 사건 때문이었다.

그녀가 언뜻 짐작해 본 것은, 어쩌면 그러한 사건이 황도에서만 벌어지고 있는 것은 아닐지도 모른다는 점이었다. 또한 그런 짐작이 사실이고 거기에 그녀가 생각하고 있는 또 한 가지의 다른 짐작까지 맞는 것이라면, 낙양의 북망산 묘역이야말로 황도의 사건에 앞서서 동종의 사건이 벌어졌을 것이었다.

과연 그랬다.

보고서에 기재된 내용은, 북망산에서는 이미 십여 년 전쯤에 같은 사건이 벌어졌었고, 그로 인해 한때 온 낙양이 들썩거렸다는 것이었다. 그러나 약 반년 정도 극심하다가 그 이후로 잠잠해졌기에 낙양 관부에서는 유야무야 사건을 덮고 말았다고 했다. 특이사항으로는 주로 수백 년 이상 된 거대 분묘 위주로 훼손이 이루어졌다고 했다.

"그렇군. 거대 분묘라면 곧 황족이나 신분이 높았던 이들의 무덤일 것이니 시신의 보존 처리가 잘되었을 것이고, 거기에 지음지처(至陰之處)에 묻혀 오랜 세월 부패되지 않은 채로 음기를 빨아들인 시신을 찾은 것이로군! 아아! 이런 방법으로도 가능하였던 것인가?"

선변이 감탄하듯이 중얼거리다가 문득,

"아차! 그렇다면……?"

하고 갑자기 다급한 기색이 되었다.

그녀가 막 처소를 나서는데 수하의 한 사람이 작은 종이 하나를 가져왔다. 방금 날아온 전서였다.

선변은 더욱 급하게 서둘렀다. 그녀가 직접 나갈 채비를 하고 급히 사람들을 모으는데, 무사들이 아니었다.

하긴 잡조의 능력에 대해 누구보다 잘 알고 있는 그녀인데, 기껏 몇십 명 정도로 예상된다는 적들에 대해 굳이 무사들을 디 데려갈 이유는 없을 것이었다.

주로 상가(喪家)의 인물들이었다. 관과 광목 같은 장의 용품들이 급하게 준비되었고, 여러 대의 가마와 가마꾼들이 또한 준비되었다.

인력들을 이끌고 출발하는 선변의 얼굴은 조급한 기색과 함께 조금은 들떠 보였다.

5

의외로 경계서는 자 하나 없이 동굴은 안으로 길게 이어지고 있었다. 횃불 같은 것이 따로 보이지 않는데도 동굴 내부는 아주 어둡지는 않고 어슴푸레하였다.

그리고 무언지 모를 음산함에다 아주 흐릿하게 뭔가 기분 나쁜 냄새 혹은 느낌 같은 것이 있었다. 그때였다.

"음!"

나직한 신음과 함께 유정이 허리를 한 번 휘청하더니 그대로 주저앉으려고 했다.

“엇?”

강산이 놀라며 급히 그녀의 몸을 받아 안을 때, 유정이 희미하게 중얼거렸다.

“독… 조심…….”

그리고 그녀는 완전히 의식을 놓아버리는 것이었다.

강산이 크게 당황해 하며 그녀의 코끝에다 손가락을 대어 보니 호흡은 있었다.

‘동굴 전체에 독이 살포되어 있었던 것인가? 그래서 경계하는 자가 한 명도 없었던 것인가? 어떻게 해야 하나? 일단 되돌아 나가야 하나?

그러나 그럴 상황이 아닌 것 같았다. 그새 유정의 손과 얼굴과 목, 그리고 양 손까지 검은색이 비치고 있었다.

‘급하다. 빨리 조치하지 않으면 돌이킬 수 없을지도 모른다!’

중독된 증세임에 분명했다, 그것도 맹독에.

그렇다면 그녀를 들쳐 업고 노달 등에게로 돌아간다고 해도, 그들에게 당장에 무슨 방법이 있을 것 같지가 않았다.

그때 강산은 언뜻,

‘이 안쪽에 누군가 있다면? 그자가 바로 독을 푼 자일 것이고, 그렇다면 당연히 독을 해독할 수도 있을 것이다.’

하는 쪽으로 생각이 돌아갔다.

그런데 강산은 그제야 자신 역시 머리가 무겁다는 걸 느꼈다. 갑자기 온몸에 힘이 빠지고 나른해지더니 조금 어지러운 것 같았다. 하긴 유정이 중독되었는데 그 혼자만 무사할 리는 없는 일이 아닌가.

그러나 그 자신은 어떻게 되어도 좋았다, 유정만 구할 수 있다면.

다급한 와중에도 문득 후회가 밀려왔다.

'내 잘못이다. 안쪽의 사정도 모르면서 무작정 그녀를 데리고 들어오는 게 아니었다.'

강산은 서둘러 유정을 품에다 안았고, 다음 순간 그의 모습은 꺼지듯이 그 자리에서 사라졌다.

좁은 통로가 끝나는 곳에서 동굴은 갑자기 확 넓어졌다.

가로세로 삼 장여의 장방형 공간이 있었고, 그 끝에 나무로 만든 벽이 서 있었는데, 좌우 양 끝 편에 두 개의 문이 달려 있는 그 벽 너머로는 지금 수증기 같은 하얀 운무가 뭉클뭉클 흘러나오고 있었다.

장방형 공간의 가운데쯤에는 작은 깃발 하나가 꽂혀 있었다. 엄지손가락 굵기에 세 척 길이의 붉은 깃대 끝에 손바닥 세 개 정도의 넓이를 가지는 삼각형의 검은 깃발이 달려 있었다.

"존(尊)?"

깃발에 주먹만 한 크기로 새겨진 황금색의 글자를 나직이 읽어보았으나, 그것이 무엇을 뜻하는지 강산으로서는 알 도리가 없었다. 다만 그 붉은색의 깃대가 동굴의 단단해 보이는 돌바닥에 제법 깊숙하게 박혀 있는 모습이 다소 놀랍다는 생각을 떠올렸을 뿐이었다.

강산이 문득 품속의 유정을 내려다보니 그녀의 얼굴과 목, 그리고 손 등 바깥으로 드러난 부분들의 피부는 이미 완연히 검은빛을 띠고 있었다.

강산 자신의 몸 상태도 심상치가 않았다. 아직 색이 변하는 것까지는 아니었지만, 온몸에 열이 나고 있었는데, 화끈거릴 정도로 뜨거웠다. 수십 줄기의 뜨거운 열류(熱流)들이 생겨나 천천히 몸 안을 헤엄치고 있는 것 같다.

'제길! 이제 어떻게 되는 건가? 나도 곧 온몸이 시커멓게 변하겠지? 그러다 한 줌 흑수(黑水)로 녹아내리는 건가?'

그러나 이제는 차라리 약간의 체념 같은 심정이 들기도 하였다.

사실은 유정과 함께 죽는다는 데 대한 묘한 만족감(?) 같은 게 있기도 했다. 혹은 조금은 덜 억울하다는 보상 심리 같은 것이랄까?

그렇다고 정말로 여유를 부릴 것은 또 아니었기에 강산은 서둘러서 일단은 오른쪽 끝 편의 문을 향해 다가갔다.

그런데 그때였다. 강산은 문득 묘한 기분이 되고 말았다.

'이것 봐라?'

몸 안 열류들의 움직임이 갑자기 거세지고 있었다. 체내의 독기가 이제 본격적으로 발동을 하려는 것일까?

그러나 강산이 묘한 기분이 된 이유는 따로 있었다. 독기에 대한 반응이 격렬해지는 가운데, 중독 증상은 오히려 완화되고 있는 것 같은 조짐을 보이고 있기 때문이었다.

나른하고 미리가 무겁던 증상이 헤소되고, 문득 내부가 시원해지는 느낌이었다. 물론 그러한 것 또한 중독의 또 다른 현상인지는 알 수 없었으나, 어쨌든 나쁜 기분은 아니었다.

문을 여는 순간, 자욱한 운무가 확 끼쳐 오며 강산은 코와 기도가 대번에 화끈거리는 느낌을 받았다.

만약 그가 독에 관해 조금이라도 지식이 있었다면, 일단 호흡부터 멈췄을 것이다. 그러나 강산은 오히려 거칠게 숨을 들이쉬었다.

자욱한 운무 속에서는 지금 기괴한 장면 하나가 벌어지고 있었다. 막 홍시가 되기 시작하는 감처럼 불그스레하며, 전신에 한 오라기의 털도 없이 매끈한 거구의 동체(胴體) 아래에, 하얗고 가녀린 또 다른 동체 하나가 무참히 깔려 있었다.

6

독왕독존(毒王毒尊).

스스로를 독인으로 만들면서까지 독의 궁극에 다다르고자 한 독의 광인.

그가 이룬 독의 경지가 어느 정도인지 아는 사람은 없었으되, 그를 일러 독에 있어서만큼은 강호무림이 생긴 이래 가장 높은 경지에 올랐다고 평가하는 사람들이 많았다.

그가 오로지 독공 하나로 이 시대의 절대자들인 신주십삼존의 일좌를 당당히 차지하고 있다는 것이 바로 그런 평가를 반증하는 것이 아니겠는가.

그는 방금 막 몰입에서 깨고 말았다. 돌연한 침입자 때문이었다.

분지를 지키는 자들 중에서는 그의 호출이 있지도 않았는데, 더욱이 동굴의 입구 통로를 지나 그가 있는 이곳까지 출입을 할 만한 자는 없었다. 아니, 감히 그럴 간담을 가진 자는 없었다.

동굴 입구부터의 통로에 안배된 무혼독(無魂毒)은 어떻게 통과할 수도 있으리라. 그것이 어떤 특별한 독성을 가진다기보다는 사람을 단순히 혼절시키는 정도이고, 무공의 고수가 호흡을 차단하거나, 혹은 해독 영단이나 영물의 도움을 빌린다면 중독을 피할 수 있을 것이니 말이다.

그러나 지금 이곳에 끊임없이 분출되고 있는 운무는 접촉하는 순간부터 침입자의 모든 것을 서서히 녹여 버리는 천하

절독(天下絶毒)이었다. 일단 접촉하고 나면 완전한 해독은 불가능하며, 호흡을 차단한다고 하더라도 피부 접촉만으로도 중독을 피할 수 없다.

하얀색의 운무. 그것은 바로 생독(生毒) 중에서는 가히 천하제일독(天下第一毒)이라고 할 수 있는 천황지독(天荒地毒)이었다.

그러기에 그는 경각심을 가지기보다는 신경질부터 났다.

침입자는 이제 곧 녹아내릴 테지만, 막 절정을 향해 치닫던 그의 연공이 불시에 방해를 받은 데 대한 노여움이었다. 그때,

"흐으으윽!"

그의 밑에 깔려 있던 여인이 문득 긴 흐느낌을 흘려냈다. 지독한 고통스러움이 배어 있는 신음이었다. 그리고 여인에게서 배출되던 음기의 흐름이 급격히 약해졌다.

급하게 그는 다시 마음을 추슬렀다. 침입자의 존재는 잠시 무시하기로 했다. 그가 상관하지 않아도 침입자는 녹을 것이다. 빨리 녹든, 조금 늦게 녹든. 지금의 연공을 방해받고 싶지는 않았다. 정말로 어렵게 구한 순음지체의 여인이었다. 이런 정도의 강력한 순음지기라면 이 한차례의 연공으로 그는 적어도 일 년 연공의 효과를 볼 수 있으리라.

강산은 두 눈을 부릅떴다.

“헉! 허억!”

여인은 허덕이고 있었다. 결코 쾌락의 정점에서 나오는 소리가 아니었다. 생의 마지막 끈을 놓는 소리였다. 그리고 홍피괴인(紅皮怪人)의 굵은 동체 아래 깔린 여인의 가녀린 나신이 허물허물 녹아내리고 있었다.

강산의 두 눈에 서린 경악은 곧 격렬한 분노로 바뀌었다.

“이… 이……!”

고함조차 제대로 나오지 않아 강산의 부릅떠진 두 눈에 굵은 핏발이 섰다.

강산이 유정의 옥체를 조심스럽게 바닥에 내려놓는 동안, 여인의 나신은 한 줌의 흑수(黑水)로 화해 버렸다.

홍피괴인이 만족스러운 얼굴로 느긋하게 몸을 일으켜 세우는 것을 보며, 강산이 이윽고 비명 같은 고함 소리를 토해 냈다.

“으아아!”

홍포괴인은 비릿하게 웃었다. 조소였다.

그러나 그의 조소는 이내 경악으로 바뀌었다. 강산의 신형이 한순간 그의 시야에서 사라져 버린 때문이었다. 동시에 그의 입에서는 경악과 고통이 범벅된 기괴한 소리가 새어 나왔다.

“끄으윽?”

강산은 어느새 괴인의 허리를 두 팔로 감아 조이고 있었다.

엄청난 힘이었고, 그대로 허리를 꺾어버릴 태세였다.

"이… 놈이… 감히?"

숨이 막히는 중에도 강산의 무모함을 꾸짖으며, 괴인의 벌거벗은 동체가 진홍색으로 변하였다. 그리고 그의 전신에서는 짙은 적무(赤霧)가 뭉클거리며 뿜어져 나와 그와 강산의 몸을 감싸며 뒤덮었다.

독무(毒霧)였다. 독인으로 일 갑지 이상을 살아오면서 그가 취하고 연성해 온 만독(萬毒)의 정화였다.

그러나 강산은 적무에 대해 경각하기는커녕 조금도 상관하지 않았다. 치미는 분노로 더욱 괴인의 허리를 조일 뿐이었다.

"크으으윽!"

괴인의 허리가 확연히 꺾이며 숨 막히는 비명을 토해냈다. 와중에도 괴인은,

"미… 친……!"

하고 힘겹게 끊어지는 소리를 뱉어냈다. 그것은 강산의 그 엄청난 힘에 대해서였을까, 아니면 자신이 일생토록 이룬 만독의 정화에 감싸였음에도 불구하고 여전히 멀쩡한 강산의 신체에 대해서였을까?

그때,

우드드득!

하고 뼈마디 절단 나는 소리에 이어,

"크악!"

하고 처절한 비명 소리가 울리는 순간,

화악!

하고 갑자기 한 무리의 강렬하기 이를 데 없는 푸른 불꽃이 크게 일어나며 강산의 몸을 덮쳤다. 대번에,

화르르륵!

하고 강산의 옷들이 흔적도 남기지 않고 타버렸다. 이어 그 한 무리의 강렬하기 이를 데 없는 푸른 불꽃은 순식간에 강산의 나신으로 빨려 들어갔다.

콰아아아아!

그것은 강렬한 흡입이었다.

호호탕탕(浩浩蕩蕩) 내부로 쏟아져 들어오는 그 강렬한 흐름은 뜨거웠다. 마치 대번에 강산의 내부를 태워 재로 만들어 버리고 말 듯이.

당장에 강산의 내부에서는 한바탕의 격렬한 충돌이 일어났다. 그러나 격렬한 중에 다시 표현하기 어려울 만큼의 통쾌함이 있었다.

강산은 퍼뜩, 지금 그의 내부에서 일어나는 상황이 무엇을 뜻하는지 알 것 같았다.

이미 그에게는 상당히 익숙한 데가 있는 조짐이었다. 바로 관통의 징조요, 조짐이었다.

‘아아!’

　주저할 것은 조금도 없었다. 강산은 우물을 찾는 목마른 자의 심정이 되어 그의 내부를 관조하였다. 하긴 지금 그가 할 수 있는 일은 그것뿐이었다. 그의 내부의 삼백육십관(三百六十關)이 어떻게 반응하고 작용하는지를 관조하는 일.

　이백이십팔(二百二十八).

　이미 관통된 강산의 내부 관문들이 저마다 맹렬히 독기를 받아들이며 급박하게 활성화되고 있었다.

　‘아아! 흡능의 완성이다!’

　강산의 의식이 그렇게 외쳤다. 그렇게 외쳐도 좋았다. 어차피 그가 만든 이름이니, 그것의 완성 또한 오로지 그만이 정의할 수 있는 것이리라.

　각 관문들은 능히 독을 중화시켜 내고 있었다. 거기에서 그치지 않고, 새로운 힘을 만들어내고 있었다.

　‘아아! 서로 교류한다!’

　그랬다. 각 관문들에서 만들어진 그 새로운 형태의 힘들은 주변의 다른 관문들의 힘과 모종의 연관 고리를 만들어 나가고 있었다. 아주 촘촘하게. 무수히.

　“아아!”

　이윽고 강산은 소리 내어 탄성을 흘리지 않을 수 없었다.

　퍽!

　이백스물아홉 번째.

퍼퍽!

이백서른 번째. 이백서른한 번째.

퍼퍼퍽!

이백서른두 번째. 이백서른세 번째. 이백서른네 번째……

관문들이 돌파되고 있었다.

맹렬히.

칠관통(七貫通)을 향해.

「잡조행」 4권 끝

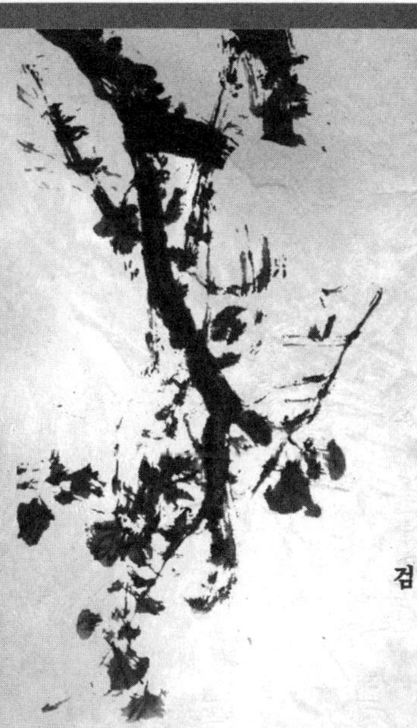

은하의 계곡

무천향 武天鄉

허담 新무협 판타지 소설

뿌리를 찾아가는 목동 파소의 여행.
그 여정의 끝에서
검 든 자들의 고향 대무천향(大武天鄉)을 만난다.

검객 단보, 그는 노래했다.

…모든 검 든 자들의 고향 무천향.
한 초식의 검에 잠든 용이 깨어나고, 또 한 초식의 검에 잠든 바다가 일어나네.
검의 흐름을 따라가다 보면 어느새, 세월도 잊어버리고, 사랑도 잊어버리고,
무공도 잊어버려……
결국에는 자신조차 잊어버리는……

은하의 가장 밝은 빛이 되어버린다는
그 무성(武星)들의 대지(大地).

아, 대무천향(大武天鄉)이여!

共同傳人

공동전인

설경구 新무협 판타지 소설

마교를 재건하라.

혈마옥에 갇히며 마교 장로들의 공동전인이 된 사무진에게 주어진 과제.
역사상 가장 착한 마교의 교주.
하지만 역사상 가장 강한 마교의 교주가 되고 싶다.

고정관념을 버려요.

마교도라고 해서 꼭 나쁜 놈일 필요는 없잖아요.

지금까지와는 다른 마교.

이제 사무진이 만들어가는 새로운 마교가 모습을 드러낸다.

환희밀공

설봉 新무협 판타지 소설

1
치무(緇巫)

무유칠덕(武有七德), 금폭(禁暴), 집병(戢兵), 보대(保大),
정공(定功), 안민(安民), 화중(和衆), 풍재(豊財), 자야(者也).
〈좌전(左傳), 선공 십이년(宣公 十二年)〉

무에는 일곱 가지 덕이 있다.
첫째, 난폭을 금지한다. 둘째, 무기를 거두어들인다. 셋째, 큰 나라를 보전한다.
넷째, 공적을 정한다. 다섯째, 백성을 편안하게 한다. 여섯째, 대중을 화합하게 한다.
일곱째, 물자를 풍부하게 한다.

섬서성(陝西省) 육반산(六盤山)에 신력(神力)을 바탕으로
패공(覇功)을 구사하는 가문(家門), 육반루가(六盤婁家).
세상에게 외면받고 멸시당하는 환희교(歡喜敎).
육반루가의 후손과 환희교 교주의 운명적인 만남.

"넌 환희교를 지키는 수문장(守門將)이 될 거야.
강하게, 아주 강하게 키워주마."
'아버지처럼 죽지 않을 거야. 아무도 날 죽일 수 없어.
세상에서 최고로 강한 사람이 될 거야.'

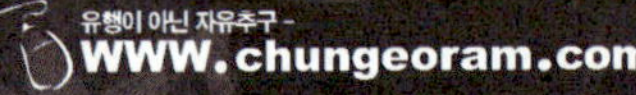